CINQ JOURS A PARIS

DU MÊME AUTEUR
CHEZ POCKET

COUPS DE CŒUR
UN SI GRAND AMOUR
JOYAUX
DISPARU
LE CADEAU
ACCIDENT
NAISSANCES
PLEIN CIEL

DANIELLE STEEL

CINQ JOURS A PARIS

PRESSES DE LA CITÉ

Titre original :
Five Days in Paris

Traduit par Vassoula Galangau

ISBN 2-266-07677-9

A Popeye,
de tout mon cœur
et avec tout mon amour,
pour toujours,
Olive

Cinq minutes… cinq jours…
et toute une existence bascule,
en un instant.

1

Il faisait une chaleur inhabituelle, lorsque l'avion de Peter Haskel atterrit à Roissy-Charles-de-Gaulle. L'appareil emprunta l'une des pistes en direction d'un satellite de débarquement, et peu après, son attaché-case à la main, Peter traversait l'immense hall de l'aérogare. Le sourire aux lèvres, il se mêla à l'interminable file qui attendait de passer la douane... Peter Haskel adorait Paris.

Il venait en Europe trois ou quatre fois par an. L'empire des produits pharmaceutiques qu'il dirigeait s'était implanté peu à peu en Allemagne, en Suisse, en France et possédait à présent ses propres usines en Grande-Bretagne. Lors de ses visites précédentes, il avait eu affaire à différentes équipes de chercheurs, exploré tout ce que le marché avait à offrir. Mais il n'accomplissait pas ce voyage pour chercher de nouveaux points de vente ou pour lancer un produit. Peter était ici pour assister à la naissance de son « bébé ». Réaliser le rêve de toute une vie. Vicotec. Un nom magique aux yeux de Peter. Le médicament qui allait permettre à la lutte contre le cancer d'amorcer un tournant spectaculaire ; le remède qui sortirait les patients de l'enfer de la chimiothérapie. Ce serait la contribution de Peter à l'histoire de l'humanité. Depuis quatre ans, il ne vivait que dans ce but... Il était indéniable que les petites gélules translucides rapporteraient des millions de dollars aux laboratoires Wilson-Donovan. Selon les prévisions du département marketing de la société, en cinq ans les bénéfices dépasseraient le milliard. Mais là n'était pas la question. Pour Peter, la seule chose importante était de faire reculer la mort, de rendre leurs forces à ces existences ravagées, aussi faibles et vacillantes que des flammes de bougies, perdues dans les ténèbres terrifiantes de la maladie et de la déchéance. Vicotec insufflerait une énergie nouvelle à ces pauvres vies, prêtes à s'éteindre au moindre souffle. Au début, le projet semblait être une pure utopie. Et maintenant, alors qu'il était à deux doigts de la réussite, Peter ne pouvait s'empêcher de savourer son triomphe futur. En effet les derniers résultats l'avaient conforté dans ses espérances. Les scientifiques suisses et allemands, au terme d'analyses approfondies, semblaient sur le point de donner le feu vert. Le laboratoire américain, qui, en janvier, avait soumis Vicotec à l'approbation de la FDA [1], la toute-puissante sous-commission du ministère de la Santé, avait sollicité une homologation anticipée. Ce qui signifiait la fin des expériences sur les animaux et le début des tests cliniques en hôpital. Il fallait bien sûr prouver que le médicament ne comportait aucun risque, avant de le présenter à la commission au mois de septembre. C'était la raison pour laquelle Peter s'était chargé de rassembler les rapports des chercheurs euro-

1. Food and Drug Administration : organisme d'Etat chargé d'homologuer la mise sur le marché des produits alimentaires et pharmaceutiques. *(N.d.T.)*

péens. Jusqu'à présent ils avaient été favorables. Restaient les conclusions de Paul-Louis Suchard, le célèbre biologiste français, embauché par la Wilson-Donovan. Elles confirmeraient les bonnes nouvelles qu'il avait reçues à Genève, Peter en était convaincu.

— Vacances ou affaires ? lança le douanier tout en assenant un vigoureux coup de tampon sur le passeport de Peter.

Il lui avait jeté un bref regard, après avoir examiné la photo qui figurait sur le document. Cheveux bruns. Yeux bleus. Peter Haskel paraissait plus jeune que ses quarante-quatre ans. Grand, les traits réguliers, il passait pour un homme séduisant.

— Affaires, répondit-il avec une note de fierté dans la voix.

Dans son esprit, Vicotec rimait avec victoire. Le salut de centaines de milliers d'êtres humains en dépendait.

Peter reprit son passeport, souleva sa mallette de voyage et sortit du terminal en quête d'un taxi. C'était une splendide journée de juin. Ayant terminé ses entretiens à Genève, il était arrivé dans la capitale française avec un jour d'avance. Il avait hâte de marcher le long des quais... à moins que Suchard n'accepte de le rencontrer plus tôt que prévu, même un dimanche. La matinée commençait à peine ; il n'avait pas eu l'occasion de contacter le biologiste. Il le ferait tout à l'heure de son hôtel... Un rien rigide, très à cheval sur la ponctualité, Suchard avait horreur que l'on bouscule son emploi du temps, mais qui sait ? s'il était libre, peut-être consentirait-il à avancer leur rendez-vous ?

Même s'il préférait discuter en anglais avec Suchard, Peter n'en avait pas moins appris à s'exprimer correctement en français au fil des ans. En fait, il avait appris un tas de choses depuis qu'il avait quitté le Midwest... En premier lieu, il avait pris conscience de sa propre valeur. Bien que doux et mesuré dans ses propos, il s'exprimait avec une fermeté et une assurance stupéfiantes. Il avait grimpé un à un les échelons, jusqu'au sommet.

Aujourd'hui il était le P-DG d'une des plus grosses compagnies pharmaceutiques au monde. Peter Haskel excellait dans le domaine de la prospection. Tout comme Frank Donovan, le « grand patron », l'omnipotent président du Conseil. Le fait que Peter ait épousé la fille de Donovan dix-huit ans plus tôt relevait de la pure coïncidence. Aucune stratégie, aucun calcul de sa part ne l'avait poussé à contracter cette union. Cela avait été un accident, un caprice du sort, quelque chose contre lequel il s'était farouchement battu pendant six ans, avant de capituler.

Peter ne voulait pas épouser Kate Donovan. Il ignorait qui elle était lorsqu'ils s'étaient rencontrés à l'université de Michigan. Elle avait alors dix-neuf ans, il en avait vingt. C'était une ravissante blonde, avec laquelle il avait dansé lors d'une surprise-partie. Ils étaient sortis deux fois ensemble. La troisième fois, il s'était aperçu qu'il ne pouvait plus se passer d'elle. Le flirt avait duré cinq mois... Jusqu'au jour où un ami avait mis les pieds dans le plat.

— Ah, il sait ce qu'il fait, notre Haskel, en courtisant la jolie petite Katie.

Après quoi, il s'était expliqué.

Kate était l'unique héritière de la Wilson-Donovan, la plus grosse firme pharmaceutique du pays. Plus tard, elle serait à la tête d'une fortune colossale.

Stupéfait, Peter en avait tenu rigueur à sa petite amie, avec toute la fureur et la naïveté de ses vingt ans.

— Comment as-tu pu me faire une chose pareille ? Pourquoi ne m'as-tu rien dit ?

— Te dire quoi ? Attention, je suis la fille d'Untel ? En quoi cela te concerne-t-il ? avait-elle rétorqué, piquée au vif.

La peur de le perdre la rongeait. Elle ne connaissait que trop bien sa fierté, et la honte qui l'avait tourmenté, plus jeune, à cause de la pauvreté de sa famille. Il le lui avait avoué, même si ses parents avaient enfin pu acheter la ferme où son père avait peiné la majeure partie de sa vie. Naturellement, l'exploitation était hypothéquée. La crainte d'une faillite était devenue une constante source d'angoisse pour Peter. Il redoutait qu'un jour il ne lui faille abandonner ses études, afin de retourner dans le Wisconsin aider ses parents.

— Bien sûr que cela me concerne ! avait-il fulminé.

Il n'avait aucune chance de faire partie de la haute société, il le savait pertinemment. Comme il savait que Kate serait incapable de vivre dans une ferme. Elle était trop sophistiquée pour supporter plus d'une minute la dureté de cette vie, bien qu'elle ne parût pas s'en rendre compte.

Or, lui, Peter, s'en rendait parfaitement compte. Il ne se sentait à l'aise nulle part, encore moins au sein de sa propre famille. Pourtant, ce n'était pas faute d'avoir essayé, mais l'attirance qu'il éprouvait pour les grandes villes se dressait toujours entre lui et ses parents. Il détestait la vie rurale. Il l'avait exécrée depuis que, petit garçon, il rêvait de devenir « quelqu'un » à Chicago ou à New York. Le troupeau de bovins à nourrir, les étables à nettoyer, tout cela le révulsait. Des années durant, après l'école, il avait assisté son père à la ferme. Et un jour viendrait où il se verrait obligé de prendre la relève. . Le spectre de ce retour l'avait longtemps empêché de dormir. Cependant, malgré sa terreur, jamais il n'avait cherché à se soustraire à ses obligations. Il souhaitait gagner sa vie par ses propres moyens, affronter ses responsabilités, suivre son chemin sans jamais emprunter de raccourci. C'était « un bon petit gars », selon les termes de sa mère... un bon petit gars honnête qui préférait se tuer à la tâche plutôt que d'être taxé d'opportunisme.

Kate Donovan lui offrait une solution rêvée mais depuis qu'il avait appris qui elle était, Peter s'était mis à considérer leur liaison sous un tout autre éclairage. Il avait beau tourner le problème dans tous les sens, il aboutissait invariablement à la même conclusion. Malgré l'amour qu'il éprouvait pour Kate, elle incarnait tout ce dont il s'était jusqu'alors méfié : la chance imméritée, le fameux « raccourci » vers une réussite dont il s'estimait indigne. La beauté de la jeune fille, les tendres sentiments qui les unissaient lui parurent bien futiles au regard de sa conscience. Jamais Peter Haskel ne sacrifierait son honneur sur le bûcher de la vanité. Il se montra si soucieux de ne tirer aucun profit de la situation que la rupture survint, inéluctable. Aucun argument avancé par Kate ne put le faire changer d'avis. Elle finit par baisser les bras, désespérée, et il s'efforça de lui cacher sa propre souffrance. C'était sa deuxième année d'études. Il passa l'été à la ferme. A la fin des vacances, il prit la décision de prolonger d'un an son séjour auprès de ses parents, dans l'espoir d'oublier son amour perdu. Les rigueurs de l'hiver précédent avaient sérieusement endommagé la ferme. Peter entreprit de tout remettre sur pied.

Il y serait arrivé s'il n'avait pas dû effectuer son service militaire. Envoyé au Vietnam, il vécut un an à la base de Da Nang avant d'être muté aux communications, à Saigon. A vingt-deux ans, il regagna les Etats-Unis sans avoir trouvé les réponses aux questions qu'il se posait. Il ignorait quelle vie il allait mener. Le métier de fermier le rebutait toujours autant mais son sens du devoir l'emporta, une nouvelle fois, sur ses réticences. Pendant son absence, sa mère était morte ; plus que jamais, son père avait besoin de lui.

Aussi lui fallait-il terminer rapidement ses études. Pas à Michigan, bien sûr, faculté qu'il jugea tout à coup trop conventionnelle. Ça devait être ça, la dérive : un pays qu'on est censé haïr mais qu'on finit par aimer, une contrée à l'autre bout du monde qui vous colle à la peau et dont on n'arrive pas à se débarrasser. Là-bas, au Vietnam, il avait eu quelques aventures sentimentales avec des membres du personnel féminin de l'armée américaine, puis une idylle avec une superbe Vietnamienne. Brèves rencontres sans lendemain, puisqu'on ignorait de quoi le lendemain serait fait.

Il n'avait plus jamais donné signe de vie à Kate Donovan, et n'avait pas répondu à ses vœux de Noël, réexpédiés du Wisconsin à Saigon. Au camp de Da Nang, les premiers temps, le visage de Kate l'avait hanté chaque nuit, mais il avait décidé qu'il était plus sage de ne pas lui écrire. Et puis, que lui aurait-il dit ? « Désolé d'être si pauvre, alors que tu es si riche » ou « amuse-toi bien, quant à moi je passerai le restant de mes jours dans une vieille ferme à travailler comme une brute » ?

Il retourna dans le Wisconsin. Dès le premier jour, il se sentit étranger à lui-même et aux autres. Peter ne cadrait pas dans le décor. C'était tellement évident que son père l'incita à tenter sa chance à Chicago. Il dénicha un petit boulot dans une agence de marketing, qui lui permit de suivre des cours du soir. Il obtint son diplôme et il venait de commencer un emploi correspondant à ses études lorsqu'un vieux camarade de Michigan l'invita à une soirée où il tomba sur Kate. Elle avait changé d'université et vivait, elle aussi, à Chicago. Peter l'avait dévisagée, le souffle coupé. Elle était plus belle que jamais ! Il y avait près de trois ans qu'ils ne s'étaient revus, mais il réalisa, avec un singulier frisson, que cette rencontre fortuite abolissait le temps.

— Qu'est-ce que tu fais là ? s'enquit-il d'un ton hargneux, comme s'il lui en voulait d'avoir osé franchir le cercle de sa mémoire.

Son image l'avait tourmenté des mois durant, au début de son service militaire ; néanmoins, il était parvenu à la reléguer dans le passé. Et voilà que le hasard la faisait resurgir.

— Je termine mes études, souffla-t-elle.

Il était plus mince, plus élancé que naguère, songea Kate, le cœur serré. Avec des yeux plus bleus, des cheveux plus sombres. Tout en lui semblait plus aigu, plus excitant que dans ses souvenirs. Il était le seul homme qui l'avait quittée à cause de son nom et de sa fortune.

— Il paraît que tu étais au Vietnam ? reprit-elle doucement, et il acquiesça. Ce n'était pas trop horrible ?

Elle se rappelait qu'il était extrêmement susceptible et qu'il valait mieux ménager son orgueil. L'orgueil qui avait été la cause de son malheur. En le regardant, elle sut qu'il ne ferait jamais le premier pas.

Il soutint son regard. Pourquoi le fixait-elle ainsi ? Qu'attendait-elle de lui ? ne put-il s'empêcher de se demander. Une seconde après, comme si un rideau venait de se lever, il la vit telle qu'elle était, fraîche et innocente. Lavée de tous les soupçons dont il l'avait accablée, inconsciente du danger que, selon lui, elle avait représenté pour son intégrité. Jadis, il avait considéré Kate comme un trophée inaccessible. Une ligne de démarcation entre un passé qu'il abhorrait et un avenir qui correspondait à ses désirs les plus ardents mais qu'il refusait de toutes ses forces. Maintenant, c'était différent. Il avait accumulé les expériences, risqué sa vie. Soudain, il se reprocha sa lâcheté. De quoi avait-il eu peur au juste ? De quoi pouvait-on accuser une fille aussi jeune et attirante ?

Ils parlèrent pendant des heures, ce soir-là, puis il la raccompagna chez elle. Et ensuite, sachant qu'il commettait une erreur, il l'appela. C'était simple. Facile. Ils s'étaient mis d'accord pour rester « copains » et commencèrent à goûter à la volupté d'une amitié ambiguë à laquelle ni l'un ni l'autre ne croyaient vraiment. Il se sentait heureux auprès d'elle. Kate était intelligente, drôle, compréhensive. Elle avait parfaitement saisi ce qu'il ressentait : cette solitude écrasante, l'impossibilité de s'intégrer dans la société, l'inaptitude au bonheur. Il oscillait, alors, entre le rêve et les bonnes intentions. Aujourd'hui, vingt ans plus tard, Vicotec incarnait le fruit de ses efforts.

Il prit un taxi à l'aéroport ; le chauffeur chargea la valise de son client dans le coffre avant de démarrer. Peter lui donna l'adresse. Tout en lui, ses gestes, sa voix, trahissait l'homme de pouvoir. Mais une lueur au fond de ses prunelles démentait cette première impression. Il y avait de la gentillesse dans ces yeux-là, de la générosité, de l'humour. Il était vêtu avec élégance — complet-veston, chemise et cravate

Hermès — mais au-delà des apparences, Peter Haskel avait conservé la probité de sa jeunesse.

— Quelle chaleur ! s'exclama-t-il alors que la voiture roulait vers Paris.

Le conducteur hocha la tête. L'accent d'outre-Atlantique de son passager ne lui avait pas échappé. Il lui répondit en français en détachant chaque mot.

— Il a fait très beau toute la semaine... Est-ce que vous arrivez des Etats-Unis, monsieur ? s'enquit-il, intéressé.

Il en était toujours ainsi. Peter forçait tout naturellement la sympathie. Le fait qu'il parle français avait impressionné favorablement le chauffeur.

— Non, de Genève.

Un silence suivit. La pensée de Kate fit éclore un sourire sur les lèvres de Peter. Combien de fois ne l'avait-il pas suppliée de voyager avec lui ? De nombreux devoirs la retenaient à la maison. D'abord les enfants, quand ils étaient petits, puis, plus tard, une pléthore d'obligations sociales. Elle l'avait accompagné deux fois, cependant, à Londres, et en Suisse. Jamais à Paris.

Peter avait eu le coup de foudre pour cette ville. Celle-ci représentait, d'une certaine manière, la quintessence de tous ses désirs inconscients. Des années durant, il avait travaillé d'arrache-pied, se frayant un chemin vers le succès. Parfois, la chance lui avait souri, mais la chance ne suffisait pas, bien sûr. La vie ne fait pas de cadeaux ! On n'obtient rien sans peine, telle était sa devise.

Il avait continué à fréquenter Kate pendant deux ans, après leurs retrouvailles. Après avoir décroché son diplôme, elle avait trouvé un emploi dans une galerie d'art à Chicago. Vivre sous le même ciel que Peter comptait par-dessus tout. Elle le chérissait profondément sans pour autant ignorer qu'il était hostile au mariage. Déchiré entre son amour et ses convictions, il décrétait de temps à autre qu'ils feraient mieux de se séparer. Kate, disait-il, avait intérêt à regagner New York où elle rencontrerait certainement un mari de son rang. Il se sentait incapable, toutefois, de mettre fin à leur liaison ou de pousser Kate à le quitter. Il était éperdument épris d'elle, la jeune femme le savait. Finalement, son père entra en scène.

C'était un homme d'une grande finesse. Il ne fit aucune allusion à leur idylle, n'évoquant que la carrière de Peter. Son intuition lui avait dicté la seule ligne de conduite susceptible de sortir le jeune homme de sa réserve. Frank Donovan avait son plan : ramener sa fille et son fiancé récalcitrant à New York. Restait à amadouer le rebelle.

Tout comme Peter, Frank Donovan était un passionné de marketing. Et il avait brillamment réussi dans ce domaine. Lors d'une discussion au cours de laquelle ils s'étaient découvert un tas de points communs, Frank offrit au jeune homme un poste à la Wilson-Donovan.

— Rien à voir avec ma fille. Nous sommes à la recherche d'éléments brillants et vous en êtes un, mon cher. Personne ne songera à faire le rapprochement entre vous et Katie. Vos histoires ne regardent que vous... Réfléchissez, Peter, ça vaut le coup, vous savez.

L'occasion de travailler pour une grande entreprise new-yorkaise ne se présenterait peut-être plus jamais. C'était terriblement tentant... Peu à peu, la volonté de faire carrière à New York supplanta ses anciens préjugés. C'était exactement ce que Kate attendait.

En proie à un atroce dilemme, Peter tergiversait. Il

appela son père pour lui demander son avis, après quoi il se rendit à la ferme. Le week-end s'écoula en interminables discussions. M. Haskel encouragea son fils à accepter l'offre qu'on lui faisait. L'œil acéré du vieux fermier avait décelé chez Peter des qualités que lui-même ignorait. Une aptitude à diriger associée à une force tranquille et à un courage hors du commun. Quoi qu'il entreprît, Peter était voué à une réussite éclatante. Le poste chez Donovan n'était qu'un début. Lorsque Peter n'était encore qu'un petit garçon, M. Haskel taquinait sa femme :

— Ton poussin préféré sera un jour président, madame Haskel... ou au moins gouverneur du Wisconsin.

Il ne plaisantait qu'à moitié. Au fond, il croyait dur comme fer à la bonne étoile de son fils.

Muriel, la sœur de Peter, se rangea immédiatement à l'opinion de leur père. Son frère avait toujours été son héros.

— N'hésite pas, lui dit-elle. Vas-y ! Pars à la chasse au trésor.

Elle lui demanda ensuite s'il comptait épouser Kate. Il secoua la tête. Il en était hors de question, rétorqua-t-il. Sa sœur sembla peinée. C'était bien dommage. Mlle Donovan rayonnait littéralement sur les photos que Peter lui avait montrées.

A plusieurs reprises, par le passé, M. Haskel avait invité Kate à la campagne. Peter avait toujours refusé de l'emmener. Afin de ne pas lui donner des faux espoirs, prétextait-il. Parfois, en l'imaginant à la ferme, ses traits s'illuminaient d'un sourire involontaire, qui s'éteignait aussitôt. Voilà tout ce qu'il avait à lui offrir. Une existence de dur labeur... Sa mère en était morte. Le cancer l'avait emportée parce qu'ils n'avaient pas eu les moyens de lui prodiguer des soins appropriés et que son père n'avait pas de protection sociale. Peter avait toujours pensé que sa mère avait succombé au dénuement et à la fatigue. Il aimait trop Kate pour la condamner à une vie aussi ingrate. Malgré son argent, la ferme aurait raison de ses forces, comme elle avait vaincu sa mère. Et comme elle vaincrait sa sœur. Muriel s'était mariée dès qu'elle avait fini l'école, pendant qu'il était au Vietnam. Elle avait eu trois enfants rapprochés, avec le garçon qui avait été son soupirant au lycée. A vingt-deux ans, elle en paraissait trente et ressemblait à une fleur prématurément flétrie. Son air de chien battu en disait long sur les difficultés du ménage. Muriel et son mari continueraient de trimer à la ferme, jusqu'à ce que mort s'ensuive... Il n'y avait pas d'autre issue... Sauf pour Peter. Peter s'en sortirait, songea-t-elle sans une ombre de ressentiment. Il avait traversé la tourmente. Il n'aurait plus qu'à mener son navire au gré des flots, vers le port miroitant que Frank Donovan avait mis sur sa route.

— Vas-y, mon grand ! répéta-t-elle. Va à New York. Papa le veut. Nous le voulons tous.

Elle le suppliait d'échapper à ce destin. De prendre son envol. De fuir la misère qui, tôt ou tard, l'engloutirait. Ils souhaitaient tous qu'il parte pour New York, qu'il profite de la bouée qu'on lui présentait.

Lorsqu'il quitta la ferme, il avait la gorge serrée. Debout sous le porche, Muriel et son père lui faisaient de grands signes d'adieu. Ils continuèrent ainsi jusqu'à ce que la voiture disparaisse au tournant dans un nuage de poussière. C'était un événement capital, ils en avaient conscience. Plus important que l'université. Ou le départ au Vietnam. Tout au fond de lui, Peter sut qu'il venait de rompre les ponts avec son passé. Définitivement...

De retour à Chicago, il passa la nuit seul. Il n'avait pas appelé Kate. Mais il téléphona à Frank Donovan le lendemain. Et, les mains tremblantes, il signa le contrat.

Il entra dans ses fonctions aux laboratoires Wilson-Donovan une quinzaine de jours plus tard. Une fois à New York, il se réveilla tous les matins avec l'impression d'avoir décroché le gros lot.

Kate avait quitté son emploi de réceptionniste à la galerie d'art pour regagner New York le même jour que Peter. Elle avait élu domicile chez son père. Frank Donovan exultait. Son plan avait marché comme sur des roulettes. Sa petite fille chérie était revenue à la maison, et il comptait parmi ses cadres un jeune et brillant génie du marketing.

Les sondages commerciaux accaparèrent entièrement Peter pendant les mois suivants. Irritée, Kate s'en plaignit à son père, qui lui conseilla la patience. De nouveau, il avait vu juste. Plus détendu, Peter n'en demeura pas moins efficace au bureau. Perfectionniste dans l'âme, il tenait à prouver à son patron qu'il avait eu raison de lui faire confiance.

Il n'alla pas rendre visite à sa famille par manque de temps. Au grand soulagement de Kate, il s'accorda, toutefois, quelques loisirs. Finalement, un jour, il accepta de l'accompagner au théâtre, puis à des réceptions où elle lui présenta ses amis. Des gens charmants, convint-il, agréablement surpris.

Progressivement, ses craintes disparurent. Et le jour vint où aucune de ses anciennes hésitations concernant Kate ne subsista. Sa carrière le motivait et, comme Frank Donovan l'avait prédit, ses collègues ne s'étaient pas posé la moindre question sur sa présence au sein de l'entreprise. En fait, tout le monde l'appréciait... Kate et Peter annoncèrent leurs fiançailles dans l'année, ce qui n'étonna personne, à part Peter lui-même. Mais plus aucune inquiétude ne le torturait. Leur longue idylle, le fait qu'à New York il se sentait comme un poisson dans l'eau, la certitude qu'il avait enfin trouvé sa place avaient endormi ses craintes.

Frank Donovan décréta que « c'était écrit », Kate prétendit qu'elle en était « sûre depuis le début ». L'entourage du futur couple se répandit en félicitations. Muriel, la sœur du fiancé, ne put dissimuler sa joie lorsqu'il lui annonça la bonne nouvelle au téléphone. Seule une voix détonna dans ce merveilleux concert de congratulations : celle du père de Peter. Bizarrement, M. Haskel senior s'opposa à cette union avec autant de véhémence qu'il en avait mis à pousser son garçon à travailler pour la Wilson-Donovan. Plus tard, Peter regretterait « cette folie » déclara-t-il.

— Tu seras toujours la pièce rapportée, si tu l'épouses, fils ! Ce n'est pas juste mais c'est comme ça. Chaque fois que leurs regards se poseront sur toi, ils se rappelleront qui tu étais, pas qui tu es devenu.

Peter n'en crut pas un mot. Le milieu social de Kate ne l'effrayait plus. Il estima qu'il avait gagné sa place... Ses origines modestes, sa jeunesse pauvre, tout cela appartenait dorénavant à une autre vie. Comme si un étranger avait grandi dans le Wisconsin à sa place. Comme si ces vingt années avaient été rayées de son existence d'un seul coup. Le nouveau Peter Haskel avait vu le jour dans son nouvel univers. En moins d'un an il était devenu un businessman, un mondain, new-yorkais jusqu'au bout des ongles. Son affection à l'égard de sa famille demeurait inchangée. Mais la seule pensée de la ferme perdue dans les terres isolées du Midwest lui donnait encore des sueurs froides.

Il tenta de persuader son père du bien-fondé de sa décision. Le vieux Haskel s'entêta, puis de guerre lasse, accepta d'assister au mariage... La fatalité se chargea de contrarier leurs plans. Une semaine avant la cérémonie, un accident de tracteur le cloua au lit, avec un bras cassé et un dos en piteux état. Muriel, sur le point de donner naissance à son quatrième enfant, ne put se déplacer et Jack, son mari, préféra rester à son côté. Peter surmonta assez vite son chagrin. Pris dans un tourbillon d'activités, il se maria sans trop penser à l'absence des siens.

Le couple s'en fut en Europe pour sa lune de miel. De retour aux Etats-Unis, les jeunes mariés n'eurent jamais le temps de faire un saut jusqu'au Wisconsin. Kate avait toujours des projets pour Peter, tout comme Frank. Peter avait promis à son père de passer Noël à la ferme, sans en parler à Kate. Mise devant le fait accompli, force lui serait de s'incliner.

Une fois de plus, le destin s'en mêla. M. Haskel mourut à Thanksgiving des suites d'un infarctus. Une sensation suffocante envahit Peter, mélange de peine, de culpabilité et de regret. Il n'avait pas tenu parole, ne cessait-il de se répéter.

Il partit en catastrophe assister aux obsèques avec Kate. L'inhumation eut lieu sous une pluie battante. De sa place, devant la fosse béante qui allait bientôt accueillir la dépouille de son père, à l'abri sous son parapluie dégoulinant, Peter pouvait voir Muriel, secouée de sanglots, entourée de son mari et de sa progéniture. Il y avait un contraste frappant entre ces paysans endimanchés et l'élégant couple de citadins qu'il formait avec Kate. Il réalisa soudain qu'un fossé s'était creusé entre lui et sa famille, un gouffre que plus rien ne comblerait.

Kate se sentit mal à l'aise au milieu de ces gens si simples ; elle ne se gêna pas pour le faire comprendre à son mari. Muriel avait adopté vis-à-vis de sa belle-sœur une attitude glaciale, qui ne lui ressemblait pas. Et lorsque, plus tard, Peter lui en demanda la raison, elle marmonna d'une voix acerbe :

— Kate n'est pas des nôtres. Elle a beau être ta femme, elle n'a même pas connu papa.

Vêtue d'un chic manteau noir et coiffée d'une toque en fourrure, Kate semblait n'éprouver aucun chagrin, et Muriel en fit plus tard la remarque à son frère. Peter s'en offusqua. Une dispute faillit éclater, puis l'émotion l'emporta et, enlacés, frère et sœur donnèrent libre cours à leurs larmes.

La lecture du testament ne fit qu'aggraver le malaise. M. Haskel avait laissé l'exploitation à Jack et Muriel, ce qui parut choquer Kate.

— Pourquoi t'a-t-il fait ça ? fulmina-t-elle peu après, dans l'ancienne chambre de Peter, une petite pièce sombre, au sol recouvert d'un antique linoléum imitant les tomettes, et aux murs grisâtres à la peinture écaillée. Il t'a déshérité, t'en rends-tu compte ?

Il essaya de la calmer.

— C'est tout ce qu'ils ont, Katie. Leur vie se résume à ce misérable lopin de terre. La mienne est ailleurs, auprès de toi. J'ai ma carrière, je n'ai guère besoin d'héritage. Je n'en ai jamais voulu, et papa le savait.

— Vous pourriez vendre la propriété et partager l'argent équitablement. Cela leur aurait permis d'emménager dans une maison plus décente.

— Ils n'y tiennent pas, Katie. Papa a pris ces mesures afin que la ferme ne soit pas vendue, justement. Il y a mis toute son énergie. Il l'a achetée à la sueur de son front.

Elle se contenta de le dévisager d'un air outré. Peter lui avait décrit la ferme des années auparavant, quand ils étaient encore étudiants. C'était pire que tout ce qu'elle avait imaginé... Au moins, elle n'aurait pas à revenir en ce lieu sinistre, se consola-t-elle. Peter non plus, d'ailleurs. Pas après avoir été renié par son propre père.

Ils prirent congé d'une Muriel bouleversée. Peter l'embrassa avec la pénible impression de lui faire ses adieux. Sans s'en apercevoir, il se comportait exactement selon les souhaits de Kate. On aurait dit que celle-ci le voulait tout à elle, sans racines, sans attaches. Comme si elle nourrissait une jalousie féroce à l'égard de tout ce qui l'avait précédée : Muriel, son enfance commune avec Peter, leur maison natale. Finalement, grâce au testament, elle tirait un trait définitif sur le passé de son mari.

— Comme tu as eu raison de t'en aller, il y a des années, observa-t-elle tranquillement, tandis qu'ils empruntaient l'autoroute, sans remarquer les larmes de Peter. De toute évidence, ta place n'est pas ici, mon chéri.

Il aurait voulu démentir ses propos, ne serait-ce que par loyauté envers sa sœur et son beau-frère, mais il se tut. Kate avait raison, pensa-t-il avec tristesse. Sa place n'était pas ici. Elle ne l'avait jamais été.

A bord du vol pour New York, il se sentit mieux. Une vague de soulagement le submergea. Il l'avait échappé belle, une fois de plus. Pendant une fraction de seconde, l'idée que son père aurait pu lui laisser la ferme l'avait terrifié. Or, le vieux Haskel avait fait preuve de sagesse. Il connaissait son fils mieux que personne. A présent, Peter n'avait plus rien à voir avec la ferme. Elle ne le dévorerait pas. Il était enfin libre ! Ce qu'il avait toujours considéré comme un fardeau avait échoué à Jack et à Muriel.

Alors que l'appareil décollait à destination de l'aéroport Kennedy, il sut qu'il avait tourné une page de sa vie.

Pendant le trajet, il ne desserra pas les dents. Le lendemain, il demeura silencieux. Il portait secrètement le deuil de son père. Il n'éprouva nullement le besoin de s'épancher sur l'épaule de Kate, pour la bonne raison qu'elle ne paraissait pas concernée par ce problème. Il appela Muriel deux ou trois fois mais ils n'échangèrent pas plus de quelques phrases. Elle était trop occupée à courir après ses enfants, quand elle ne prêtait pas main-forte à Jack. Ses commentaires acidulés sur Kate déplurent à Peter. Sa sœur ne ratait pas une occasion de fustiger son comportement. Le gouffre n'avait cessé de se creuser. Très vite, il arrêta de lui téléphoner.

Peter se jeta à corps perdu dans le travail. Il se sentait chez lui dans la vaste cité tentaculaire. New York l'avait ensorcelé. Il évoluait avec la même aisance au bureau et parmi la faune étincelante que fréquentait Kate. Comme si, sans le savoir, il était né dans ce cocon doré.

Leurs relations estimaient que Peter était un homme d'une rare distinction. Lorsqu'il lui arrivait d'avouer avoir grandi dans une ferme, on en riait comme d'une bonne plaisanterie. Peter Haskel, fils de fermier ? Pensez-vous ! Avec ses airs d'aristocrate bostonien !

Il s'était plié de bonne grâce aux quatre volontés des Donovan. Frank avait convaincu le couple de s'installer à Greenwich, dans le Connecticut. Ils avaient conservé un charmant pied-à-terre à New York, à deux pas des bureaux de la société, mais de tout temps, les Donovan avaient habité Greenwich. Tous les matins, Frank et Peter prenaient le train. Ils rentraient en début de soirée.

La vie était douce dans la petite ville verdoyante. Le couple s'entendait à merveille. La ferme constituait leur seul sujet de dispute. L'héritage que Peter n'avait pas eu et dont il n'avait jamais voulu. Avec le temps, ils n'en parlèrent plus.

Une autre querelle les déchira, lorsque Frank leur offrit leur première maison. Peter avait tenté de refuser un présent aussi somptueux, puis s'était finalement rendu aux arguments de Kate. Elle désirait ardemment une grande demeure, afin de fonder une famille. Le salaire de Peter ne suffisait pas encore à lui assurer le train de vie auquel elle était habituée. Les craintes qui avaient hanté Peter avant leur mariage se concrétisaient, mais les Donovan avaient l'art et la manière de dédramatiser les situations. Le père de Kate appelait le manoir Tudor qu'il leur avait acheté « son cadeau de mariage ». C'était un véritable bijou, avec une splendide terrasse, cinq chambres à coucher, un vaste bureau pour Peter, deux salons, une immense salle à manger, une fabuleuse cuisine à l'ancienne. Aucun rapport avec le vieux ranch délabré que son père avait laissé à sa sœur dans le Wisconsin.

C'est alors que Frank Donovan suggéra d'embaucher une domestique et une cuisinière pour sa « petite puce ». Peter mit le holà. Il ferait lui-même la cuisine s'il le fallait. Kate mijota quelques succulentes recettes pendant un certain temps. Vers Noël, ses nausées matinales la retinrent au lit et Peter prit le relais. Il le fit dans la joie de l'attente de leur premier bébé. Le ciel, pensait-il, lui avait envoyé ce petit être pour le consoler de la perte de son père.

Ce fut le début de dix-huit années de bonheur. Ils eurent trois fils dans les quatre premières années de leur union. Katie abandonna ses soirées mondaines pour des associations de parents, des œuvres de charité, et pour organiser des ramassages scolaires. Dans son rôle de mère, elle n'en fut que plus épanouie. Les garçons participaient à de nombreuses activités — football, baseball, natation —, ce qui décida Kate à se présenter aux élections du conseil d'administration de l'école élémentaire de Greenwich. Elle devint l'égérie des écologistes du comté, et se lança à fond dans ses nouvelles occupations. Peter se plaisait à déclarer que « Katie se dépensait pour deux ». Pendant ce temps, il s'efforçait de s'imposer au bureau.

Kate était au courant de tout ce qui se passait dans l'entreprise. Depuis l'âge de trois ans, lorsque sa mère était morte, elle avait été la compagne de son père, sa confidente, son alliée. Il n'avait pas de secrets pour elle. Le fait qu'elle se marie n'y changea rien. Parfois, elle apprenait un détail concernant les affaires de son père avant Peter. Souvent, son mari lui annonçait une nouvelle qu'elle connaissait déjà.

Au fil des ans, Peter s'était résigné à cet état de choses. Frank Donovan occupait une place capitale dans leur vie et il en serait toujours ainsi. Autant l'accepter sans maugréer. Ses liens avec sa fille s'étaient avérés beaucoup plus solides que Peter ne l'avait pensé, mais quoi de plus normal ? Frank exerçait son emprise sur Kate avec loyauté et discrétion. Du moins Peter l'avait-il cru, jusqu'au jour où son beau-père voulut lui imposer le choix de la crèche des enfants. Peter tint tête de son mieux, sans résultat. Par moments, il avait l'impression que Kate et son père formaient un seul et même bloc. Une sorte de mur infranchissable. Malgré ses dénégations, Kate se rangeait presque toujours à l'opinion de son père. Les années avaient renforcé leurs liens, et cet attachement quasi pathologique constituait le seul point noir sur le ciel bleu de sa félicité avec Kate. Toute réflexion faite, les moments d'intense bonheur pesaient davantage dans la balance de leur mariage que ces petits inconvénients.

La mort de sa sœur affecta profondément Peter. Le cancer, une fois de plus. Le même mal que celui qui avait terrassé leur mère, mais Muriel n'avait que vingt-neuf ans. Une fois de plus, comme cela s'était produit des années auparavant, le manque de moyens n'avait pas permis à la malade de bénéficier d'un traitement de pointe. Par fierté, ils n'avaient pas fait appel à Peter. Lorsque Jack lui téléphona, Muriel était entrée en phase terminale. Il sauta dans le premier vol à destination du Wisconsin. A la vue de la mourante, son cœur se serra... Elle rendit le dernier soupir quelques jours plus tard, et dans l'année, Jack vendit la ferme, se remaria et partit s'installer dans le Montana.

Peter perdit la trace de ses neveux. Jack se manifesta des années plus tard mais Kate décréta que « l'eau avait coulé sous les ponts et que le revoir ne rimerait à rien ». Peter envoya à Jack la somme qu'il lui avait demandée. Il ne se déplaça pas... De toute façon, les enfants de Muriel ne le connaissaient pas. Et si Jack n'avait pas eu besoin d'argent, il n'aurait pas donné signe de vie... Peter ne vouait aucune affection particulière à son beau-frère. C'était réciproque. Il aurait bien voulu rendre visite à ses neveux et nièces, mais ne le fit pas. Le manque de temps... ou de véritable envie. C'était plus facile de suivre les diktats de Kate, puis d'essayer de se disculper à ses propres yeux en se disant : « J'ai ma carrière à mener, ma femme et mes enfants à protéger. »

Quatre ans plus tôt, quand Mike, son aîné, avait été en âge d'aller au lycée, un conflit avait opposé Peter à son beau-père. Selon la tradition en vigueur chez les Donovan, les garçons effectuaient leurs études secondaires à Andover. Frank avait émis le souhait que Mike se conforme au rite familial et, naturellement, Kate s'était empressée d'acquiescer. Contrairement à Peter, qui ne se sentait pas prêt à se séparer de son fils. Il s'était rebellé mais Frank était demeuré inflexible. Et il avait gagné la bataille en s'alliant la complicité de Mike. Aidé par Kate, il avait orienté la décision du garçon.

— Si tu ne vas pas à Andover, tu ne pourras pas t'inscrire dans une université convenable ou une Business School d'une certaine classe. Sache, petit, qu'on ne trouve pas d'emploi valable sans un diplôme prestigieux. Sans les relations adéquates que tu te feras à Andover.

Peter trouvait ces arguments ridicules. Lui-même s'était contenté de l'université de Michigan, dit-il à son fils. Il avait fini ses études dans un cours du soir à Chicago, s'était passé de Business School et, plus jeune, avait ignoré jusqu'à l'existence d'Andover.

— Pourtant, j'ai parfaitement réussi dans mon métier.

Il était à la tête d'une gigantesque industrie du médicament, ajouta-t-il. Rien ne l'avait préparé à affronter la repartie de Mike.

— Parce que toi, papa, tu l'as épousé, ton métier.

Peter blêmit comme sous le choc d'une gifle. L'expression de son regard sonna l'alarme dans l'esprit de Mike, qui se lança aussitôt dans des explications fumeuses. Il n'avait pas eu l'intention de le vexer. Vingt ans auparavant, les choses se passaient autrement... Peter fit semblant de le croire. Mike partit pour Andover. Aujourd'hui à l'instar de son grand-père, il irait à Princeton en septembre. Paul s'était inscrit à l'école d'Andover, lui aussi. Patrick, le plus jeune, avait choisi de sortir des sentiers battus. Il avait encore un an devant lui. Il se disait tenté par un pensionnat en Californie.

Ces départs avaient affecté Peter. Ses fils avaient adhéré aux coutumes des Donovan qui consistaient à passer ses années d'études loin du noyau familial. Même Kate, malgré les liens qui l'attachaient à son père, avait été envoyée au fameux pensionnat de Miss Porter... Peter aurait préféré avoir ses enfants à la maison. Une fois encore, il se résigna au compromis. Au dire de Kate, se priver de la compagnie de ses enfants, pourvu que ceux-ci reçoivent une excellente éducation, valait tous les sacrifices. Et d'après Frank, des amitiés durables se forgeaient à l'intérieur de ces écoles de luxe. Comment contrer de tels arguments ? Peter ne se donna pas cette peine. Il se sentit seul, après le départ de ses garçons. Ils étaient tout ce qu'il avait au monde, à part Kate.

Il fit contre mauvaise fortune bon cœur. Après tout, la vie l'avait comblé. Il menait brillamment sa carrière. Dès qu'il en avait eu les moyens, il avait acheté une maison plus spacieuse. Une somptueuse villa ceinte de plusieurs hectares de terres. La ville l'attirait davantage mais il savait combien Kate tenait à Greenwich. Elle y avait grandi, tous ses amis s'y trouvaient, et, bien sûr, son père habitait à deux pas. Elle aimait bien le savoir à proximité. Maintenant encore elle l'entourait d'attentions. Souvent, ils passaient le week-end chez Frank où ils discutaient paisiblement en buvant des jus de fruits, après une partie de tennis.

L'été, ils allaient en vacances à Martha's Vineyard, afin de lui tenir compagnie. Il y possédait une fabuleuse propriété, que les garçons adoraient. Les Haskel avaient fait l'acquisition d'un domaine plus modeste. Peter fit construire pour ses fils un bungalow, où ils pouvaient recevoir leurs amis. La maison était constamment pleine d'invités. Depuis des années, Peter et Kate vivaient entourés de jeunes, surtout à Vineyard.

Leur vie se déroulait sans heurt, douillette, confortable. Peter avait accepté des accommodements d'ordre domestique — vivre à Greenwich, l'éducation des enfants — mais au bureau, il refusait tout compromis. Son intégrité restait intacte. Il avait amplement mérité la confiance de Frank, qui lui avait donné carte blanche. Les idées, les projets de Peter Haskel avaient contribué à agrandir l'empire de son beau-père au-delà de toute espérance. Ses suggestions étaient réputées infaillibles, ses décisions combinaient l'audace à la sécurité. Frank savait ce qu'il faisait lorsqu'il l'avait embauché, comme lorsqu'il l'avait nommé président-directeur général de la compagnie.

Sept ans s'étaient écoulés depuis, dont quatre entièrement consacrés à Vicotec. Des études de marché ruineuses avaient abouti à un résultat inespéré... Dès le début, Peter avait considéré ce remède comme son « bébé ». La décision de développer le département des recherches scientifiques lui revenait. Il réussit à persuader Frank du bien-fondé de son projet. Il s'agissait d'un investissement colossal mais tous deux pensaient que « cela en valait la peine ». Un bonus supplémentaire pour Peter. Ayant atteint le point culminant de sa carrière, il allait prendre de court ses concurrents tout en réalisant son rêve le plus ardent : soulager les souffrances de l'humanité. En mémoire de sa mère et de Muriel, il tenait à ce que Vicotec voie le jour le plus vite possible. Si un tel produit avait existé de leur temps, les vies des deux femmes auraient été sauvées, sinon prolongées. Et maintenant, il désirait apporter l'espoir d'une rémission, voire d'une guérison, à d'autres malades. Des personnes démunies, condamnées à mourir, à moins qu'un médicament comme celui-ci ne leur vienne en aide.

Dans le taxi, il fit pour la énième fois le bilan des entretiens qu'il avait eus en Europe durant la dernière semaine. Partout, les scientifiques avaient réservé un accueil chaleureux au nouveau traitement. C'était plus qu'encourageant. De nouveau, il regretta l'absence de Kate, alors que la voiture roulait à vive allure en direction de Paris.

Peter tenait Paris pour la plus belle ville du monde. A l'approche de la porte Maillot, son cœur se mit à battre la chamade. Il était venu pour la première fois à Paris une quinzaine d'années plus tôt, un jour de fête nationale, et se rappelait encore l'exaltation qui l'avait envahi, tandis qu'il descendait les Champs-Elysées, seul dans une voiture louée. Un gigantesque drapeau français se balançait doucement au vent sous l'Arc de Triomphe. Il s'était arrêté au milieu de l'avenue et était sorti du véhicule, afin d'admirer le spectacle. Un peu gêné, il s'était rendu compte qu'il avait les larmes aux yeux.

— Tu as dû être français lors d'une vie antérieure, le taquinait Kate en riant.

C'était une explication comme une autre, sauf qu'il ne croyait pas aux vies antérieures. Cependant, quelque chose d'impalpable le liait à cette ville, une sorte de sortilège qu'il ne parvenait pas à s'expliquer. Il avait gardé de merveilleux souvenirs de chacun de ses séjours. Cette fois-ci, il en serait de même. Son rendez-vous, le lendemain, avec le taciturne Paul-Louis Suchard, serait ni plus ni moins une célébration.

Le taxi s'était mêlé à la circulation de la mi-journée. Regardant par la vitre, Peter guettait les points de repère familiers, ici le dôme gracieux des Invalides, là la majestueuse façade de l'Opéra. Enfin, la place Vendôme. Il eut l'impression d'être arrivé chez lui à la vue de l'imposante colonne de bronze surmontée de l'effigie de Napoléon Ier, érigée au milieu du plan octogonal. L'espace d'une seconde, il crut apercevoir de rutilants carrosses, transportant des marquis et des marquises coiffés de perruques poudrées de blanc et vêtus de satin.

Le taxi s'arrêta devant le Ritz. Le portier, le visage éclairé par un large sourire, se précipita pour ouvrir la portière. Il avait reconnu Peter, comme il semblait reconnaître chaque arrivant. Sur un signe de sa main gantée, un groom s'empara de l'unique bagage du passager, alors que celui-ci réglait la course au chauffeur.

Rien ne distinguait le Ritz des édifices avoisinants couronnés de frontons, et des boutiques étincelantes. Chaumet et Boucheron, Chanel, au coin du square, JAR, d'après les initiales de Joel A. Rosenthal, son fondateur, juste à côté. Aux yeux de Peter, le Ritz était un hôtel unique au monde. Il suffisait d'en franchir le seuil pour s'en apercevoir. L'établissement offrait, dans une atmosphère délicieusement décadente, un confort et un luxe inouïs... C'était un endroit trop somptueux pour une simple escale de voyage d'affaires, mais il en était venu à ne plus pouvoir s'en passer. Le Ritz incarnait une note de fantaisie dans sa vie trop ordonnée, trop soumise aux règles de la raison. Il en aimait la subtile élégance, l'exquise décoration, le riche éclat des tentures murales en brocart, les magnifiques cheminées d'époque.

Le Ritz ne l'avait jamais déçu. Il le comparait souvent à une amoureuse ardente que l'on ne voit que rarement, mais qui vous attend toujours les bras ouverts, dans ses plus beaux atours, chaque fois plus charmante que lors de votre visite précédente. Il adorait le Ritz presque autant que Paris. Cela faisait partie du sortilège.

Il franchit la porte à tambour, gravit les deux larges marches de la réception. Remplir le formulaire de l'hôtel constituait un pur divertissement. Peter laissa errer un regard alentour. A sa gauche, un couple de Sud-Américains, lui, fringant quinquagénaire, elle, étourdissante créature en robe carmin. Ils bavardaient entre eux en espagnol. A l'évidence, elle sortait de chez le coiffeur; à son annulaire un énorme solitaire brillait de mille feux. Elle lui dédia un sourire mutin sans cesser de parler à son compagnon. De fait, Peter était très séduisant. Rien dans sa mise n'aurait pu trahir ses origines campagnardes... Le parfum de la fortune, le charisme du pouvoir, la grâce de l'élite l'avaient transformé. Tout en lui suggérait la puissance. L'importance. Pourtant si l'on regardait de plus près, on découvrait sous le vernis de l'homme du monde une douceur inattendue. Une rare bonté, une générosité extraordinaire, de la compassion... Bien sûr, la femme en rouge ne vit rien de tout cela. Elle s'en tint aux apparences : la cravate Hermès, les mains soignées, les chaussures anglaises, le costume sur mesure, l'attaché-case Gucci.

A droite de Peter, un groupe de vieux Japonais tirés à quatre épingles devisaient à mi-voix en fumant des cigarettes. Un jeune homme les attendait ; derrière le comptoir, l'un des employés de la réception leur parlait en japonais. Après, ce serait le tour de Peter.

Un mouvement du côté de l'entrée attira son attention. Quatre hommes au teint basané apparurent, talonnés par un tandem d'individus d'aspect plus imposant. Ils inspectèrent rapidement les lieux, après quoi, la porte à tambour, en un éclair multicolore, livra passage à trois superbes femmes vêtues de Dior. C'était le même modèle mais de couleur différente. Comme la belle Sud-Américaine, elles étaient impeccablement coiffées et portaient de somptueux diamants. Les six gorilles les entourèrent aussitôt, alors qu'apparaissait un vieil Arabe distingué.

— Le roi Khaled, murmura quelqu'un, à moins que ce ne soit son frère, et ses trois épouses. Ils resteront un mois. Ils ont réservé le quatrième étage qui surplombe les jardins.

Le groupe se fraya un passage très remarqué vers l'ascenseur, de nombreux domestiques dans son sillage. Tous les regards les suivirent, à tel point que Catherine Deneuve se glissant subrepticement vers le restaurant passa presque inaperçue, et qu'on oublia que Clint Eastwood, qui tournait un film à Paris, habitait l'une des suites du dernier étage. Les célébrités étaient monnaie courante au Ritz, et Peter se demanda si un jour il serait suffisamment blasé pour les ignorer. Pour le moment, il s'amusait comme un fou ! Il admirait toujours les épouses du souverain arabe, qui babillaient allègrement à l'intérieur du cordon de sécurité formé par leurs gardes du corps, quand une voix joviale le fit sursauter.

— Monsieur Haskel ! Quel plaisir de vous revoir.

— Tout le plaisir est pour moi, dit-il avec un sourire à l'adresse du réceptionniste.

Celui-ci poussa à son intention une fiche sur le comptoir. On lui avait octroyé une chambre au troisième. Il acquiesça. A son avis, il n'y avait pas de mauvaises chambres au Ritz.

— A ce que je vois, les affaires marchent comme d'habitude, reprit-il, en faisant allusion au roi et à son harem, une clientèle coutumière de l'établissement.

— Comme d'habitude, monsieur, sourit le réceptionniste en reprenant la fiche que Peter avait remplie. Désirez-vous monter tout de suite ?

Il donna le numéro de la chambre à un garçon d'étage, avant d'escorter Peter à travers le lobby. Ils longèrent le bar, puis le restaurant, pris d'assaut par une population élégante, et Peter jeta, en passant, un coup d'œil à Catherine Deneuve. Assise à une table d'angle, la star, toujours éblouissante, riait aux plaisanteries d'un ami. C'était tout cela qui l'attirait ici. Les visages, les gens, un certain sens du cosmopolitisme européen. En empruntant le long couloir bordé de vitrines illuminées, il remarqua un bracelet en or que Katie adorerait, très certainement. Il lui rapportait toujours des cadeaux de ses voyages. Pour la consoler de n'avoir pu l'accompagner, disait-elle des années plus tôt, soit parce qu'elle était enceinte, soit parce que les enfants avaient encore besoin d'elle. En vérité, elle n'avait pas le cœur de quitter son petit monde à elle, ses comités, ses ventes de charité, ses amis. Avec les deux aînés en pension et le dernier à la maison, elle aurait pu venir, cette fois-ci. Elle avait trouvé une excuse et Peter n'avait pas insisté. Puisqu'elle n'en avait pas envie... En tout cas, elle aurait son cadeau. Ses fils aussi. Le dernier vestige de leur enfance.

Ils arrivèrent devant l'ascenseur. Le roi arabe et sa cour avaient disparu. Ils venaient régulièrement en mai-juin pour les défilés de mode des grands couturiers, revenaient en hiver pour la même raison.

— Il fait chaud cette année, dit-il au réceptionniste, alors qu'ils attendaient l'ascenseur.

C'était une journée splendide, d'une douceur ineffable, qui donnait envie de se prélasser à l'ombre mouvante d'un arbre, en regardant les nuages voguer dans le ciel. Cela ne l'empêcherait pas d'appeler Paul-Louis Suchard pour essayer d'avancer leur rendez-vous du lendemain.

— Le thermomètre n'a pas cessé de grimper de toute la semaine, répondit le réceptionniste d'un ton affable.

Le beau temps mettait tout le monde de bonne humeur. Et grâce à l'air conditionné, aucun client de l'hôtel ne souffrait de la chaleur. Une Américaine précédée de trois Yorkshire enrubannés les dépassa, et les deux hommes échangèrent un sourire amusé.

Alors, comme si une charge d'électricité avait saturé l'air, Peter sentit un regain d'activité dans son dos. Le roi arabe, sans doute, ou une vedette de cinéma. L'excitation était presque palpable, et il se retourna. Un groupe d'hommes en habits sombres avait surgi. Ils étaient quatre. Impossible de distinguer la personne qu'ils précédaient. Des gardes du corps, si l'on se fiait aux écouteurs qu'ils avaient aux oreilles et à leurs walkies-talkies. Il ne leur manquait que le feutre et l'imperméable.

Ils allaient du même pas. Parvenus à la hauteur de Peter et du réceptionniste, ils s'écartèrent, laissant voir des hommes en costumes d'été. Des Américains. L'un d'eux, grand et blond, dominait ses compagnons. Il ressemblait à une étoile du grand écran et son magnétisme agissait sur les autres comme un stimulant. Suspendus à ses lèvres, ils buvaient ses paroles, prêts à rire à son moindre trait d'humour.

Une physionomie connue, mais où Peter l'avait-il vue ? La mémoire lui revint d'un seul coup. Anderson Thatcher, le très dynamique — et très controversé — sénateur de Virginie. A quarante-huit ans, il avait trempé dans quelques scandales retentissants mais en était sorti chaque fois victorieux des sombres rumeurs. Les drames ne l'avaient pas épargné. Six ans plus tôt, son frère Tom, candidat à la présidence, avait été assassiné juste avant l'élection. Il aurait sûrement gagné la course à la Maison-Blanche. Toutes sortes d'hypothèses concernant les commanditaires du meurtre avaient fleuri un peu partout. Le fait divers avait même inspiré deux mauvais films. Les policiers avaient finalement arrêté le meurtrier, qui avait agi seul sous l'emprise de la démence.

Les années qui avaient suivi avaient été marquées par l'ascension d'Anderson Thatcher, « Andy » pour ses admirateurs. Figure de proue des milieux politiques, il passait actuellement pour un sérieux prétendant à la présidence. Il n'avait pas encore annoncé officiellement sa candidature, mais cela ne saurait tarder, selon les prévisions de la presse. Peter avait suivi ses discours avec intérêt. En dépit de certains potins déplaisants à son sujet, il avait apprécié ses idées. En le voyant au milieu de ses partisans, il lui découvrait un charisme qui le conforta dans ses opinions.

Thatcher avait été frappé au cœur une seconde fois, quand son petit garçon de deux ans avait succombé à un cancer foudroyant. A l'époque, Peter avait parcouru les articles des journaux. Il se souvenait notamment d'une photo de sa femme, l'air ravagé, surprise par un photographe alors qu'elle quittait le cimetière, petite silhouette brisée et solitaire, Thatcher la suivant au bras de sa propre mère. Le visage de la jeune femme, marqué par une terrible souffrance, l'avait fait frissonner. Le temps avait sans doute adouci la peine du sénateur, à en juger par la bonne humeur avec laquelle il s'adressait à ses compagnons.

Ce ne fut qu'un instant plus tard qu'il l'aperçut. Les hommes s'étaient légèrement déplacés, dévoilant une personne qui se tenait à l'écart du groupe. Un simple regard, une vision fugitive, une rapide impression et, brusquement, le souvenir lui revint, fulgurant. La femme de la photo ! Paupières baissées, nimbée d'une aura d'extrême délicatesse, si menue et si fragile. Un tout petit bout de femme, avec des yeux immenses — les plus grands que Peter eût jamais vus — qui vous donnaient envie de ne plus jamais la quitter du regard... Douce et réservée, dans son tailleur Chanel de lin bleu ciel. Personne ne faisait attention à elle, pas même les gardes du corps, alors qu'elle attendait tranquillement l'ascenseur dans son coin.

Elle leva les yeux vers Peter. Ils semblaient les plus tristes du monde... Il nota ses longues mains aux doigts fins, alors qu'elle cherchait quelque chose dans son sac. Enfin, l'ascenseur fut là. Les hommes se ruèrent dans la cabine sans penser à s'effacer pour la laisser passer ; elle les suivit docilement. Il émanait de tout son être une dignité incroyable. Une grande dame, perdue dans ses rêveries.

Peter lui jeta un coup d'œil à la dérobée. D'autres instantanés d'elle, dans d'autres revues, pris dans de meilleures circonstances, lui revinrent en mémoire. Jeune mariée. Jeune fille au bras de son père. Il se rappela son nom tout aussi brusquement. Olivia Douglas Thatcher. Mme Anderson Thatcher. Issue, elle aussi, d'une famille politique de renom. Son père était le gouverneur du Massachusetts, son frère député à Boston. Elle devait avoir environ trente-quatre ans et faisait partie de ces personnes qui fascinent les reporters par leur mystère. Peter avait lu énormément d'interviews d'Andy, mais bien sûr, jamais d'Olivia Thatcher. Elle se tenait volontairement dans l'ombre de son mari. Une étrange émotion envahit Peter. Ils étaient si près l'un de l'autre à l'intérieur de la cabine bondée qu'il aurait pu la toucher. Il avala péniblement sa salive, l'œil rivé sur ses magnifiques cheveux d'un brun ardent. Comme si elle s'était sentie observée, elle releva la tête ; leurs regards se croisèrent et le temps se figea. De nouveau, il fut frappé par la tristesse de ses grands yeux — des yeux si expressifs... Mais non, voyons, son imagination lui jouait des tours, elle avait des yeux comme tout le monde ! Elle se détourna brusquement et elle fixait le vide lorsqu'il sortit de l'ascenseur.

Son bagage trônait au milieu de la chambre. Sitôt qu'il en eut franchi le seuil, Peter se sentit au septième ciel. Son regard erra joyeusement sur les tentures de brocart pêche, les meubles anciens, la cheminée de marbre abricot, les rideaux de soie et satin assortis au couvre-lit, la salle de bains attenante, toute de marbre, les fenêtres ouvrant sur le jardin. La perfection.

Il glissa un pourboire royal dans la main du réceptionniste. Resté seul, il s'accouda à la balustrade, grisé par l'arôme entêtant des parterres fleuris, mais l'image d'Olivia Thatcher resurgit dans son esprit. Il en resta interdit, obnubilé par ce visage, ces yeux, ce regard extraordinaire, mélange de force et de chagrin. A sa façon, elle était plus impressionnante que son mari, même si elle ne s'intéressait pas à la politique. Elle n'avait jamais participé au jeu du pouvoir ni par le passé ni aujourd'hui où son mari était le candidat favori aux primaires de son parti. Quels secrets dissimulait-elle ? Etait-ce vraiment de la tristesse ou simplement du détachement ? Personne ne lui avait adressé la parole et cela semblait lui convenir. Mais pourquoi l'avait-elle regardé avec une telle intensité ? Qu'avait-elle voulu lui dire ?

Il pensait encore à elle quand, peu après, s'étant lavé les mains et ayant passé de l'eau sur son visage, il appela Suchard. Il avait hâte de le voir. Un dimanche, pourquoi pas ? La perspective d'une rencontre à l'improviste n'enchantait pas franchement le scientifique. Néanmoins, il accepta.

— Eh bien, à dans une heure.

Peter essaya de joindre Kate au téléphone sans succès. Il était à peine neuf heures du matin à Greenwich, mais les longues sonneries restèrent sans réponse. Elle devait faire des emplettes, à moins qu'elle ne présidât une assemblée locale. On la trouvait rarement à la maison après neuf heures et elle ne rentrait pas avant cinq heures et demie. Mme Haskel s'inventait mille occupations. Actuellement, avec le conseil d'administration de l'école sur les bras, et un seul enfant à charge, elle rentrait encore plus tard.

Peter quitta sa chambre précipitamment. Il lui tardait de rencontrer Suchard. Cet instant, il l'attendait depuis des mois. L'ultime feu vert avant la mise sur le marché de Vicotec. Ce n'était qu'une simple formalité mais d'une importance capitale. Suchard passait pour une sommité en matière de cancérologie. Sa bénédiction était indispensable au lancement du médicament.

L'ascenseur se fit moins attendre que pour monter et Peter s'engouffra dans la cabine. Il portait le même costume mais avait passé une chemise propre bleu lavande, avec des poignets et un col blancs. Du coin de l'œil, il remarqua une mince silhouette dans un coin. Une femme en pantalon de lin et tee-shirt noirs, portant des lunettes aux verres teintés. Chaussures plates, cheveux tirés en arrière... Olivia Thatcher !

Après avoir vu ses photos dans la presse pendant des années, il la rencontrait en chair et en os deux fois en moins d'une heure. Elle paraissait beaucoup plus jeune que dans son tailleur Chanel. Elle l'avait reconnu, elle aussi, car elle parut l'observer derrière ses verres noirs, mais ni l'un ni l'autre ne soufflèrent mot. Peter regarda ailleurs. Il ressentait la présence de la jeune femme de façon palpable, intense. Elle l'intriguait. Et pas seulement à cause de ses yeux. Son maintien, ses mouvements y étaient pour quelque chose, ainsi que la légende tissée par les journalistes autour de sa personne. « Altière et calme », se dit-il. D'une réserve princière. Il retint ses interrogations.

« Qui êtes-vous, madame Thatcher ? Etes-vous triste ou indifférente ? Qu'avez-vous éprouvé à la mort de votre petit garçon ? Etes-vous toujours déprimée ? »

Le genre de questions dont les reporters la bombardaient et auxquelles elle n'avait jamais daigné répondre. Il eut soudain envie de l'attirer dans ses bras, tout contre lui, dans l'espoir absurde de comprendre pourquoi il pouvait lire tant de choses dans son regard. Ou de savoir s'il avait subitement perdu la raison. Il voulait tout connaître d'elle, ce qui relevait de l'impossible. Ils resteraient à jamais étrangers l'un à l'autre.

Son parfum l'enivrait. Le souffle court, il étudia les reflets de la lumière sur sa chevelure brune et lustrée, crut sentir sous ses doigts la douceur soyeuse de sa peau... L'ascenseur atteignit le rez-de-chaussée, la porte coulissa, laissant paraître la carrure herculéenne d'un garde du corps qui l'attendait. Elle sortit sans un mot, et l'homme lui emboîta le pas.

« Quelle étrange destinée », songea Peter en la suivant du regard, attiré par elle comme par un aimant. Il dut se rappeler à l'ordre. Il n'avait pas de temps à perdre en rêveries de collégien. Elle dispensait des ondes magiques, s'entourait de mystère. C'était le genre de femme que l'on s'efforce de connaître sans jamais y parvenir.

Il sortit sur le trottoir ruisselant de soleil. Le portier héla un taxi dans lequel Peter s'installa. « Est-ce que quelqu'un la connaissait vraiment ? », s'interrogea-t-il. Alors que la voiture traversait la place, il l'aperçut qui tournait au coin de la rue de la Paix. Elle marchait d'un pas vif, tête baissée, yeux masqués par les lunettes noires, le garde du corps sur ses talons.

Malgré lui, Peter se demanda où elle allait.

2

Le rendez-vous avec Suchard fut de courte durée. Comme d'habitude, le savant entra dans le vif du sujet, sans préambule inutile... Peter s'attendait à un jugement favorable. Mais à mesure que les mots s'enchaînaient pour former le verdict, il crut entendre sonner le glas de ses espérances. Une sentence de condamnation sans appel. Au terme d'une longue série d'essais, Vicotec n'avait pas remporté les suffrages escomptés. D'après Suchard, le médicament comportait de nombreux effets secondaires indésirables, voire mortels. Les petites gélules miraculeuses des laboratoires Wilson-Donovan n'étaient pas encore au point. Utilisées à mauvais escient ou mal dosées, elles détruisaient les cellules saines en même temps que les tumeurs. Compte tenu de cela, il faudrait encore des années de recherches avant que le produit soit efficace et sans danger, si tant est qu'il le soit un jour.

Peter écoutait, pétrifié. Il n'en croyait pas ses oreilles. Il avait acquis suffisamment de connaissances sur les produits chimiques pour poser deux ou trois questions pertinentes. Suchard convint qu'il n'avait pas encore toutes les réponses. Il répéta toutefois que Vicotec constituait un danger public et qu'à la place de ses créateurs, il abandonnerait purement et simplement le projet. S'ils persévéraient, la tâche serait rude dans les années à venir. De nouvelles expériences devraient être entreprises afin d'isoler la molécule déficiente entrant dans la composition du médicament. Sans aucune garantie de succès, par ailleurs. Mais tel qu'il se présentait, Vicotec risquait de tuer au lieu de guérir.

Peter eut une moue douloureuse, comme s'il venait d'encaisser un coup.

— Etes-vous sûr qu'il n'y a pas eu d'erreur dans vos tests, Paul-Louis ? interrogea-t-il d'une voix pleine de désespoir.

— Non, j'en suis certain, répondit le biologiste dans un anglais teinté d'un accent à couper au couteau.

Peter le regarda, horrifié. Paul-Louis arborait son air taciturne. Ce n'était pas la première fois qu'il mettait le doigt sur la faille cachée d'un nouveau traitement. Il passait pour un oiseau de mauvais augure, mais telle était sa vocation.

— Il reste un test à effectuer. S'il est positif, il pourrait améliorer l'ensemble. Pas complètement, cependant.

Cela voudrait dire qu'ils gagneraient un an ou deux... Mais il s'agissait toujours d'années, pas de mois, encore moins de semaines. Et de toute façon ils ne seraient jamais prêts pour les auditions de la FDA.

— Quand aurez-vous les résultats définitifs ? interrogea Peter.

Il en était malade. Il était en train de vivre le pire jour de sa vie. Quatre années d'efforts pour rien.

— Dans quelques jours, je suppose. Que ce soit clair, Peter, il s'agit d'une vérification de routine. Quant à moi, j'ai déjà mon opinion sur Vicotec, et je ne suis pas près d'en changer.

— Pensez-vous qu'il soit récupérable ?

— Personnellement, oui, je le crois. Certains de mes collaborateurs sont d'un avis contraire. Ils prétendent que ce serait une véritable bombe à retardement, surtout si on la confiait à des mains inexpérimentées. Votre composé n'est pas à la hauteur de vos attentes. Pas encore. Peut-être ne le sera-t-il jamais.

C'était aussi net et tranchant qu'un couperet. Ils avaient voulu fabriquer une forme de chimiothérapie légère, d'accès facile même pour des profanes, pouvant être utilisée dans des communes éloignées des grands centres hospitaliers. Mais rien de tout cela n'allait pouvoir se réaliser. Du moins pas tout de suite. Alors, quand ? Une expression de pur désespoir envahit les traits de Peter. On eût dit quelqu'un qui venait de perdre d'un seul coup sa famille et tous ses amis. Il commençait à entrevoir les conséquences de cet échec... les complications sans fin.

— Je suis désolé, compatit Suchard. Avec le temps, vous gagnerez la bataille. Armez-vous de patience.

Peter ébaucha un hochement de tête. Des larmes lui brouillèrent la vue. Il avait frôlé la victoire et, brusquement, celle-ci se dérobait. Il était venu ici plein de confiance. Puis, ce qu'il avait considéré comme une simple formalité avait basculé dans le cauchemar.

— Quand aurez-vous terminé les tests ? questionna-t-il.

L'idée de retourner à New York pour annoncer à Frank la catastrophe l'emplissait d'effroi.

— Dans deux ou trois jours. Quatre peut-être. Je n'en suis pas sûr. Disons à la fin de la semaine.

— Modifierez-vous votre position selon les nouveaux résultats ?

Comme un mendiant, il quémandait l'aumône

d'une promesse. Suchard passait pour un conservateur. Peut-être s'était-il montré trop circonspect... Peter avait du mal à comprendre ce qui s'était passé. Pourquoi ces résultats s'opposaient-ils diamétralement à tous les autres ? Cependant, Suchard ne s'était jamais trompé. Ne pas tenir compte de son avis équivalait à une initiative hasardeuse qu'ils regretteraient par la suite. A l'évidence, ils ne pouvaient l'ignorer.

— En partie, peut-être. Pas totalement. Si les prochaines analyses nous donnent satisfaction, l'homologation du produit sera retardée d'un an environ.

— Six mois ! Ecoutez, si nous nous donnions tous les moyens d'améliorer la formule...

Les bénéfices à venir valaient largement cet ultime sacrifice. Le profit faisait partie des arguments auxquels Frank était sensible. Pas la recherche.

— Trop court. Vous vous lanceriez dans un défi téméraire. Un engagement terriblement imprudent.

— La décision revient à M. Donovan, naturellement. Je n'ai pas encore évoqué cette possibilité avec lui.

Il n'avait aucune envie d'entamer une telle discussion au téléphone. Surtout pas avant d'avoir recueilli les dernières conclusions du biologiste français.

— J'attendrai que vous ayez terminé la série d'examens, Paul-Louis. Puis-je vous demander la plus grande discrétion ?

— Comptez sur moi.

Ils convinrent de se revoir lorsque le dossier serait complet. Paul-Louis promit de l'appeler.

Leur entretien s'acheva sombrement.

Dans le taxi qui le ramenait à l'hôtel, l'épuisement s'abattit d'un seul coup sur Peter. Il descendit de voiture à quelques pâtés de maisons et fit le reste du trajet à pied. Sa détresse se muait en indignation. Ils avaient travaillé si dur sur ce projet, ils y avaient tellement cru ! Par quelle malchance cela avait-il si mal tourné ? Comment Vicotec, le sauveur, s'était-il changé en meurtrier ? Pourquoi ne s'en étaient-ils pas doutés plus tôt ? Et pourquoi cela arrivait-il aussi subitement ? Il avait souhaité guérir et calmer et il avait engendré un poison. Il sentit un arrière-goût amer dans la bouche. Celui de l'échec.

C'était l'heure de l'apéritif. Il traversa le hall de l'hôtel, indifférent au remue-ménage d'une foule en tenue de soirée. Il ne vit rien, ni le roi arabe et son harem, ni les riches Japonais, ni les vedettes de cinéma et les top-models venus de tous les coins du globe. Il monta dans sa chambre par l'escalier, l'esprit embrumé, d'un pas de somnambule. Bientôt, il lui faudrait devoir téléphoner à son beau-père... Pas avant d'avoir réuni toutes les informations, cependant. Il aurait voulu se confier à Kate, mais impossible ? Leur conversation serait répétée mot pour mot à Frank Donovan avant le lendemain matin. Cela constituait une sorte de fissure dans leur relation. Kate était incapable de garder le moindre secret. Tout ce que le couple se disait était invariablement rapporté à Frank. Leur complicité datait de sa plus tendre enfance et rien ne semblait pouvoir l'entamer. Peter s'y était résigné. Souvent, il omettait de dire à Kate des choses qui lui tenaient à cœur, de crainte qu'elle ne les répète à son père. En l'occurrence, ce manque de confiance envers sa femme lui pesait étrangement. Il allait se taire, attendre sa prochaine entrevue avec Paul-Louis, avant de faire face à son beau-père.

Il resta dans sa chambre, ce soir-là, le regard rivé à la fenêtre, s'efforçant en vain de faire le point. C'était incroyable. Vers neuf heures et demie, il était accoudé au balcon, s'efforçant d'écarter la possibilité d'un échec absolu. Mais il ne put que ressasser les mêmes pensées, ses rêves effondrés comme un château de cartes, le fait que, si près du but, il lâchait pied. Certes, tout espoir n'était pas perdu mais il y avait peu de chances d'obtenir gain de cause maintenant. Et se présenter devant la sous-commission d'homologation en septembre serait inutile. Soudain, il avait tant de choses auxquelles penser, à remettre en ordre ! A dix heures, il décida d'appeler Katie. Il ne lui dirait rien, évidemment, mais le son de sa voix apaiserait son désarroi.

Il composa le numéro. Pas de réponse. Il devait être six heures du soir, là-bas, et même Patrick n'était pas rentré. Peut-être Katie se promenait-elle en ville. En reposant le récepteur sur le combiné, une vague de désespoir l'envahit. Quatre ans de dur labeur partaient en poussière en un seul jour. En un instant, tous ses rêves venaient d'être anéantis. Et il n'avait personne à qui en parler. C'était affreux.

L'envie de faire un tour s'évanouit aussitôt. Déambuler dans les rues de Paris ne ferait que raviver sa déception. Pourtant, un peu d'exercice l'aiderait à exorciser ses démons intérieurs. Il opta pour la piscine de l'hôtel, deux étages plus bas. Heureusement, c'était encore ouvert. Il avait pris un maillot de bain bleu foncé, au cas où il aurait le temps de piquer un plongeon. Du temps, il en avait maintenant à profusion, alors que Suchard se livrait aux dernières expériences avant d'émettre son diagnostic final.

Le gardien lui jeta un regard étonné. Il était minuit passé. L'endroit était désert, silencieux. L'employé, qui feuilletait tranquillement une revue, lui assigna une cabine dont il lui remit la clé. Peu après, Peter traversa le petit bassin, qui sentait le désinfectant, en direction de la large piscine miroitante. Il était content d'être là. Rien de tel qu'un peu de natation pour vous éclaircir les idées.

Il plongea du côté le plus profond. Son long corps mince et musclé fendit l'eau céruléenne. Il nagea un bon moment sous l'eau, avant d'émerger à l'autre bout. Alors, il la vit. Elle crawlait avec grâce, si petite et si souple qu'elle semblait avalée par l'étendue liquide. Ses cheveux mouillés accusaient une teinte d'encre, et ses immenses yeux sombres s'écarquillèrent lorsque, à son tour, elle l'aperçut. Elle le reconnut instantanément, bien qu'elle n'en laissât rien paraître. Elle continua à nager sous son regard... Une sensation singulière envahit Peter, la même que quelques heures plus tôt, dans l'ascenseur. C'était la troisième fois qu'il la rencontrait aujourd'hui. Elle avait l'air terriblement proche et lointaine en même temps... habitante d'un univers parallèle.

Ils se croisèrent trois ou quatre fois au milieu de la piscine, alors que chacun s'efforçait d'évacuer ses propres angoisses. A un moment donné, ils se trouvèrent du même côté, accrochés au rebord carrelé de faïence azuréenne, afin de reprendre leur souffle. Tous deux étaient hors d'haleine. Ne pouvant détacher son regard de la jeune femme, Peter lui sourit, et contre toute attente, elle lui rendit son sourire. Ensuite, tout aussi subitement, elle s'éloigna à grandes brasses, sans un mot. Elle devait fuir les gens comme la peste, de crainte d'avoir à subir un feu nourri de questions indiscrètes. Aucun garde du corps n'était visible alentour. Elle avait très certainement échappé à leur vigilance. Cela n'avait pas dû être très difficile, du fait qu'ils ne faisaient aucune attention à elle. Ils n'avaient d'yeux que pour le sénateur et cela semblait lui convenir parfaitement.

Elle fit surface à l'autre extrémité de la piscine. Sans s'en rendre compte, Peter se mit à nager lentement vers elle. Il n'avait aucune arrière-pensée, et de toute façon, il n'aurait pas su quoi lui dire. La regarder lui suffisait. Elle le fascinait au même titre qu'une icône, une œuvre d'art, une énigme. Elle n'appartenait pas à la réalité, pensa-t-il. Comme pour étayer cette observation, elle jaillit hors de l'eau avec rapidité, dans son maillot noir d'une seule pièce, esquissa un pas de ballerine sur le carrelage brillant. En un seul geste agile elle se drapa dans une ample serviette de bain, et lorsqu'il leva les yeux, elle avait disparu. Il avait eu raison, finalement. Elle n'était pas réelle, elle appartenait à la légende.

Il regagna sa chambre peu après. Il avança la main vers le téléphone pour composer le numéro de Kate, mais à mi-parcours, la laissa retomber, inerte. Il était sept heures du soir dans le Connecticut. Il l'imagina en train de dîner avec Patrick. Une autre fois, se dit-il. Curieusement, il n'avait rien à lui dire... Enfin, rien de ce qui le préoccupait vraiment. Les paroles de Suchard lui revinrent en mémoire. Il ne pouvait les partager avec personne. Peter s'allongea sur le grand lit. Il se sentait bien seul dans sa somptueuse chambre du Ritz, à Paris. Il avait cru venir au paradis et il était tombé au purgatoire. Il resta un long moment immobile, dans l'obscurité. Son corps était apaisé mais pas son esprit. L'image d'Olivia Thatcher s'imprima soudain sur l'écran de ses paupières closes. Si belle, si irréelle, désespérément seule, elle aussi. Oui, sûrement. Il ignorait ce qui l'autorisait à tirer cette conclusion. Peut-être les articles des journaux. Peut-être ses grands yeux d'un brun velouté, qui, l'espace d'un instant, lui avaient dévoilé un insondable abîme de solitude. Il aurait aimé la toucher, comme on effleure un papillon rare, juste pour voir si ses ailes ne se réduiront pas en poudre iridescente.

Il fit un rêve étrange, cette nuit-là... Des nuées de papillons dans un sous-bois... une jungle inextricable. Perdu dans le labyrinthe végétal, Peter ouvrait la bouche pour appeler à l'aide. Une femme l'épiait à travers les branches recouvertes de mousse. Elle était hors de portée, mais il savait qu'elle le conduirait à bon port. Qui était-elle ? Il ne pouvait distinguer ses traits dans la pénombre verte. Néanmoins, avec cette certitude incongrue propre aux rêves, il savait qu'il s'agissait d'Olivia Thatcher.

Il pensait encore à elle, le lendemain matin. Avec la sensation bizarre qu'il avait eu une hallucination plutôt qu'un songe. Et l'impression, non moins singulière, de mieux la connaître.

La sonnerie du téléphone le tira de ses méditations... Frank ! Il était dix heures à Paris, donc quatre heures du matin à Greenwich et, déjà, il venait aux nouvelles.

— Ça s'est bien passé, votre rendez-vous avec Suchard ?

— Comment savez-vous que je l'ai vu hier ? s'étonna Peter en essayant de rassembler ses pensées.

Son beau-père se levait tous les matins aux aurores. A six heures et demie, sept heures maximum, il était à son bureau.

— Sachant que vous avez quitté Genève à midi et vous connaissant, je me suis dit que vous ne perdriez pas une minute. Alors ? Les nouvelles sont bonnes ?

Il avait l'air d'excellente humeur. Ce n'était pas le cas de Peter.

— En fait, ils n'ont pas terminé tous les examens, répondit-il d'un ton délibérément vague, en regrettant que Frank l'ait appelé. Ils en ont pour quelques jours encore. Je suis forcé d'attendre.

Au bout de la ligne, Frank émit un rire tonitruant, qui eut le don de hérisser les nerfs de son correspondant.

— Evidemment, vous n'allez pas abandonner votre « bébé-chéri » maintenant, pas vrai ?

Il le comprenait fort bien, ajouta-t-il. Ils avaient tous tant investi dans Vicotec, du temps et de l'argent. Peter s'assit. Voyons, Suchard n'avait jamais dit que tout espoir était perdu. Il avait simplement énuméré quelques problèmes... Des problèmes sérieux mais certainement pas insolubles.

— Eh bien, amusez-vous bien, poursuivit Frank. Profitez de Paris. Au bureau, rien à signaler. Nous croisons tous les doigts... Ce soir, j'emmène Katie dîner au Vingt et Un. Tant que vous ne lui manquerez pas plus que de raison, je crois que je peux me débrouiller pour la divertir.

— Merci, Frank. Je vous tiendrai au courant des résultats dès que j'en aurai discuté avec Suchard. (Ce n'était pas juste de laisser son beau-père dans une totale ignorance.) Euh... il semble qu'ils aient découvert quelques points faibles.

— Rien de grave, j'en suis sûr.

Frank avait un moral d'acier. Les commentaires élogieux des scientifiques suisses et allemands ne laissaient place à aucune inquiétude. Peter avait pensé la même chose jusqu'aux avertissements de Paul-Louis. « Pourvu qu'il se soit trompé ! Pourvu que nous ayons à faire face à des problèmes mineurs », souhaita-t-il mentalement.

— Eh bien, comment comptez-vous passer vos journées en attendant les louanges de ce bon vieux Suchard ?

Frank avait adopté un ton amusé. Il aimait bien son gendre, ils s'étaient toujours bien entendus. Peter était un homme aussi intelligent que raisonnable. Un excellent époux pour Katie. Il lui laissait une totale liberté et n'avait jamais tenté d'interférer dans sa vie. Il adorait sa femme, avait envoyé ses garçons aux écoles appropriées, c'est-à-dire à Andover et à Princeton. Il venait tous les étés à Martha's Vineyard pendant un mois et respectait les relations privilégiées que Frank entretenait avec sa fille. Qui plus est, il exerçait brillamment ses fonctions de président-directeur général. Et il était un père parfait. Frank lui vouait une estime profonde. A part quelques prises de bec, lorsqu'il avait fallu envoyer les garçons au pensionnat, Peter Haskel incarnait le gendre idéal.

Ses idées avaient révolutionné le département de marketing de la firme. Grâce à lui, les laboratoires Wilson-Donovan détenaient les palmes de l'industrie du médicament. Avant lui, Frank avait transformé ce qui n'était qu'une entreprise familiale en un géant pharmaceutique, mais c'est Peter qui en avait fait une firme de réputation internationale.

Son nom était souvent cité dans le *New York Times.* A Wall Street, on l'avait surnommé « le golden-boy des potions magiques ». Récemment, des journalistes lui avaient demandé des interviews à propos de Vicotec, que Peter avait refusées sous prétexte que le produit n'était pas encore prêt. Le Congrès l'avait également convié à une sous-commission qui devait discuter des questions éthiques et économiques inhérentes au futur prix du médicament. Il n'avait pas encore répondu à cette offre.

— J'ai apporté du travail avec moi, dit Peter sans entrain, le regard rivé sur le balcon ensoleillé. Je compulserai les chiffres sur mon ordinateur portable et je vous les faxerai au bureau. Il faut bien que je m'occupe.

Il avait toute la journée devant lui.

— N'oubliez pas de rapporter une caisse de champagne, lança Frank, jovial. Vous boirez une coupe à ma santé avec votre joyeux luron de Suchard. Nous célébrerons votre retour comme il se doit... J'envoie un mot au *Times* aujourd'hui ? questionna-t-il d'un air entendu.

Nu comme un ver, Peter bondit hors du lit.

— Attendez ! Mieux vaut avoir toutes les données, ne serait-ce que pour renforcer notre crédibilité.

Il se demanda si on pouvait le voir par la fenêtre ouverte, et il enroula le drap autour de sa taille. La robe de chambre de l'hôtel gisait sur un fauteuil, hors de portée.

— Ne soyez donc pas si nerveux, voyons ! l'exhorta son beau-père. Tout ira bien. Appelez-moi dès que vous aurez eu le fin mot de l'histoire.

— Je n'y manquerai pas. Merci de votre coup de fil, Frank. Embrassez Katie pour moi, si jamais je n'arrivais pas à la joindre. Elle était absente toute la journée, hier, et il est trop tôt pour l'appeler maintenant.

— Ma puce est très occupée ! fanfaronna le père de Kate, avec fierté.

Il parlait toujours d'elle comme sa « petite fille » ou sa « puce ». De fait, Katie avait gardé sa ligne de collégienne. Elancée, blonde, sportive, elle était franchement belle, de l'avis de ses amies. Avec le halo lumineux de ses cheveux courts, ses yeux bleus, de la même nuance que ceux de Peter, elle ressemblait à une princesse de conte de fées, sauf quand elle n'obtenait pas séance tenante ce qu'elle voulait... En temps normal, elle était la plus adorable des mères, la plus dévouée des épouses, et, naturellement, le plus extraordinaire exemple d'amour filial.

— Je lui donnerai votre bonjour, affirma Frank avant de raccrocher.

Peter s'assit au bord du lit, les cheveux ébouriffés, le drap autour des reins, les yeux tournés vers la fenêtre. Bon sang, qu'allait-il dire à son beau-père si tout leur sautait à la figure ? Comment se débrouilleraient-ils pour justifier auprès de leurs actionnaires les millions de dépenses, les milliards de bénéfices qu'ils ne verraient pas... du moins, pas avant que les défauts du remède ne soient rectifiés... ? Frank voterait-il pour la reprise des recherches sur Vicotec ? Ne rejetterait-il pas plutôt le projet ? En tant que président du Conseil, il avait le dernier mot. Peter plaiderait la cause de Vicotec. Il emploierait toute son éloquence pour convaincre Frank de persévérer. Les deux hommes avaient une conception diamétralement opposée des affaires. Peter prônait les luttes de longue haleine, les victoires à long terme. Frank, lui, préconisait le court et le moyen terme. Les triomphes rapides. Il avait attendu déjà quatre ans, ce qui, à ses yeux, était incroyablement long. Peter doutait fort qu'il veuille prolonger cette situation d'un à deux ans, étant donné le coût exorbitant des recherches.

Il commanda du café et des croissants au room-service, puis saisit de nouveau le combiné. Il était à bout, il devait appeler Suchard sans plus attendre. Il composa le numéro du savant pour s'entendre dire que « le professeur était au labo et ne pouvait être dérangé ». Peter n'eut plus qu'à s'excuser, avant de se cantonner dans une interminable attente. Moins de vingt-quatre heures s'étaient écoulées depuis leur entretien... des heures d'une tension insoutenable.

Il enfila le peignoir de l'hôtel. Le petit déjeuner arriva. Il eut envie d'aller à la piscine, mais il changea d'avis sans trop savoir pourquoi. Pour tuer le temps, il s'amusa à tapoter sur le clavier de son ordinateur portable tout en dégustant un délicieux croissant au beurre accompagné d'un café bien noir... Comme s'il pouvait se concentrer ! Vers midi, douché et habillé, il renonça.

Mais que faire ? Il chercha fébrilement quelque chose de frivole, de typiquement parisien. Une promenade le long de la Seine ou dans le VIIe arrondissement, du côté de la rue du Bac, à moins qu'il ne s'installe à une terrasse de café, au Quartier latin, pour observer la foule bigarrée des passants.

Il avait mis un costume sombre, une chemise immaculée parfaitement coupée ; aucun rendez-vous d'affaires ne figurait sur la page vierge de son agenda, pourtant il n'avait emporté que ses tenues de businessman.

Il se retrouva dans la lumière éclatante de juin, sur la place Vendôme où il héla un taxi.

— Au bois de Boulogne, s'il vous plaît, jeta-t-il, animé d'une inspiration soudaine.

Une fois là-bas, il resta durant des heures, assis sur un banc aux abords du lac, à se gaver de glaces et à regarder les enfants jouer... Loin du monde ! Loin des laboratoires où se jouait l'avenir de Vicotec. Aux antipodes de Greenwich, Connecticut... Perdu dans ses pensées, sous la douce caresse du soleil, il lui sembla qu'une longue distance le séparait aussi de l'énigmatique jeune épouse du sénateur Thatcher.

3

Peter quitta le bois de Boulogne dans l'après-midi pour se rendre au Louvre en taxi. Il se promena alentour, fasciné par la perfection de la cour Carrée dominée par le pavillon de l'Horloge, puis par l'admirable perspective de la colonnade monumentale ornée de statues qu'il fixa longuement, avec le sentiment d'une communion secrète et silencieuse avec elles. Il accorda peu d'attention à la célèbre pyramide de verre dont la construction avait profondément divisé les Parisiens.

Il reprit un taxi. En regagnant l'hôtel il se sentit moins tendu, presque optimiste. Même si les tests confirmaient le pire, il trouverait le moyen de surmonter le désastre et d'affronter les critiques de la presse. Il ne permettrait pas qu'un projet aussi capital soit voué à l'échec à cause de problèmes soi-disant insolubles. Après tout, repousser à plus tard la fameuse audition à la FDA n'était pas la fin du monde. Il ferait en sorte d'atteindre le but qu'il s'était fixé, même si cela devait retarder le lancement de Vicotec de quatre ou cinq ans. Il ne baisserait pas les bras devant ce revers de fortune.

Sa première réaction de panique devant une catastrophe imminente avait cédé la place à son habituelle philosophie de la vie. « On n'obtient jamais rien sans peine. » Il pénétra au Ritz d'un pas léger. L'après-midi touchait à sa fin. Il n'avait pas de message. Il se procura un journal et s'approcha de la responsable des vitrines. Peu après, il acheta le bracelet en or qu'il avait remarqué à son arrivée : une large chaîne avec un cœur. Kate la porterait avec plaisir, elle avait un faible pour les bijoux en forme de cœur. Son père lui offrait des présents ruineux — rivière de diamants, bagues et broches de pierres précieuses. Ne pouvant rivaliser avec Frank, Peter jetait son dévolu sur des cadeaux plus modestes, moins tape-à-l'œil.

Il se retrouva dans sa chambre solitaire, soudain gagné par une nouvelle inquiétude. La tentation de rappeler Suchard resurgit. Il résista de toutes ses forces. A la place, il téléphona à Kate... pour tomber sur le répondeur. Il était environ midi dans le Connecticut. Elle devait déjeuner quelque part en ville et Dieu seul savait où étaient passés les garçons. Mike et Paul étaient certainement rentrés pour les vacances d'été, à la grande joie de Patrick. Dans une quinzaine, Kate emmènerait tout son petit monde à Vineyard. Peter, lui, travaillerait en ville pendant la semaine et rejoindrait sa famille les week-ends. Il passerait, comme toujours, son mois de congé avec eux, en août. Frank avait décidé de s'accorder un long repos bien mérité, en juillet et août, et Kate avait annoncé un barbecue géant, afin de célébrer la fête du 4 Juillet.

— Je te demande pardon, je t'ai encore ratée, bredouilla-t-il à l'intention du répondeur. (Il détestait faire la conversation à une machine.) Le décalage horaire, sans doute. Je t'appellerai plus tard... à bientôt... au fait, c'est Peter !

Il raccrocha, certain d'avoir été ridicule. Les répondeurs l'avaient toujours mis mal à l'aise.

— Chevalier d'industrie inadapté aux répondeurs téléphoniques, dit-il à voix haute, se moquant franchement de lui.

Un regard circulaire lui dévoila les fastes de sa chambre tapissée de soie pêche. La question du dîner se posait. Plusieurs options s'offraient au voyageur solitaire : aller dans un bistrot, descendre au restaurant de l'hôtel, commander un repas dans sa chambre, regarder la télévision et pianoter à nouveau sur son ordinateur. Son choix s'arrêta sur la dernière solution. La plus simple.

Il ôta sa veste et sa cravate, fit sauter le bouton du col de sa chemise et roula ses manches sur ses avant-bras. Ses fils l'avaient surnommé « M. Propre » parce qu'il avait l'air aussi impeccable en fin de journée qu'en début. Ils avaient décrété qu'il était né avec une cravate, ce qui l'amusait beaucoup quand il pensait à son enfance misérable dans le Wisconsin. Ça ne leur ferait pas de mal de vivre une jeunesse moins dorée, se disait-il, de connaître des contrées moins riches que le Connecticut et Martha's Vineyard. Mais le Wisconsin appartenait à un passé lointain. La disparition de ses parents, de sa sœur, de la ferme en avaient effacé les traces. Parfois, il repensait aux enfants de Muriel, qui vivaient quelque part dans le Montana et qu'il n'avait jamais recontactés. Il était trop tard pour rattraper le temps perdu. Ils devaient être adolescents, maintenant, et ne se souvenaient plus de l'oncle Peter, qu'ils avaient à peine connu. Kate avait raison. De l'eau avait coulé sous les ponts, il serait vain d'essayer de remonter le courant.

Il alluma le poste de télévision sur CNN. Aucune

nouvelle spectaculaire n'ayant marqué l'actualité de la journée, Peter se laissa rapidement absorber par son travail. Le dîner paraissait succulent mais, au grand dam du serveur, il laissa le plateau sur la table basse et se pencha de nouveau sur le clavier.

— Monsieur devrait sortir, suggéra le garçon.

C'était une nuit merveilleuse. La ville scintillait sous un admirable clair de lune. Mais, Peter n'y fit pas attention et se promit un bain de minuit à la piscine. Il était en train d'aligner des chiffres sur l'écran lorsqu'un bourdonnement se fit entendre. Il dressa l'oreille pour trouver la source du bruit, puis se leva pour examiner radio et télévision. Une sonnerie agaçante retentit, suivie d'une sorte de long mugissement rauque. Intrigué, Peter entrebâilla la porte et eut un mouvement de recul, assourdi par le bruit. D'autres clients de l'hôtel regardaient dans le couloir d'un air inquiet.

— *Fire ?* Feu ? s'enquit Peter auprès d'un groom, qui passait à toute allure.

— C'est peut-être un incendie, monsieur, répondit-il, sans s'arrêter.

Nul ne semblait savoir ce qui se passait vraiment, alors que le signal d'alarme rugissait de plus belle.

Des personnes affolées affluèrent dans les couloirs et soudain, à l'instar d'un scénario catastrophe, l'ensemble du personnel entra en action. Femmes de chambre, valets en livrée, hôtesses firent irruption aux étages, tambourinant contre les portes, appuyant sur les sonnettes, incitant la clientèle à évacuer l'établissement le plus rapidement possible et... non, madame, inutile de vous changer ! Pendant un instant, une pagaille indescriptible régna dans les couloirs, tandis que les gens se ruaient dehors, encadrés par les employés.

Il n'y avait eu aucune explication officielle mais les consignes étaient claires : vider l'hôtel dans les plus brefs délais.

Peter jeta un coup d'œil hésitant au micro-ordinateur. Il décida de le laisser. Le disque dur ne contenait aucune information confidentielle, seulement des notes, des chiffres, du courrier sans grande importance. Le laisser lui procura une sorte de soulagement. Il fallait se dépêcher. Négligeant sa veste, il se contenta de glisser son passeport et son portefeuille dans la poche de son pantalon, ainsi que la clé de sa chambre. L'instant suivant, il dégringolait les marches de l'escalier en compagnie de Japonaises en robes d'intérieur Gucci ou en peignoirs Dior enfilés à la hâte, d'une famille américaine qui déboulait du deuxième étage, de femmes arabes parées de bijoux fabuleux, d'une poignée d'Allemands athlétiques jouant des coudes, et d'une flopée de petits chiens — terriers, chows-chows, caniches frisottés.

Le spectacle était comique, et Peter réprima un sourire en songeant au naufrage du *Titanic,* à ceci près que le Ritz ne risquait pas de couler.

Tout le long de leur équipée sauvage, ils furent encouragés, assistés, rassurés par le personnel. Cependant, nul n'était au courant de ce qui avait déclenché la sirène d'alarme : feu, fausse manœuvre, ou tout autre péril. Enfin, le rez-de-chaussée. Un monde fou se déversa sur le trottoir. Des cars de CRS et des voitures banalisées des brigades antiterroristes avaient investi la place. A la vue du roi Khaled et des siens s'engouffrant dans des limousines officielles ornées de fanions tricolores Peter songea à une alerte à la bombe.

Tout le monde était dehors. Parmi la foule, on pouvait distinguer deux célèbres actrices françaises avec des « amis », un nombre incroyable de messieurs entre deux âges escortés de créatures ravissantes, Clint Eastwood, en blue jean et sweater, revenu de son tournage. Il était minuit passé. Le personnel avait agi avec diligence et une parfaite maîtrise de la situation. A présent, les clients s'égaillaient sur la place Vendôme. Un maître d'hôtel et une cohorte de serveurs avaient commencé à pousser parmi les gens des tables roulantes croulant sous les pâtisseries, les pots de café et les boissons alcoolisées pour ceux qui en ressentaient le besoin. Ç'aurait été amusant, sans la menace qui planait sur l'établissement à cette heure tardive.

— Adieu, bain de minuit ! murmura Peter à Clint Eastwood, alors qu'ils se tenaient côte à côte, l'œil rivé sur l'élégante façade du Ritz, à l'affût d'une colonne de fumée, qui ne devait jamais apparaître.

Les CRS avaient disparu à l'intérieur dix minutes plus tôt. Peu après, le bruit courut qu'ils étaient à la recherche de charges explosives. Un appel anonyme avait averti la direction que des bâtons de dynamite avaient été placés dans l'immeuble.

— Adieu, sommeil ! répondit l'acteur d'un ton lugubre. Je tourne à quatre heures du matin. S'ils cherchent une bombe, ça peut durer des heures.

Les autres clients s'étaient agglutinés à une distance respectable de l'édifice piégé, devant le buffet improvisé. Certains serraient dans leurs bras une compagne ou un compagnon, un petit chien de salon, ou encore une mallette de bijoux.

Une deuxième vague de CRS pénétra dans l'hôtel. Un policier lança l'ordre de reculer. Peter venait de s'exécuter lorsque, en se retournant, il l'aperçut soudain. Il repéra d'abord Andy Thatcher entouré comme à l'accoutumée de son escorte et de ses gorilles, totalement insensible à l'agitation environnante. Il était en grande conversation avec ses partisans, presque tous des hommes, à part une femme aux allures masculines. Elle fumait cigarette sur cigarette en discutant, et Thatcher l'écoutait, pendu à ses lèvres.

Olivia se tenait à l'écart comme d'habitude, nota Peter. Personne ne lui adressait la parole. Personne ne faisait attention à elle, pas même les gardes du corps, tandis qu'elle buvait une tasse de café. Elle portait un tee-shirt blanc sur un jean, des mocassins, et faisait penser à une enfant. Ses grands yeux contemplaient la scène tandis que son mari et sa cour s'approchaient des CRS. Thatcher et un de ses collaborateurs engagèrent une brève conversation avec un policier, qui secoua la tête. Ils n'avaient encore rien trouvé. Le personnel s'activait toujours. Les serveurs distribuèrent des chaises pliantes, des bouteilles de vin furent débouchées, la liesse générale remplaça peu à peu la frayeur du début. On eût dit une réception de plein air, place Vendôme. Et malgré lui, Peter continua à observer Olivia Thatcher avec un intérêt qui dépassait la simple curiosité.

Elle s'était détachée du groupe, ce dont nul ne s'était rendu compte. Dès l'instant où ils étaient sortis de l'hôtel, son mari n'avait cessé de lui tourner le dos. Il ne lui avait pas dit un mot. Il s'installa, avec ses amis, sur les chaises pliantes, tandis qu'Olivia se dirigeait vers les tables roulantes pour se servir une deuxième tasse de café. Son expression était paisible et elle ne semblait nullement incommodée par l'indifférence absolue de son mari... Séduit, Peter enveloppa l'objet de sa fascination d'un regard attentif.

Elle offrit une chaise à une vieille Américaine, tapota gentiment la tête d'un petit chien, reposa sa tasse vide. Un serveur lui proposa une autre tasse, qu'elle refusa d'un gracieux mouvement de la tête. « Lumineuse ! », l'adjectif jaillit spontanément dans l'esprit de Peter. Elle faisait penser à un ange égaré sur terre. Il avait du mal à admettre qu'elle n'était qu'une femme. Tranquille et mystérieuse, elle réprimait un geste craintif lorsque quelqu'un l'approchait. Elle devait détester être dévisagée, car elle semblait tout faire pour passer inaperçue, si l'on tenait compte de sa mise sans prétention, de sa simplicité et de sa propension à fuir la foule. Même les Américains ne l'avaient pas reconnue ce soir-là, bien que son visage ait fait très régulièrement la une des journaux et magazines. Pendant des années, elle avait été la cible idéale des paparazzi, qui la guettaient jusque dans son jardin, surtout à l'époque de la maladie, puis de la mort de son enfant. Aujourd'hui, il restait ce parfum de légende qui attirait les reporters comme le miel attire les abeilles. Cela, et l'image de son martyre.

Elle n'avait cessé de s'éloigner des autres clients du Ritz. Peter dut tendre le cou pour ne pas la perdre de vue. A présent, elle était loin de son mari et de son groupe. Ceux-ci ne pouvaient plus l'apercevoir, à moins de dresser la tête et de la chercher du regard parmi la foule. D'autres hôtes venaient d'arriver — ils avaient passé la soirée chez Régine, dans des nightclubs ou simplement chez des amis. Des badauds s'agglutinaient sur les trottoirs. Le nom du roi Khaled était sur toutes les lèvres. Certes, il y avait un ministre anglais dans l'hôtel et ce détail avait fait peser les soupçons sur l'IRA — quoi qu'il en fût, le chef des brigades antiterroristes dépêchées sur place avait décrété que personne ne serait autorisé à regagner sa chambre si la bombe n'était pas découverte.

Minuit était passé depuis un bon moment. Eastwood était parti se reposer dans sa loge, sur le plateau de tournage. L'acteur avait compris qu'il serait inutile de perdre ses quelques heures de repos, debout au milieu de la place Vendôme. Et tandis que Peter jetait un regard circulaire, il remarqua qu'Olivia Thatcher avait fini par se dégager totalement de la foule pour se glisser d'un pas tranquille à l'autre bout de la place. Elle avait tourné le dos au Ritz et tout à coup, elle accéléra l'allure.

Mais où allait-elle ? Il n'y avait pas un garde du corps en vue. Du côté de Thatcher, on ne s'était rendu compte de rien. Olivia força le pas sans un regard derrière elle. Sans réfléchir davantage, Peter s'élança à sa suite. L'agitation qui régnait devant l'hôtel constituait leur meilleure alliée. Personne ne les vit s'éclipser. Ou presque. Un homme emboîta le pas de Peter pendant quelques instants ; le son d'une musique le fit revenir en arrière. Deux mannequins avaient mis un CD dans un compact portable et s'étaient mises à danser. Entre-temps, les chaînes télévisées françaises avaient envoyé leurs caméramen, ainsi que CNN, dont l'équipe du journal télévisé suivait le sénateur à la trace. Un reporter, un micro à bout de bras, s'était approché d'Anderson Thatcher. Quels étaient ses sentiments vis-à-vis du terrorisme international, à l'étranger et en Amérique ? Andy saisit prestement la perche qu'on lui tendait. La mort injuste de son frère, six ans plus tôt, l'avait rendu particulièrement hostile à ces groupuscules d'assassins. Il en profita pour se lancer dans un discours politique, très applaudi par ses auditeurs, après quoi l'intérêt de l'envoyé spécial de CNN se tourna vers d'autres célébrités. Il n'avait pas demandé à parler à l'épouse du sénateur, cela n'arrivait pratiquement jamais. Les caméras entourèrent les mannequins. Deux filles ravissantes. Elles restaient au Ritz, expliquèrent-elles, afin de participer à un spot publicitaire pour le compte de Harper's Bazaar. Toutes deux adoraient Paris...

— Je trouve cette aventure follement amusante ! Cela devrait arriver plus souvent, déclara l'une d'elles en riant.

L'autre chantonna un refrain en esquissant un pas de danse. Commencée dans l'anxiété, la soirée tournait à la fête.

Pendant ce temps-là, Peter suivait la femme du sénateur. Ils avaient quitté la place Vendôme et se dirigeaient vers une destination inconnue de Peter. Apparemment, elle savait où elle allait, car elle ne marqua pas la moindre hésitation. Elle marchait d'un pas alerte, et Peter dut accélérer l'allure. Il n'avait aucune idée de ce qu'il lui dirait si jamais elle se retournait pour lui demander des comptes. Mais il poursuivait sa filature, convaincu d'accomplir quelque devoir obscur. Au bout d'un moment, il parvint même à se persuader qu'il devait la protéger d'une éventuelle agression.

Il déboucha derrière elle place de la Concorde où elle fit une halte. Un sourire extasié sur les lèvres, elle contempla les fontaines placées de chaque côté de l'obélisque de Louksor, avant de poser un regard ému sur la tour Eiffel illuminée dans le lointain. Un vieux clochard somnolait sur un banc de pierre. Un jeune homme passa. Deux couples s'embrassaient dans la lumière féerique des réverbères. Peter s'était arrêté, lui aussi, à une certaine distance. Elle avait l'air heureuse au milieu de la nuit claire, et il eut envie de lui passer un bras autour des épaules. Naturellement, il ne bougea pas. Alors, à son plus grand étonnement, elle se retourna et lui lança un regard interrogateur.

Peter déglutit péniblement. Quelle explication donner à une inconnue que l'on suit ? Heureusement, il ne décela ni colère ni peur dans ses prunelles sombres. Soudain, elle pivota sur ses talons et il la vit venir vers lui, au comble de l'embarras. Elle savait qui il était. Elle avait reconnu l'homme de la piscine, qu'elle avait croisé la veille. Il sentit un flot incarnat colorer ses joues, alors qu'elle s'approchait.

— Etes-vous photographe ? s'enquit-elle calmement, sans le quitter des yeux.

Elle avait retrouvé son air triste, vulnérable. Cela lui était arrivé des centaines de fois. Des journalistes, qui l'ayant traquée jusque dans les endroits les plus invraisemblables, lui dérobaient un instantané de sa vie. Elle en était venue à l'accepter, comme on se rend à l'inévitable, mais elle ne s'y habituerait jamais, elle le savait.

A sa surprise, il secoua la tête.

— Non, non, rassurez-vous. Je suis désolé. Je... voulais juste m'assurer que vous ne couriez aucun danger. Il est si tard... fit-il d'un ton protecteur dont il fut le premier à se sentir gêné. (Seigneur, elle était si frêle, si délicate. Il n'avait jamais rencontré quelqu'un comme elle...) Vous ne devriez pas vous promener seule la nuit, c'est dangereux.

Le regard d'Olivia dériva un instant vers le clochard endormi, puis vers le jeune couple d'amoureux avant de se fixer de nouveau sur le visage de Peter.

— Pourquoi m'avez-vous suivie ? demanda-t-elle d'une manière très directe en le dévisageant de ses yeux doux et veloutés.

— Je... n'en sais rien, répondit-il avec franchise. La

curiosité, la fascination... je dois être idiot mais je voulais être sûr que vous alliez bien. Vous vous êtes échappée, n'est-ce pas ? interrogea-t-il à brûle-pourpoint. Ils ne savent pas où vous êtes allée, je me trompe ?

Une lueur enchantée passa dans le regard de velours, tandis qu'un sourire espiègle éclairait ses traits fins.

— Ils ne verront pas la différence, répliqua-t-elle, sans l'ombre d'un remords.

« La femme oubliée », pensa-t-il. Il avait eu maintes fois l'occasion de constater l'indifférence générale à son égard, même de la part de son mari.

— J'ai eu envie de respirer un peu, reprit-elle. Parfois, c'est difficile d'être où je suis.

Savait-il qui elle était ? Elle se retint de poser cette question, soucieuse de ne pas rompre la magie de l'instant présent.

— La place de tout un chacun n'est pas toujours confortable, admit-il avec philosophie.

Il avait tant de fois éprouvé un malaise analogue, bien que celui d'Olivia soit plus profond. Il la regarda, pris d'un brusque élan de sympathie. Puisqu'ils en étaient là, il n'y avait pas de mal à se rapprocher davantage.

— Puis-je vous offrir un café ?

C'était une phrase bateau, qui les fit sourire tous les deux. La voyant hésiter, il s'empressa de se justifier.

— Ma proposition part d'un bon sentiment, croyez-moi. Je m'appelle Peter Haskel, et je suis relativement bien élevé, vous pouvez me faire confiance. Je vous aurais bien proposé le bar de mon hôtel, mais il y a un problème de ce côté-là.

Son trait d'humour arracha un rire aérien à la jeune

femme. Il la sentit plus détendue. Elle le connaissait de vue, l'avait déjà croisé dans l'ascenseur et à la piscine. Il portait des vêtements et des chaussures de prix. Une petite voix intérieure lui soufflait que c'était quelqu'un de gentil et respectable.

Elle acquiesça.

— D'accord et en effet, pas à votre hôtel. C'est trop bruyant à mon goût, ce soir. Pourquoi pas à Montmartre ?

Il sourit.

— Excellente idée. Permettez-moi de chercher un taxi.

Ils s'en furent vers la station de taxis la plus proche. Il l'aida à s'installer sur la banquette arrière avant de se glisser à son côté, et elle donna l'adresse d'un bistrot qui restait ouvert jusqu'au matin. La voiture s'enfonça dans la nuit tiède. Les passagers gardèrent le silence. Ils se connaissaient si peu. Ce fut elle qui brisa la glace.

— Il vous arrive souvent de faire ça ? le taquina-t-elle. Suivre les femmes dans la rue, je veux dire.

Il rougit comme un collégien en secouant la tête, ce qui eut le don d'amuser sa compagne.

— Non, jamais ! C'est la première fois. J'ignore encore pourquoi je me suis comporté de la sorte.

Il omit d'ajouter que, pour une raison absurde, sa fragilité de porcelaine avait éveillé son instinct protecteur.

— Eh bien, je suis ravie que vous ayez franchi ce pas, fit-elle, soudain décontractée.

Peu après, ils étaient assis à une petite table en terrasse, devant deux tasses fumantes.

— Maintenant, dites-moi tout ! intima-t-elle, le

menton dans la paume, avec la grâce et la fraîcheur d'une Audrey Hepburn.

— Il n'y a pas grand-chose à dire...

— Je suis sûre que si. D'où venez-vous ? de New York ?

— Plus ou moins. Je travaille à New York. Je vis à Greenwich.

— Et vous êtes marié et vous avez deux enfants, sourit-elle.

Le bonheur ordinaire ! Une vie diamétralement opposée à celle d'Olivia, emplie d'événements tragiques et de cruelles désillusions.

— Trois, la corrigea-t-il. Trois fils.

Il se tut, soudain gêné. Elle n'avait eu qu'un petit garçon, et elle l'avait perdu.

— Moi, je vis à Washington, dit-elle tranquillement. La plupart du temps.

Elle n'avait pas mentionné son enfant et, sachant le drame qui l'avait frappée, Peter ne posa aucune question déplacée.

— Est-ce que vous vous y plaisez ? s'enquit-il doucement, et elle haussa les épaules en sirotant son café.

— Non, pas vraiment. Plus jeune, je détestais cette ville. Je me demande, d'ailleurs, si je ne la déteste pas autant maintenant, sinon plus... Pas la ville en elle-même bien sûr. Ses habitants. Et ce qu'ils font de leur vie. Je hais la politique et tout ce qui tourne autour, continua-t-elle avec une exaltation inattendue.

Avec un père, un mari et un frère politiciens, elle n'avait aucune chance d'en réchapper. Elle regarda Peter intensément. Elle ne s'était pas encore présentée. Elle s'était plu à imaginer qu'il la prenait pour une femme quelconque en tee-shirt, blue jean et mocassins. Or, elle pouvait lire dans son regard qu'il connaissait son secret. Cela n'avait peut-être rien à voir avec le fait qu'il buvait du café en sa compagnie, à deux heures du matin. En tout cas, il n'était pas totalement innocent.

— Je suppose qu'il serait bête de penser que vous ignorez mon nom... ou est-ce que je me trompe ?

Il hocha la tête, submergé par une vague de compassion.

Sa célébrité constituait son talon d'Achille.

— Je sais qui vous êtes, en effet. Cela ne change rien. Vous avez parfaitement le droit de détester la politique, de faire un tour dans Paris et de vous confier à un ami. Tout le monde a besoin de parler un jour ou l'autre.

— Merci, murmura-t-elle tout doucement. Vous avez dit, tout à l'heure, que la place de tout un chacun n'était pas toujours enviable. La vôtre ne l'est donc pas ?

— Pas tout le temps. Nous nous laissons tous entraîner dans des impasses... Je dirige une grosse entreprise. Je ne sais comment j'aurais réagi si c'était à refaire. Peut-être aurais-je jeté mes responsabilités pardessus bord pour n'en faire qu'à ma tête.

L'espace d'une seconde, il aurait voulu être libre de nouveau, oublier qu'il était marié. Bien sûr, il était hors de question de tromper Kate. Il ne l'avait jamais fait et il n'était pas prêt à commencer, pas même avec Olivia Thatcher. Du reste, celle-ci n'y songeait pas non plus.

— Nous en avons tous assez, parfois, reprit-il. De notre vie, des responsabilités qui pèsent sur nous. Sans être aussi désabusé que vous, je crois que nous avons tous envie, par moments, de partir en catimini, et de disparaître pendant un certain temps. Comme Agatha Christie.

— Cette histoire m'a longtemps passionnée, dit-elle. J'ai souvent rêvé de l'imiter...

Le fait qu'il soit au courant de la mésaventure de l'auteur des romans policiers l'impressionnait. Agatha Christie avait disparu un beau jour, et cela paraissait tout simplement fascinant. La police avait trouvé sa voiture écrasée contre un arbre. La reine du crime s'était volatilisée. Elle était réapparue quelques jours plus tard. Et elle n'avait jamais expliqué son absence. A l'époque, son attitude avait choqué ses innombrables lecteurs.

— Eh bien, vous l'aurez fait aujourd'hui, ne serait-ce que pour quelques heures. Vous avez fui votre vie quotidienne, exactement comme votre idole.

— Mais elle est restée absente pendant des jours !

Une note de déception pointait dans sa voix.

— A l'heure qu'il est, ils remuent certainement ciel et terre pour vous retrouver. Ils doivent se dire que le roi Khaled vous a enlevée.

Elle éclata d'un rire étonnamment frais. Peu après, Peter commanda des saucisson-beurre. Quand ils furent servis, ils les dévorèrent. Ils mouraient de faim.

— Personne ne me cherche, vous savez. Si je disparaissais vraiment, ils ne le remarqueraient pas. Sauf si j'étais censée assister à un rassemblement ou prononcer un discours dans un club féminin en faveur de mon mari. Je suis très utile, à certains moments. Le reste du temps je ne compte pas. Je suis comme ces plantes artificielles, si pratiques, qui n'ont pas besoin d'être arrosées. On les sort juste pour décorer un rebord de fenêtre sur une scène de théâtre.

— Quelle drôle d'image ! s'exclama Peter, sachant

qu'elle n'avait pas complètement tort. Est-ce vraiment votre sentiment ?

— Plus ou moins.

Elle prenait des risques. « Suppose qu'un reporter, pis encore, un de ces infâmes colporteurs de potins de la presse à sensation se cache sous le déguisement de cet aimable homme d'affaires ! » Elle n'en éprouva pas l'ombre d'une inquiétude. Au fond, cela lui était égal. Elle avait besoin de faire confiance à quelqu'un. Peter dégageait une exceptionnelle chaleur humaine. Elle n'avait jamais parlé à personne aussi sincèrement. Si elle s'écoutait, elle ne s'arrêterait pas. Elle ne retournerait pas au Ritz. Elle resterait à Montmartre avec lui pour toujours.

— Pourquoi l'avez-vous épousé ? osa-t-il lui demander.

Elle posa son sandwich, leva les yeux vers Peter.

— C'était différent alors. Hélas, les choses ont changé très vite. Avec tout ce qui nous est arrivé... Au début, tout paraissait normal. Nous nous aimions, nous nous respections, et il m'avait juré qu'il ne se laisserait jamais embarquer dans la politique. J'avais vu combien ma mère avait souffert de la carrière de mon père. Andy allait devenir juriste. Nous aurions des enfants, des chevaux et des chiens. Nous irions couler des jours heureux dans un ranch en Virginie. Nous avons essayé. Cela n'a pas duré six mois. C'était son frère, l'homme politique de la famille, pas Andy. Tom aurait sans doute été président. J'aurais été ravie de visiter la Maison-Blanche à Noël, quand le sapin est tout illuminé, sans plus. Mais Tom a été assassiné six mois après notre mariage, et les organisateurs de la campagne se sont tournés vers Andy... Je ne sais ce qui a pu se passer dans sa tête, s'il s'est senti obligé de prendre la relève de son frère, de se glisser dans son personnage, afin de « se rendre utile à son pays »... J'ai eu droit à cet argument jusqu'à en avoir la nausée. Finalement, il est tombé amoureux de la politique. Il appelle ça de l'ambition. Cela vous comble des satisfactions qu'aucun enfant ne pourrait vous donner. On éprouve un plaisir qu'on n'a jamais connu avec aucune femme. La politique dévore ses serviteurs. On peut l'aimer et survivre. On peut en mourir aussi. Cela vous ronge de l'intérieur, cela vous pompe tout votre amour propre. Et l'individu qu'on a été n'est plus qu'un homme politique. On ne gagne pas toujours au change. Voilà, comment ça se passe. Andy est entré en politique comme d'autres entrent en religion. Après quoi, il m'a mise à contribution. Nous devions avoir un enfant, histoire de soigner son image de marque. Au fond, il n'en voulait pas. C'était lors d'une de ses campagnes, et de toute façon, Andy n'a jamais été présent, ni quand Alex est né... ni quand il est mort.

Elle marqua une pause, une expression figée sur la figure.

— De tels incidents changent tout, reprit-elle. Tom, Alex, la politique. La plupart des gens surmontent les épreuves. Pas nous. J'ignore le pourquoi de la chose. Nous aurions dû faire des efforts. Il semble que c'était trop demander à Andy. Lorsque Tom a été tué, il a emporté une partie d'Andy avec lui. La même chose m'est arrivée avec Alex. La vie vous joue de sales tours, parfois. Et il arrive que l'on s'engage dans un combat impossible à gagner. J'ai beaucoup perdu dans l'affaire. Nous sommes mariés depuis six ans... six ans de malheur.

— Pourquoi restez-vous avec lui ?

Etrange conversation entre deux inconnus. Etrange

complicité entre deux personnes qui, hier encore, n'avaient jamais échangé un mot. La question de Peter leur parut tout aussi surprenante que la réponse d'Olivia.

— Comment s'y prend-on ? Que dit-on dans ce cas ? Navrée que ton frère ait été assassiné et que nous ayons raté notre vie, désolée que notre unique bébé...

Sa voix se fêla. Il lui prit la main gentiment, avec tendresse. La veille au soir, ils n'étaient que deux étrangers dans la piscine d'un hôtel de luxe. Et aujourd'hui, à la terrasse d'un café de Montmartre, ils se sentaient liés par une profonde amitié.

— N'avez-vous pas songé à avoir un autre enfant ? lui demanda-t-il avec précaution.

Peut-être était-il allé trop loin. Peut-être avait-il sans le vouloir commis une gaffe irréparable, mais il avait besoin de savoir.

Elle secoua tristement la tête.

— J'aurais pu. Je n'ai pas voulu. Plus maintenant. Pas une nouvelle fois. Je ne veux plus jamais m'attacher autant à un petit être sans défense. Je refuse de mettre un autre enfant au monde... Non, pas dans ce monde-là. Et pas avec lui. La politique a déjà détruit ma vie et celle de mon frère, sans parler de celle de ma mère. Elle a été la victime de la politique pendant quarante ans. Elle a vécu dans la terreur constante d'être mal jugée par les électeurs de mon père. Elle n'osait rien dire en public, de crainte que ses paroles ne soient mal interprétées. Andy voudrait que je sois comme ma mère, seulement c'est au-dessus de mes forces.

L'ombre de la peur avait subitement obscurci son visage. Une sorte de pure panique avait altéré l'harmonie de ses traits. Il sut immédiatement à quoi elle pensait.

— Olivia, je ne vous ferai aucun mal. Je ne répéterai jamais vos confidences. A personne. Cette conversation restera entre vous, moi... et Agatha Christie.

Un instant, elle se demanda si elle devait le croire. Et pourtant il avait gagné sa confiance. Il ne la trahirait pas, elle en eut tout à coup la conviction.

— Cette nuit n'a jamais eu lieu, poursuivit-il. Nous rentrerons à l'hôtel séparément. Nul ne saura que nous avons passé ces deux ou trois heures ensemble. Je ne vous ai jamais rencontrée.

— C'est réconfortant, murmura-t-elle, emplie de gratitude.

— Vous écriviez à une époque, je crois, dit-il, se rappelant un article qu'il avait lu sur elle, des années auparavant.

— Exact. Maman écrivait aussi. Elle avait un talent fou. Son roman sur Washington réglait pas mal de comptes. Mon père venait d'entamer sa carrière. Le roman fut publié. Il lui a interdit de recommencer. J'ai moins de talent. Je n'ai jamais rien publié. Je voudrais écrire un livre sur la compromission, et sur ce qui vous arrive à force de capituler.

— Qu'est-ce qui vous empêche de vous mettre au travail ?

Elle répondit par un rire amer.

— Tout ! Les journalistes me tomberaient dessus comme des prédateurs. Andy m'accuserait de porter ombrage à sa carrière. Le livre ne verrait jamais le jour. Il le ferait brûler par ses hommes de main.

Elle était l'oiseau de légende dans sa cage dorée. Prisonnière des circonstances et des ambitions de son mari. Incapable de prendre la moindre initiative. Pourtant, elle était bel et bien partie sans lui dire où elle allait et elle était en train de déguster sa énième tasse de café, à une terrasse de la place du Tertre, en ouvrant son cœur à un parfait étranger.

« Quelle destinée singulière ! », songea-t-il en s'apercevant qu'elle était la proie d'une crise larvée qui n'avait que trop duré. Sa haine de la politique, la peine qu'elle avait endurée, la perte de son enfant l'avaient poussée au bord d'un gouffre, luttant désespérément contre le vertige.

— Et vous ?

Ses yeux de velours brun l'interrogeaient.

Marié, trois enfants, dans les affaires, vivant à Greenwich. Elle n'en savait pas davantage. Sauf qu'il possédait une rare qualité d'écoute. Et que, lorsqu'il lui avait pris la main, ou quand son regard la sondait, quelque chose de profondément enfoui en elle se mettait à frissonner... une partie d'elle qu'elle avait crue morte et qui, soudain, palpitait de nouveau.

— Que faites-vous à Paris, Peter ?

Il hésita un long moment. Il n'en avait parlé à personne. Or, elle lui avait fait confiance. D'un autre côté, il avait besoin, lui aussi, de se libérer de ses angoisses. De se confier à quelqu'un.

— Je représente une grosse compagnie pharmaceutique dont je suis le P-DG. Nous avons mis au point un produit compliqué pendant quatre ans — ce qui n'est pas énorme dans ce domaine — mais ce qui nous a paru une éternité. Nous avons investi beaucoup d'énergie et d'énormes sommes d'argent dans ce médicament. Il s'agit d'un traitement destiné à révolutionner la chimiothérapie. C'est très important pour moi. Ce sera ma seule et unique contribution à l'histoire de l'humanité. Ma seule bonne action, au milieu de tant de gestes frivoles et égoïstes. Ce remède est tout pour moi. Il a passé des dizaines de tests avec succès, dans chaque pays où je l'ai présenté. Les derniers examens sont effectués à Paris, c'est pourquoi je suis venu. Nous avons déjà demandé une mise en circulation anticipée au ministère de la Santé. Je suis convoqué devant la commission de la FDA en septembre, afin d'apporter la preuve que le produit ne comporte aucun défaut. Malheureusement, les examens de laboratoire, ici, ont été nettement moins concluants. Je l'ai su hier, en arrivant. La série des tests n'est pas terminée mais d'ores et déjà, on sait qu'il y a des effets secondaires indésirables. Autrement dit, au lieu de la panacée, nous avons engendré un tueur. Je connaîtrai les résultats définitifs à la fin de la semaine. Il se pourrait que ce soit la fin d'un rêve ou le début d'un nouveau combat... Et lorsque je regagnerai les Etats-Unis, j'annoncerai la mauvaise nouvelle au président du conseil de ma compagnie qui se trouve être mon beau-père. Cela ne sera pas une sinécure.

— En effet. Lui avez-vous parlé des résultats d'hier ?

Elle était sûre que oui. C'était une question purement rhétorique. Peter avait baissé la tête d'un air coupable.

— Je ne dirai rien tant que je n'aurai pas toutes les informations.

Elle le regarda droit dans les yeux.

— Eh bien, vous allez passer une semaine difficile en attendant la réponse, déclara-t-elle, compatissante. (Elle commençait seulement à comprendre combien il tenait à son nouveau produit.) Qu'en pense votre femme ?

Elle présumait que les autres couples partageaient une complicité qu'elle n'avait pas avec Andy.

— Elle n'en sait rien, murmura-t-il.

— Non ? s'étonna-t-elle. Pourquoi ?

Elle n'arrivait pas à imaginer la raison.

— C'est une longue histoire.

Il avait grimacé un sourire. Mais elle décela dans son regard une expression désappointée, si fugitive, si ténue, qu'elle se demanda si elle ne l'avait pas imaginée.

— Elle est extrêmement proche de son père, dit-il lentement, en pesant ses mots. Sa mère est morte quand elle n'était encore qu'une toute petite fille. Elle a grandi seule avec lui. Alors, elle lui dit tout. Absolument tout.

Leurs regards se soudèrent. Il y avait de la compréhension dans celui d'Olivia.

— Même s'il s'agit d'une chose confidentielle entre vous ? s'enquit-elle, choquée.

— Oui. (Il esquissa un pâle sourire.) Kate n'a pas de secrets pour son père.

Un pincement au cœur le fit sursauter. C'était la première fois qu'il se sentait aussi blessé par l'attitude de Kate.

— Ça ne doit pas être drôle pour vous.

Olivia chercha son regard, s'efforçant de saisir s'il était malheureux, et s'il en avait conscience. Parce qu'il semblait dire que la loyauté de Kate envers son père, si exagérée fût-elle, était parfaitement acceptable, voire normale.

Or, ses yeux bleus racontaient une tout autre histoire. Son allusion au fait que la place de tout un chacun n'était pas toujours commode acquit alors un sens nouveau...

— C'est comme ça, répondit-il simplement. Je me suis incliné il y a longtemps. Ils ne sont pas malintentionnés, loin de là. Effectivement, cela veut dire que je ne peux pas me fier à Katie. Ils ont un formidable attachement l'un pour l'autre.

— Vous avez dû passer une journée épouvantable, à vous morfondre sans pouvoir en parler.

Elle l'observait d'un air amical. Sans s'en rendre compte, elle venait de toucher un point sensible. Ils échangèrent un sourire contrit. Tous deux portaient de lourds fardeaux sur les épaules.

— Je me suis occupé... Je suis allé au bois de Boulogne où j'ai regardé les enfants jouer. J'ai fait un tour sur les quais, puis au Louvre. De retour à l'hôtel, je me suis plongé dans les chiffres d'une nouvelle étude de marché. Jusqu'au moment où le signal d'alarme s'est mis à sonner... Depuis, ma journée n'est plus qu'un pur enchantement.

Les ténèbres pâlissaient. Un léger frisson dans l'air nocturne annonçait l'aube nouvelle. Il était presque cinq heures du matin. Dans peu de temps, ils allaient regagner l'hôtel. Ils continuèrent à bavarder pendant une demi-heure environ. Enfin, à cinq heures et demie, ils s'en furent à contrecœur à la recherche d'un taxi. Ils déambulèrent dans les ruelles sombres de Montmartre, main dans la main, tels deux jeunes amoureux à leur premier rendez-vous.

— Comme la vie peut être bizarre, dit-elle en le regardant et en songeant à Agatha Christie, puis à sa propre escapade. On pense qu'on est tout seul, après quoi un ami surgit du brouillard d'une manière totalement inattendue. Alors, on ne se sent plus seul du tout.

Même dans ses rêves les plus fous, elle n'avait jamais

imaginé qu'elle rencontrerait un homme comme lui. C'était pourtant quelque chose dont elle avait désespérément besoin. Elle avait soif d'amitié. Ainsi que d'affection.

— Voilà ce qu'il faut se dire quand tout va mal, répliqua-t-il, souriant. On ne sait jamais ce qui vous attend au coin de la rue.

— Dans mon cas, je crains que ce ne soit l'élection présidentielle. Ou pis encore, la balle d'un autre dément.

De hideux souvenirs rejaillirent. Le corps ensanglanté de son beau-frère. Le visage blême d'Andy. Elle l'avait aimé de toutes ses forces, au début. Puis, son amour s'était éteint comme une bougie qui se consume et se meurt.

Peter la regardait. Il regrettait ses rapports superficiels avec Kate. Et il avait pitié d'Olivia. De sa vie il n'avait vu quelqu'un traiter un être humain avec le mépris qu'Andy Thatcher témoignait à sa femme. Comme si elle n'existait pas. En tout cas, il ne la voyait pas. Peut-être avait-elle raison. Peut-être, à ses yeux, n'était-elle qu'un objet décoratif.

— Et vous ? fit-elle, se sentant brusquement très concernée par les préoccupations de Peter. Que se passera-t-il si vos projets tombent à l'eau ? Comment réagiront vos collègues de New York ?

— Ils me pendront par les pieds et me flagelleront, rétorqua-t-il avec un sourire malicieux, qui s'effaça presque aussitôt. Je préfère ne pas y penser. Mon beau-père est sur le point de prendre sa retraite, en principe parce que je dois lui succéder. Je crois qu'il changera d'avis après ce... cet échec. Un échec personnel, si l'on tient compte que j'ai convaincu le conseil de financer les recherches. Bah, je m'en remettrai. Je n'ai pas d'autre alternative.

C'était pire qu'il ne voulait bien l'admettre. Il avait cru que Vicotec constituait l'arme de choc contre l'obscur ennemi qui avait emporté sa mère et sa sœur. Le filtre magique grâce auquel des millions de vies seraient épargnées. Cela comptait par-dessus tout. Plus que les bénéfices ou la réaction de Frank Donovan. Et voilà qu'un mot de Suchard avait réduit en cendres des années d'espérances.

— Je vous envie votre courage, dit la jeune femme, et ses yeux reflétèrent un instant l'abîme de tristesse qu'il avait entrevu dès le premier jour.

— On ne peut pas fuir la réalité, Olivia.

Elle opina de la tête ; elle avait une longue expérience en la matière. Son petit garçon de deux ans avait rendu son dernier soupir dans ses bras. Au fond, elle n'avait nul besoin de leçons de courage.

— Ne pas fuir la réalité... répéta-t-elle d'une voix sérieuse. Même si votre survie en dépend ?

Il l'enlaça.

— En ce cas, il faut être sûr que l'on a pris la bonne décision.

Comment l'aider ? Cette femme avait désespérément besoin d'un ami. Il eut envie de devenir cet ami-là : le confident, le protecteur. Leur rencontre s'achèverait bientôt. Le compte à rebours avait commencé. Une fois qu'ils retourneraient à l'hôtel par des chemins séparés, il n'oserait l'appeler, encore moins solliciter un tête-à-tête.

— Eh bien, j'en suis de plus en plus sûre, chuchota-t-elle, pensive. Pas tout à fait prête, mais sûre et certaine.

C'était une déclaration honnête. Et douloureuse.

Son désespoir ne lui avait pas encore dicté une décision sur laquelle elle ne reviendrait pas.

— Et où irez-vous ? voulut-il savoir, alors qu'un taxi s'arrêtait en bordure du trottoir.

Il pria le chauffeur de les conduire rue Castiglione. De là, chacun regagnerait l'hôtel. Ils ignoraient si l'alerte à la bombe était terminée ou si l'attroupement attendait toujours sur l'esplanade.

La dernière question de Peter ne prit pas Olivia au dépourvu. Elle avait son jardin secret, son refuge.

— Il existe un endroit que j'ai découvert l'année où j'ai suivi des études à Paris. Un petit village de pêcheurs dans le sud de la France. Oh, cela n'a rien à voir avec les villégiatures en vogue, au contraire. Tout est calme, simple et paisible. J'y suis retournée après la mort d'Alex, mais j'ai dû repartir plus tôt que prévu, à cause des journalistes. C'est là que j'irai un jour pendant un certain temps. Peut-être me mettrai-je à écrire le fameux bouquin dont je vous ai parlé. Oh, Peter, c'est un lieu magique. J'aurais tant voulu vous le montrer.

— Pourquoi pas, dit-il avec douceur, l'attirant contre lui en un geste de réconfort.

Il ne lui avait fait aucune avance, n'avait pas tenté de l'embrasser. Il en mourait d'envie mais par respect pour Olivia et pour sa femme, il s'était retenu. Leur longue conversation nocturne équivalait à un cadeau du destin qu'il chérirait à jamais.

— Comment s'appelle votre petit paradis ?

Elle lui dédia un sourire lumineux.

— La Favière. C'est dans le sud, près du cap Bénat. Allez-y si vous ressentez le besoin de trouver la paix de l'esprit.

Ce disant, elle posa la tête sur son épaule. Il la tint

enlacée durant le trajet. Les mots ne servaient à rien. Affirmer qu'elle pourrait toujours compter sur son amitié était d'une banalité affligeante en comparaison de la merveilleuse tendresse du moment. Pendant un bref et incroyable instant, il faillit lui déclarer son amour, mais une fois encore il se tut. Quand Andy lui avait-il murmuré pour la dernière fois des « je t'aime », des mots tendres, tous ces petits riens qui sont pourtant essentiels ? Depuis quand ne lui avait-il plus témoigné qu'un dédain glacé ?

— Vous avez de la chance, souffla-t-elle, tandis que le taxi les déposait au coin de la rue Castiglione et de la place Vendôme.

— Qu'est-ce qui vous fait dire une chose pareille ?

Sa seule chance se résumait en cette nuit étrange, ces heures pendant lesquelles leurs deux âmes n'avaient plus fait qu'une.

— Vous êtes satisfait de votre vie, vous croyez en vous-même et à la bonté de la race humaine. J'ai perdu la foi il y a très longtemps.

Il ne put qu'acquiescer. La vie s'était montrée clémente à son égard. Elle avait semé d'embûches la route d'Olivia Thatcher. Celle-ci se garda de lui faire part de ses réflexions personnelles à propos de son mariage avec Kate. Une union beaucoup moins solide qu'elle n'en avait l'air. Une relation qui manquait de plénitude. D'une certaine façon, il avait de la chance parce qu'il était aveugle. Loyal et sincère, il fermait les yeux devant le détachement de son épouse, tout comme devant la révoltante mainmise de son beau-père sur son couple. Oui, il avait la chance de ne pas voir le vide autour de lui. Sa gentillesse, sa générosité comblaient toutes les failles. Elle s'était sentie si revigorée à son contact que même à présent, alors que les premières lueurs de l'aube striaient de rose vif le ciel parisien, elle ne voulait pas le quitter.

— Je déteste l'idée de rentrer, chuchota-t-elle tout contre lui, blottie dans ses bras.

— Je déteste l'idée de vous abandonner.

Il s'efforça de penser à Kate. Mais c'était avec cette femme qu'il souhaitait rester pour le moment, pas avec Kate. Il ne s'était jamais confié à personne comme à Olivia. Et personne ne l'avait jamais compris comme elle. Il la regarda, les yeux voilés. Bon sang, comment parviendrait-il à la laisser partir ?

— Je sais que je suis censée rentrer mais je n'arrive pas à me rappeler pourquoi, sourit-elle, espiègle, en s'imaginant la réaction des paparazzi s'ils les avaient surpris ensemble ces six dernières heures.

Il était difficile de réaliser qu'ils avaient été absents si longtemps. Ils avaient eu tellement de choses à se dire à Montmartre. Maintenant, ils allaient éprouver le déchirement de la séparation. L'inéluctable séparation.

Peter réalisa soudain qu'il n'avait jamais fait à Kate la moindre confidence. Pis encore, il se sentait tomber amoureux d'Olivia et il ne l'avait même pas embrassée.

— Il faut que nous rentrions, dit-il d'un ton lugubre. Votre mari doit s'inquiéter. Et j'attends un coup de fil à propos de Vicotec.

Il l'aurait enlevée avec plaisir.

— Et puis ? Bonsoir et merci, chacun retourne dans son monde. Il faut continuer sa vie. Pourquoi devons-nous être stars ?

Elle ressemblait à une gamine pétulante. Peter lui sourit.

— Parce que nous sommes ainsi faits. Un jour, quelque part, quelqu'un nous a désignés du doigt en disant : « Hé, toi, mets-toi dans ce rang, tu fais partie des stars. » En fait vous êtes forte, Olivia. Bien plus forte que moi.

— Oh, non. Je n'appellerais pas ça de la force. Je n'ai pas eu d'autre choix. C'est peut-être mon destin, allez savoir. (Elle leva sur lui un regard d'une intensité extraordinaire, regrettant qu'il ne fût pas à elle mais sachant que cela n'arriverait jamais.) Je vous remercie de m'avoir suivie. J'ai beaucoup apprécié le café.

Elle sourit, et il lui effleura les lèvres du bout des doigts.

— Olivia, si jamais vous avez besoin d'une tasse de café, n'importe quand, n'importe où, à New York, à Washington ou à Paris, je serai là.

Il n'avait que son amitié à lui offrir.

— Bonne chance pour Vicotec. S'il est écrit que vous serez le sauveur de tous ces malheureux, ça se fera, Peter. Croyez-le.

Il hocha la tête, envahi d'une nostalgie singulière. Elle lui manquait déjà. Ils étaient sortis du taxi et se tenaient enlacés au coin de la rue, les yeux dans les yeux. S'il s'écoutait, il partirait avec elle pour ce petit village de pêcheurs perdu dans les criques du Sud. La vie n'était pas juste. Pourquoi ne se montrait-elle pas plus généreuse ? Pourquoi n'avaient-ils pas le droit de disparaître comme Agatha Christie ?

— Je vous crois, murmura-t-il. Prenez soin de vous, Olivia.

Leurs mains se cherchèrent, se serrèrent un long moment. Il demeura immobile, lorsque, finalement, elle tourna au coin de la rue avant de traverser la place, petite silhouette en tee-shirt neigeux sur un blue-jean bleu clair.

Il la suivit du regard en se demandant s'il la reverrait

jamais, même à l'hôtel. Il s'engagea à son tour sur l'esplanade silencieuse. Olivia avait fait une halte sur le seuil. Un dernier regard en arrière, un dernier signe de la main. Il la regarda disparaître à l'intérieur du Ritz et regretta amèrement le baiser qu'ils n'avaient pas échangé.

4

Peter dormit à poings fermés jusqu'à midi. Son expédition nocturne qui s'était achevée à six heures du matin l'avait épuisé... Dès qu'il ouvrit l'œil, sa première pensée fut pour Olivia. Son absence se fit brusquement sentir, curieuse sensation faite de quiétude et de mélancolie. Le temps avait tourné à la pluie. Il fit monter un copieux petit déjeuner, dégusta l'excellent café au lait et les croissants chauds sans parvenir à balayer de son esprit l'image troublante de la jeune femme. Il tenta de l'imaginer se faufilant, à l'aube, dans sa chambre. Avait-elle eu à affronter son mari ? Celui-ci avait-il été furieux ? terrifié ? malade d'inquiétude ? tout juste ennuyé ? Comment aurait-il réagi lui-même si Kate était restée dehors toute la nuit ? Oh, Kate ne lui infligerait jamais pareil affront. Encore que, deux jours plus tôt, il ne pensait pas qu'il pourrait rentrer à une heure aussi tardive.

Pourtant, s'il s'était écouté, il serait resté avec Olivia sur la Butte et ils seraient encore en grande conversation, avides de se livrer l'un à l'autre. Il termina son café, submergé par les réminiscences de la nuit. Ce qu'elle avait dit de sa vie, et ce qu'il lui avait raconté de la sienne... de son métier... de son ménage. Tout à coup, son mariage lui apparut sous un autre jour, et pour la première fois peut-être, l'affection démesurée de Kate pour son père le mit vraiment mal à l'aise. C'était eux qui formaient un couple dont il se sentait exclu. L'impossibilité de rapporter à Kate son entretien avec Suchard l'irrita. Juste ciel ! Il devrait être possible d'en parler à sa femme sans redouter que ses propos soient immédiatement répétés à son beau-père.

Chose étrange, la nuit passée, il avait ouvert son cœur à une parfaite inconnue. Olivia lui avait prêté une oreille compatissante. Elle avait saisi instantanément la torture à laquelle il était soumis, sans autre issue que l'attente. Le désir de la revoir resurgit, intact. Ne serait-ce que pour échanger quelques mots. Il prit une douche avant de s'habiller, l'esprit toujours obnubilé par Olivia... ses yeux... son visage... le regard désenchanté qu'elle lui avait lancé avant de s'éloigner... et la douleur qui l'avait transpercé, alors, comme un coup de poignard.

Une heure plus tard, le téléphone sonna. Un immense soulagement l'inonda quand la voix de Kate retentit dans l'écouteur. Soudain, il eut besoin de l'avoir près de lui, de s'assurer qu'elle l'aimait vraiment.

— Salut, dit-elle, d'une voix alerte. (Il était à peine sept heures du matin à Greenwich et, déjà, elle semblait pressée de sortir.) Comment va Paris ?

Il hésita un instant, ne sachant quoi répondre.

— Bien... très bien... Tu me manques.

Et Suchard qui ne s'était pas manifesté ! D'un seul coup, l'angoisse rejaillit. La nuit passée prit subitement cette dimension d'irréalité propre aux rêves. Ou était-ce Olivia qui représentait la réalité maintenant, et Kate, le mirage ? Peter se passa la main sur le front comme pour effacer sa confusion.

— Quand rentreras-tu ? questionna-t-elle en avalant une gorgée de café.

Elle allait prendre le train de huit heures pour New York, et elle avait hâte de raccrocher.

— Dans quelques jours, j'espère, répliqua-t-il, d'un ton soucieux. Sûrement à la fin de la semaine. Suchard n'a pas fini les tests et j'ai décidé d'attendre sa réponse ici. Ma présence va le pousser à se dépêcher.

— Pourquoi ce retard ? S'agit-il de quelque chose d'important ou juste d'une vérification technique ?

A tous les coups, Frank l'avait chargée de lui extorquer la bonne réponse. Ce dernier avait très certainement mis Kate au courant de leur conversation téléphonique de la veille. Comme toujours, Peter brandit le bouclier de la prudence. Il ne tenait pas à ce que Kate fasse un rapport détaillé de ses problèmes à son père.

— Oh, rien de grave, fit-il d'une voix nonchalante. Tu connais la méticulosité légendaire de Suchard.

— Son obsession, tu veux dire. Chercher l'erreur est devenue la raison d'être de ce type. Papa m'a dit que tout s'est merveilleusement bien passé à Genève.

Il décela dans le ton de sa voix cette nuance de froideur qu'il avait déjà remarquée. Au fil des ans, leurs rapports s'étaient quelque peu dégradés. L'habitude. Ou l'ennui... A moins qu'elle fût d'humeur badine, c'est-à-dire très rarement, Kate se montrait de moins en moins démonstrative, de moins en moins affectueuse. Sans s'en rendre compte, ils s'étaient éloignés l'un de l'autre.

— Oui, en effet, admit-il.

Peter eut un sourire forcé en essayant d'imaginer

son épouse dans leur cuisine de Greenwich, mais ce fut le visage d'Olivia qui surgit. C'en devenait inquiétant. Il secoua la tête, afin de chasser cette image, se concentra sur la fenêtre criblée de gouttelettes de pluie. C'était Katie à qui il parlait, la femme de sa vie, pas Olivia Thatcher.

— Comment s'est passé le dîner avec ton père hier soir ?

Mieux valait changer de sujet. Ne pas s'avancer sur le terrain glissant de Vicotec. Ils auraient tout le temps d'en discuter le week-end suivant.

— Formidable. Nous avons un tas de projets pour Vineyard. Papa prétend qu'il restera là-bas pendant deux mois cet été.

Qu'avait donc dit exactement Olivia ? Que les gens s'enlisaient dans la compromission. Sa vie n'avait été qu'une longue compromission pendant ces vingt dernières années, et il n'avait d'autre issue que de continuer à baisser les bras.

— Oui, je sais. Vous m'abandonnerez tous dans la canicule de New York. Comment se portent les garçons ?

— Comme des charmes. Ils sortent énormément. Je ne les vois jamais. Pat a fini l'école, Paul et Mike ont débarqué le jour où tu es parti, la maison a repris ses allures de zoo. Je passe le plus clair de mon temps à ramasser des chaussettes sales, des pantalons, et à assortir des paires de sneakers de trois tailles différentes.

Tous deux avaient accueilli la naissance de leurs trois enfants comme autant de bénédictions. De gentils gosses, que Peter adorait. Un sourire indulgent éclaira ses traits. Il lui tardait de les revoir.

— Qu'est-ce que tu vas faire aujourd'hui ? s'enquit-il.

Lui s'apprêtait à entamer une nouvelle journée d'attente, près du téléphone, dans l'espoir d'un coup de fil de Suchard.

— J'assisterai à une réunion du conseil en ville. Je déjeunerai avec papa, après quoi j'irai faire des emplettes pour la maison de campagne. Les garçons ont usé tous les draps, il faut les remplacer, comme les serviettes de toilette.

A nouveau ce ton distrait. Distant. Sans chaleur.

Peter fronça les sourcils.

— Je croyais que tu avais dîné avec Frank, hier soir.

La perspective qu'elle ne quittait plus d'une semelle son cher papa le gênait à présent.

— Oui, et alors ? Il sait que je vais en ville, et il m'a invitée. Nous déjeunerons sur le pouce, dans son bureau.

De quoi parleraient-ils donc ? se demanda Peter, agacé.

— Et toi ?

Il scruta la vitre mouillée. Il aimait Paris en toute saison, même sous la pluie.

— Oh, moi, je travaillerai dans ma chambre, sur mon ordinateur.

— Vraiment ? Pourquoi n'invites-tu pas Suchard à dîner ?

Il n'osa rétorquer qu'un simple dîner avec le biologiste ne le sortirait pas d'affaire.

— Je crois qu'il n'a pas le temps. Il est très occupé, tu sais.

— Eh bien, moi aussi. J'ai intérêt à me dépêcher sinon je vais rater mon train. Pas de messages pour papa ?

Peter secoua la tête en tentant de conserver son sang-froid. S'il avait eu un message quelconque, il l'aurait communiqué directement à Frank par fax. Il était hors de question d'utiliser Kate comme intermédiaire.

— Non. Amuse-toi bien. Je te verrai dans quelques jours.

Rien dans le timbre de sa voix ne laissait transparaître son désarroi. Ni qu'il avait passé la nuit à s'épancher sur l'épaule d'une autre femme.

— Ménage tes forces, lança platement Kate.

Après quoi, elle raccrocha. Peter s'assit dans un fauteuil et s'abîma dans une réflexion sans fin, oppressé par un sentiment de frustration. Ils n'avaient fait qu'échanger des banalités au téléphone. Des propos anodins, sans importance. Ils ne se donnaient plus la peine de partager leurs pensées intimes. Comme si Kate redoutait de se confier à quelqu'un d'autre que son père. La perte de sa mère, alors qu'elle n'était encore qu'une petite fille, lui avait inculqué à jamais la crainte permanente de l'abandon et de l'insécurité. Elle avait peur de s'attacher à un autre homme qu'à Frank... Frank, qui l'avait élevée, qui avait toujours été présent. Peter aussi était présent, bien sûr... Après Frank. Frank avait la priorité. Très exigeant à l'égard de sa fille, il réclamait constamment son attention. Il la couvrait de cadeaux somptueux et, en échange, il entendait être le centre de son univers. Or, Kate avait également besoin de son mari et de ses fils. Cependant, subodora Peter, elle n'avait jamais aimé un autre être aussi profondément que Frank, pas même lui ou leurs enfants, chose qu'elle n'admettrait jamais. Chaque fois qu'elle avait cru Frank en danger, elle l'avait défendu toutes griffes dehors, comme une lionne. Les autres femmes avaient ce genre de réaction pour leur propre famille, pas pour leur vieux père. Mais entre Frank et Kate existait une relation d'une qualité particulière que Peter n'hésitait plus à qualifier de malsaine. Un lien qui l'avait gêné dès le début. Un attachement maladif. Contre nature.

Il tapota sur le clavier de son ordinateur une partie de l'après-midi. Vers quatre heures, ne tenant plus en place, il appela Suchard. Il se sentit ridicule sitôt qu'il eut composé le numéro et que la secrétaire du savant eut décroché. Cette fois-ci, Suchard prit l'appel sur le poste du laboratoire. Il signifia à son correspondant d'un ton sec qu'il n'avait pas d'autres nouvelles. Il s'était engagé à lui communiquer les résultats dès qu'il en aurait connaissance.

— Je sais... désolé... je m'étais dit...

Son impatience avait tout gâché, mais Vicotec représentait tant d'espoirs ! Il y pensait constamment. A cela, et à Olivia Thatcher. Il abandonna ses colonnes de chiffres et descendit à la piscine. Il était dix-sept heures. Il ressentait un intense besoin d'exercice, afin de se libérer de sa tension.

Olivia n'était pas dans l'ascenseur. Ni à la piscine. Elle n'était nulle part. « Où est-elle passée aujourd'hui ? Qu'a-t-elle pensé de notre soirée d'hier ? » L'avait-elle considérée comme un simple intermède dans la routine de sa vie, ou comme un tournant décisif ? Chaque phrase qu'elle avait prononcée repassait dans sa tête, à l'instar d'une bande enregistrée. Et la signification du moindre mot revenait le hanter. A tout instant, il croyait revoir les larges yeux bruns, l'innocence du petit visage juvénile, l'expression sincère, la mince silhouette dans le tee-shirt d'une blancheur luminescente dans la clarté incertaine de l'aube, alors qu'elle s'éloignait. Il nagea longtemps, sans parvenir à l'exorciser. Rien ne pouvait faire taire les voix dans sa tête, ni modérer son anxiété. Suchard ne tarderait pas à effectuer les fameux tests.

Il alluma la télévision, zappa sur l'antenne de CNN à l'aide de la télécommande. Un présentateur déploya le triste éventail des actualités internationales habituelles. La crise au Moyen-Orient. Un tremblement de terre au Japon. Une alerte à la bombe à l'Empire State Building, à New York, qui avait obligé des milliers de personnes terrifiées à attendre dans les rues, et qui lui rappela l'incident de la veille. Il crut revoir Olivia traverser la place Vendôme, alors qu'il la suivait.

Olivia Thatcher... Il délirait ! Il avait perdu la raison ! Mais non : le présentateur avait bel et bien prononcé son nom. Un cliché flou envahit l'écran : Olivia, en tee-shirt blanc et en jean, place Vendôme, un homme sur ses talons, vue de dos.

— L'épouse du sénateur Anderson Thatcher a disparu la nuit dernière à Paris, lors d'une alerte à la bombe à l'hôtel Ritz. On l'a aperçue en train de marcher sur la place, et cet homme a été photographié tandis qu'il lui emboîtait le pas, délibérément ou par pure coïncidence. Il ne s'agit pas d'un de ses gardes du corps et, pour le moment, on n'en sait pas plus.

C'était lui, bien sûr, se lançant sur ses traces. Heureusement nul ne l'avait reconnu. Il était impossible d'être identifié à partir de la photo.

— On n'a pas revu Mme Thatcher depuis environ minuit, hier soir, et nous avons peu d'informations à ce sujet. Un gardien de nuit prétend qu'elle serait revenue tôt ce matin, mais d'autres témoins s'en tiennent à la première version des faits, à savoir qu'elle n'est jamais retournée à l'hôtel après la prise de cet instantané. A cette heure-ci, il est impossible de dire s'il s'agit d'un enlèvement ou si Mme Thatcher est partie de son plein gré, peut-être chez des amis, bien que cela paraisse de moins en moins crédible. Quoi qu'il en soit, Olivia Douglas Thatcher s'est littéralement volatilisée... Ici l'antenne parisienne de CNN.

Peter fixa l'écran, incrédule. Des photos d'Olivia apparurent à l'image, puis la caméra se fixa sur son mari, qui arrivait dans le studio. Un reporter local de la chaîne câblée accueillit le sénateur en langue anglaise avec une mine de circonstance. Le journaliste fit allusion à l'état dépressif dans lequel la jeune femme avait sombré depuis la mort de son fils, Alex. Andy Thatcher nia tout en bloc. Il était sûr que sa femme était en vie et bien portante, ajouta-t-il. S'il s'agissait d'un enlèvement, les ravisseurs se feraient bientôt connaître.

Il s'exprimait avec volubilité et affichait un calme olympien. Andy avait les yeux secs, aucun signe de panique n'avait altéré ses traits réguliers. Le journaliste déclara que la police avait passé l'après-midi au Ritz, avec le sénateur et sa suite, et que des lignes téléphoniques supplémentaires avaient été installées dans l'attente d'un coup de fil d'Olivia ou d'une demande de rançon. « Il s'en fiche éperdument », se dit Peter en examinant l'air décontracté d'Andy. « Il a dû passer l'après-midi à préparer sa campagne électorale au lieu de se morfondre sur le sort de sa femme. » Peter, lui, avait senti son sang se figer dans ses veines. Une terreur sans nom l'avait envahi. Qu'était devenue Olivia après qu'ils se furent quittés ?

Il l'avait laissée devant l'hôtel un peu après six heures du matin. Il l'avait vue pénétrer à l'intérieur. Que s'était-il passé ensuite ? Etait-elle tombée dans un guet-apens sur le chemin de sa chambre ? Il se mit à analyser la situation, butant sans cesse contre le même obstacle. L'idée d'un enlèvement lui faisait dresser les cheveux sur la tête mais plus il y pensait, moins il y croyait. Le nom d'Agatha Christie surgit au milieu de ses réflexions. La suspicion se mua progressivement en certitude. Rien ne lui était arrivé, c'était impossible. Elle s'était bien échappée une première fois, la nuit dernière. Pourquoi n'aurait-elle pas recommencé ? Elle n'avait probablement pas eu le courage de retrouver une existence que, depuis longtemps, elle abhorrait. Sa lassitude avait dû l'emporter sur son sens du devoir. Il crut entendre à nouveau ses paroles. Andy et la politique lui avaient usé les nerfs.

Peter bondit sur ses pieds et se mit à arpenter la pièce, l'esprit en ébullition. Il n'y avait qu'une seule issue. Une seule solution, audacieuse certes, mais dont la sécurité d'Olivia dépendait. Il fallait qu'il aille trouver le sénateur. Qu'il lui dévoile la vérité. Sa promenade avec Olivia à Montmartre. Leur retour au petit matin. Son désir de se retirer à La Favière, car l'évidence s'était soudain imposée. Si Olivia avait agi de son plein gré, elle était allée chercher refuge dans son cher havre de paix. Son mari n'y avait peut-être pas songé. Peter lui suggérerait d'envoyer la police dans le sud de la France. Et si Olivia n'y était pas, alors... on pouvait conclure qu'elle avait eu des ennuis.

Il ne perdit pas de temps à attendre l'ascenseur et grimpa quatre à quatre les marches de l'escalier de service. Il émergea deux étages plus haut où Thatcher avait établi son quartier général. Le couloir était bondé de policiers en uniforme et en civil, des fins limiers des services secrets, qui parlaient gravement devant la chambre de la jeune femme disparue. Tous les regards se tournèrent vers Peter. Il avait enfilé sa veste, tenait sa cravate à la main et il se demanda tout à coup si Anderson Thatcher accepterait de le recevoir. Ce dernier avait signalé qu'il ne voulait pas de visites. D'autre part, ce serait embarrassant de lui avouer qu'il avait été dans un café avec sa femme pendant six heures, mais dans son échelle des valeurs, Peter avait placé l'honnêteté au sommet.

Il longea le corridor jusqu'à la porte du sénateur, qui s'ouvrit sur un garde du corps musclé. Peter demanda à voir M. Thatcher et l'homme lui demanda s'il le connaissait. Il dut admettre que non... Seigneur, c'était ridicule, il aurait dû s'annoncer par téléphone, or, sa panique l'avait incité à agir rapidement.

Le garde du corps pivota sur ses talons, laissant Peter sur le pas de la porte, se dirigea vers le fond de la suite. Une seconde porte fut entrebâillée, laissant échapper des bribes de conversations et un nuage bleuté de fumée, puis des rires s'élevèrent au milieu du brouhaha. On eût dit une surprise-partie ! Andy Thatcher ne semblait guère pressé de retrouver sa femme. Il avait plutôt l'air de mettre au point, avec ses subordonnés, les détails de sa campagne électorale.

Le garde du corps réapparut. Il présenta poliment à Peter les excuses du sénateur. Celui-ci était en réunion. Si M. Haskel voulait bien l'appeler, ils pourraient discuter un moment au téléphone. M. Haskel comprendrait sûrement, surtout après les derniers événements. Oui, M. Haskel ne demandait pas mieux que de comprendre. Ce qu'il ne comprenait pas, en revanche, c'est pourquoi on riait dans la pièce d'à côté, au lieu de s'affoler. Avaient-ils l'habitude de ces disparitions ? Ou est-ce qu'ils s'en moquaient éperdument ? A moins qu'ils n'aient conclu, comme il l'avait fait, qu'elle s'était accordé un peu de répit.

Il fut tenté de dévoiler le but de sa visite, puis changea d'avis. Ayant réfléchi, il s'aperçut qu'il s'était fourré dans une situation inextricable. Comment apprenait-on à un époux que l'on s'était promené toute la nuit avec sa femme dans Paris ? Et comment expliquait-on au même époux la raison pour laquelle on avait suivi sa femme ? Mal interprétée, l'escapade déclencherait un énorme scandale, qui risquerait de mettre en péril la carrière politique d'Andy Thatcher, tout en éclaboussant Olivia et Peter. Il avait eu tort de venir. De se précipiter. Un coup de fil aurait été bien plus simple, bien moins risqué. Il fit demi-tour.

Peter regagna sa chambre, fermement résolu à téléphoner à Thatcher. Le poste de télévision était resté allumé. CNN diffusait un reportage hâtivement préparé sur Olivia Thatcher. Le commentateur avait opté pour la thèse du suicide. Un vieux document où l'on voyait Olivia en pleurs, penchée sur la tombe toute fraîche de son enfant, passait en même temps. Ses immenses yeux sombres semblaient implorer Peter de ne pas la trahir... Un psychiatre vint expliquer, ensuite, qu'un passage à l'acte survenait parfois quand le malade avait perdu tout espoir. Acculés dans une impasse psychologique, les dépressifs préféraient mettre fin à leurs jours plutôt que de continuer à vivre une réalité trop pénible. Cela cadrait parfaitement avec le cas d'Olivia Thatcher, gravement perturbée par le décès de son petit garçon. Peter aurait étranglé avec plaisir tous ces crétins qui étaient persuadés de détenir la vérité. Que savaient-ils du chagrin d'Olivia, de sa vie privée, de son deuil ? De quel droit la jetaient-ils en pâture à la curiosité du public ? La farce sinistre se poursuivait sur le petit écran : des photos d'Olivia à son mariage, puis aux obsèques de son beau-frère, six mois plus tard.

Peter avait saisi le combiné, quand le présentateur se lança dans la longue énumération des coups du sort qui avaient frappé la famille Thatcher. Tom Thatcher assassiné six ans plus tôt, le petit garçon mort, et, pour finir, la disparition d'Olivia Thatcher. Une disparition *tragique* précisait le journaliste au moment où la voix de l'opérateur grésilla dans l'écouteur.

— Quel numéro demandez-vous ?

Il était sur le point de donner le numéro de la chambre de Thatcher, quand soudain, il sut qu'il ne le pourrait pas. Pas encore. Il lui fallait d'abord mener sa propre enquête. Et s'il ne la trouvait pas là-bas, si effectivement un malheur lui était arrivé, alors il préviendrait Andy. Après leur nuit à Montmartre, il se devait de conserver le secret d'Olivia. En espérant qu'il arriverait à temps et que sa vie n'était pas en danger.

Il raccrocha sans un mot. Le présentateur de CNN annonça que les parents de la jeune femme, le gouverneur Douglas et son épouse, s'étaient refusés à tout commentaire au sujet de la mystérieuse disparition de leur fille à Paris.

Peter sortit un sweater de sa penderie. Il regretta de ne pas avoir emporté un jean, le genre de vêtement qu'il ne portait évidemment jamais à ses rendez-vous d'affaires. Comment aurait-il pu deviner ?

Il appela la réception. Il lui fut répondu qu'il n'y avait plus de vols à destination de Nice à cette heure-ci et que le dernier train partirait dans cinq minutes. Il demanda une voiture de location et une carte lui permettant d'effectuer le trajet entre Paris et le midi de la France. Le réceptionniste lui proposa une limousine avec chauffeur, ce qui rendrait son voyage plus confortable. Il refusa. L'affaire devait demeurer confidentielle. En ce cas, une voiture lui serait livrée dans une heure, lui assura-t-on.

Il était dix-neuf heures passées. Il descendit à vingt heures. Une Renault neuve était garée devant l'hôtel. Des cartes routières étaient posées sur le siège avant, côté passager. Le portier lui expliqua obligeamment comment sortir de Paris. Il partait sans bagages. Il avait simplement pris une pomme, une bouteille d'Evian, sa brosse à dents. Alors qu'il inspectait rapidement les pneus, il eut l'impression de courir après une chimère. Il était convenu avec l'agence de location qu'il pourrait laisser le véhicule à Nice ou à Marseille, si besoin était, pour regagner la capitale par avion. Cela voudrait dire qu'il aurait fait chou blanc. Mais s'il la retrouvait, accepterait-elle de rentrer avec lui ? Ils auraient l'occasion de parler de mille choses sur le chemin du retour. Peut-être parviendrait-il à lui apporter un peu de réconfort.

Une circulation dense encombrait l'autoroute du Soleil. Après Orly, elle se fit plus fluide. Il roula à une vitesse raisonnable pendant deux heures, jusqu'à Pouilly-en-Auxois. Un étrange apaisement envahissait son esprit et son corps. Il sut qu'il avait pris la bonne décision, incapable cependant d'analyser cette conviction. Pour la première fois depuis des jours, une sensation de délivrance le grisa, et il se sentit léger, presque joyeux, débarrassé de toutes ses inquiétudes. La merveilleuse nuit qu'il avait vécue avec Olivia revint dans sa mémoire. C'était formidable de rencontrer une amie, une âme sœur, dans un lieu inattendu.

Tout en conduisant, il se remémorait la silhouette, le visage, les yeux d'Olivia, telle qu'elle lui était apparue lors de leur première rencontre... puis il eut la vision de son corps souple fendant l'eau de la piscine, semblable à un poisson agile. Et il la revit, traversant en courant la place Vendôme, la nuit précédente, s'envolant vers la liberté... et il se rappela le regard désespéré qu'elle lui avait jeté, à leur retour à l'hôtel, et l'expression paisible qui s'était dessinée sur ses traits, alors qu'elle évoquait le minuscule village de pêcheurs.

Sans doute commettait-il une folie en se lançant à sa poursuite, à travers la France. Il la connaissait à peine. Mais il était poussé par la même certitude que lorsqu'il l'avait suivie dans Paris. Pour une raison encore inconnue, il devait la retrouver. Il le fallait.

5

La route de La Favière, monotone, sinuait le long de la côte escarpée du Lavandou.

Peter avait accompli le voyage en moins de temps qu'il ne l'avait escompté. Il avait roulé de nuit dix heures durant et le soleil levant embrasait l'horizon lorsqu'il pénétra dans la petite ville endormie, à six heures du matin.

La pomme avait été croquée depuis longtemps, il ne restait plus qu'un fond dans la bouteille d'Evian. Il s'était arrêté une ou deux fois pour avaler une tasse de café, et la radio, qu'il avait laissée allumée, l'avait tenu éveillé. A travers les vitres baissées, il sentit sur son visage la brise marine, mais soudain la fatigue s'abattit sur ses épaules comme une chape de plomb. Ayant enfin atteint sa destination, il se laissait gagner par l'épuisement.

Il n'avait pas fermé l'œil de la nuit pour la seconde fois en quarante-huit heures. L'adrénaline et l'excitation qui lui avaient permis de rester vigilant pendant l'interminable trajet commençaient à s'évanouir. La nécessité de dormir se fit plus impérieuse... « Une petite heure », pensa-t-il confusément, les paupières lourdes. De toute façon, il était encore trop tôt pour commencer ses recherches. Excepté une poignée de pêcheurs rassemblés sur le quai avant de prendre le large, La Favière somnolait encore sous les premiers rayons du soleil matinal.

Peter se rangea sur le bas-côté de la route, coupa le moteur, se glissa sur la banquette arrière. Son corps fourbu parut s'enfoncer dans le cuir ; d'un seul coup, le sommeil fondit sur lui...

Des enfants jouaient près de la voiture. Leurs cris se mêlaient aux piaillements aigus des mouettes dont l'envol striait l'azur d'arabesques blanches. Peter ouvrit les yeux. Il était neuf heures du matin. Il s'assit péniblement, harassé, notant au passage les différents bruits. Ç'avait été une longue nuit, un long voyage. Mais s'il retrouvait Olivia, cela en valait la peine. Il s'étira en bâillant, se vit dans le rétroviseur. Il avait une mine de papier mâché.

Peter passa un peigne dans ses cheveux, se brossa les dents, se rinça la bouche avec le reste d'Evian. Ayant repris figure humaine, il sortit du véhicule. Par où commencer ? Il n'en avait pas la moindre idée. Il suivit le troupeau de gamins vers une boulangerie, et s'acheta un pain au chocolat avant de ressortir sur le front de mer. Les canots de pêche ne formaient plus que de minuscules points brillants sur les flots turquoises. Le port regorgeait de petites embarcations, de toutes parts fusaient des salutations, des interjections, des commentaires, avec l'accent chantant du Midi. Le soleil était haut dans le ciel et en jetant un coup d'œil alentour, Peter pensa qu'Olivia avait raison. Suspendu entre ciel et terre, le village était le décor idéal pour une retraite parfaite. La qualité rare de la lumière, la chaleur ambiante, les terrasses de café et leurs parasols multicolores donnaient l'impression d'être accueilli par un vieil ami. Une plage de sable blond partait du port vers les calanques. Il longea l'onde festonnée d'écume, imprimant dans le sable l'empreinte de ses pas. Plus loin, il s'assit sur un rocher, aveuglé par l'éclat de la lumière sur l'eau. Des questions jaillirent aussitôt : comment s'y prendre pour découvrir la femme qu'il était venu chercher... si elle était encore là... et si elle ne se fâchait pas contre lui ?

Au bout d'un moment, il releva la tête. Une mince silhouette déambulait sur la plage, pieds nus, vêtue d'un tee-shirt et d'un short. Elancée, menue, ses cheveux bruns au vent, elle lui dédia un sourire rayonnant. Il la dévisagea bouche bée. Le destin l'avait conduit au bon endroit ! Ç'avait été aussi simple que ça, comme s'ils s'étaient donné rendez-vous. Souriante, Olivia Thacher se rapprochait.

— Je suppose que ce n'est pas une coïncidence, dit-elle doucement en prenant place sur le rocher, près de Peter.

L'espace d'un instant, bouleversé par l'émotion de leurs retrouvailles, il crut avoir perdu l'usage de la parole.

— Vous m'aviez dit que vous rentriez à l'hôtel, lui reprocha-t-il, les yeux soudés aux siens, sans colère et, finalement, sans surprise.

— Et je n'ai pas menti. Sauf que je n'ai pas pu passer le seuil de ma chambre... Comment avez-vous deviné où j'étais ?

— Je l'ai vu à la télé.

— Que j'étais ici ? s'écria-t-elle d'un air horrifié, qui arracha un rire à Peter.

— Bien sûr que non, ma chère ! Ils ont simplement annoncé votre disparition. J'avais passé la journée à vous imaginer auprès de votre sénateur de mari, et à dix-huit heures, j'ai eu la bonne idée de regarder le journal télévisé... Votre portrait figurait sur toutes les chaînes. Le présentateur de CNN a évoqué la possibilité d'un enlèvement, puis ils ont montré un cliché sur lequel on me voyait de dos, derrière vous, place Vendôme. Le vilain ravisseur guettant sa proie ! Dieu merci, on ne me reconnaît pas sur la photo.

Il lui fit grâce des commentaires fielleux sur sa prétendue dépression nerveuse.

— Juste ciel ! je suis désolée, fit-elle, le front soucieux. J'ai eu tort de ne pas laisser un mot à Andy. Je n'en ai pas eu la force. J'ai tout simplement pris mes jambes à mon cou. J'ai grimpé dans le premier train. Vous connaissez la suite.

Il hocha la tête. Mais quelle obscure raison l'avait amené jusqu'à ce coin perdu ? C'était la deuxième fois qu'il se lançait à sa poursuite, mû par une force aussi irrésistible qu'inexplicable. Une force qu'aucun mot ne pouvait définir. Les yeux d'Olivia sondèrent les siens. Ni l'un ni l'autre ne bougèrent. Il la caressait du regard, sans toutefois tenter de la toucher.

— Je suis contente que vous soyez venu, chuchota-t-elle d'une voix douce.

— Moi aussi.

Il ressemblait à un petit garçon, avec ses cheveux bouclés que le vent ébouriffait, ses mèches qui lui tombaient sur le front, et ses yeux couleur de ciel d'été.

— J'ai eu peur d'essuyer votre colère en faisant irruption dans votre retraite.

— Comment aurais-je pu me mettre en colère ? Vous avez été d'une si grande gentillesse... Vous m'avez écoutée. Et, visiblement, vous vous êtes souvenu de tout ce que je vous ai dit. La preuve !

C'était la première fois que quelqu'un se faisait du souci à son sujet ; au point de parcourir des centaines et des centaines de kilomètres, en pleine nuit, rien que pour s'assurer qu'elle allait bien. Existait-il un gage plus parfait de loyauté ? Elle sauta sur ses jambes, comme une enfant malicieuse, la main tendue vers lui.

— Venez. Un petit déjeuner reconstituant vous remettra d'aplomb. Vous devez mourir de faim.

Bras dessus bras dessous, ils prirent la direction du port. Le sable était chaud sous ses pieds nus, mais elle ne semblait pas en souffrir.

— Etes-vous très fatigué ?

Il eut un rire amusé. Si elle l'avait vu à son arrivée ! Une loque humaine !

— Non, ça va. J'ai dormi environ trois heures sur la banquette de la voiture. Dites, je ne dors pas beaucoup quand vous êtes dans les parages.

Il ne s'ennuyait pas non plus quand elle était dans les parages !

— Oh, Peter, je suis navrée.

Un instant après, ils entrèrent dans un minuscule bistrot où ils commandèrent des omelettes, des croissants, un pot de café noir, corsé à souhait. Un vrai festin au parfum appétissant, que Peter dévora littéralement, sous le regard attentif d'Olivia. Elle avait une façon de le scruter, comme si elle voulait aspirer son âme.

— Peter, je n'arrive pas encore à croire que vous êtes là !

Elle semblait heureuse et légèrement triste à la fois. Andy ne se serait jamais comporté comme Peter. Il n'aurait pas traversé un pays entier pour elle. Pas même au début de leur mariage.

— J'ai essayé de contacter votre mari, avoua-t-il avec sa franchise habituelle.

Il la vit réprimer un tressaillement affolé.

— Comment ? Que lui avez-vous dit au juste ?

Voir débarquer Andy était la dernière chose au monde qu'elle souhaitait. Elle n'était pas prête à lui faire front. Elle n'avait rien à lui dire... ils n'avaient plus rien à se dire. C'était déjà assez pénible de jouer la comédie devant les reporters.

— Rien, rien du tout, répliqua Peter, et elle eut un soupir de soulagement. Ce n'est pas faute d'avoir essayé mais j'ai été refoulé par un émule de Superman, quand je me suis présenté à votre suite. Il y avait des policiers partout, des agents des services secrets, des gardes du corps. Votre mari était en conférence.

— Oh, pas à cause de ma disparition ! Andy prétend qu'il sait, d'instinct, quand il doit s'inquiéter et quand c'est inutile. C'est pourquoi je ne lui ai pas laissé de mot. Me connaissant, il doit être sûr que je me porte bien. Je ne crois pas qu'il ait retenu l'hypothèse de l'enlèvement.

Le visage lisse du sénateur Thatcher sur CNN lui revint en mémoire. Il eut l'impression d'entendre à nouveau la rumeur indistincte des voix et les rires en provenance de la pièce enfumée. Le moins qu'on pût dire, c'était que l'absence impromptue de son épouse n'avait procuré aucune espèce d'angoisse à Andy.

— En effet, je n'ai senti aucun vent de panique, lorsque j'ai sollicité une entrevue, admit Peter... Olivia, allez-vous l'appeler maintenant ?

— Oui... non... En fait, je ne sais quoi lui dire. Comme je ne sais si j'aurai le courage de l'affronter tout de suite. Je suppose qu'il faudra bien rentrer à un moment donné, même si c'est provisoire. Je lui dois quand même une explication.

Elle tâcherait de faire comprendre à Andy qu'elle ne désirait plus vivre avec lui, qu'elle l'avait chéri tendrement, jadis, mais que son amour s'était éteint, à mesure qu'il avait réduit à néant ses espérances, en sacrifiant à son ambition insatiable tout ce qui était sacré pour elle... Elle s'était sentie dupée, trahie, laissée pour compte. Aussi loin que sa mémoire pouvait remonter, elle ne découvrait que des épaves. Il ne restait plus rien entre eux. Elle en avait eu soudain conscience la veille, lorsqu'elle avait glissé sa clé dans la serrure de leur suite, sans pouvoir la tourner. Il y avait en cette porte fermée quelque chose d'irrévocable, comme si elle devait demeurer close pour toujours. Andy ne nourrissait plus aucune sorte de sentiment à son égard, elle le savait. Voilà des années qu'il n'avait plus manifesté le moindre intérêt à ses faits et gestes. La plupart du temps, il l'ignorait. Comme si elle n'existait pas.

— Olivia, allez-vous le quitter ?

Cela ne le regardait pas, bien sûr, mais il éprouvait le besoin de savoir. Au terme d'un si long voyage, il s'octroyait le risque de commettre un impair.

— Je crois que oui.

— En êtes-vous sûre ? N'allez-vous pas vous attirer les foudres des gens bien-pensants ?

— Pas autant que si l'on nous voyait ensemble au bord de la Méditerranée, répondit-elle en riant.

Ils s'esclaffèrent, puis elle redevint sérieuse.

— Je n'ai pas peur des médisances. Elles ne sont que tumulte stérile. Un peu de bruit sans conséquence, comme celui que font les gosses à Halloween... Je ne peux plus vivre dans le mensonge, les faux-semblants, l'hypocrisie des milieux politiques... Je ne survivrai pas à une autre élection.

— Pensez-vous qu'il sera candidat aux présidentielles l'année prochaine ?

— Oui, sans doute. Très certainement... En tout cas, s'il se décide, je ne marcherai pas. Toute femme se doit de suivre son mari, mais non, pas là-dedans. C'est trop me demander. Au début de notre vie commune, nous avions le même idéal. Je sais qu'il a adoré Alex, même s'il n'a jamais été là quand nous avions besoin de sa présence. Ça, j'ai pu le comprendre. La mort de son frère l'a changé. Une partie d'Andy est morte en même temps que Tom. Il s'est vendu corps et âme à la politique. Eh bien, je refuse d'en supporter davantage. Je ne veux pas finir comme ma mère. Elle boit trop, souffre de migraines, fait des cauchemars. Elle vit dans une terreur permanente. La peur des médias. La peur de commettre une erreur qui pourrait créer des ennuis à mon père. Aucun être humain ne peut vivre sous une pression constante. Maman fait semblant d'être à l'aise. Elle est très brave. Elle a toujours les yeux fardés, elle s'est fait lifter, elle dissimule parfaitement sa frayeur sous un maquillage irréprochable. Papa la traîne partout. Il l'oblige à assister à ses discours, ses meetings, ses campagnes. Si elle était honnête avec elle-même, elle avouerait qu'elle le déteste, mais, cela, elle ne l'admettra jamais. Il a détruit sa vie. Elle aurait dû le quitter il y a des années... A mon avis, elle est restée, afin qu'il ne perde pas aux élections.

Olivia marqua une pause. Peter l'écoutait, attristé par son amertume. Elle respira profondément l'air marin, et son visage perdit un peu de sa pénible crispation.

— Si j'avais su qu'Andy ferait de la politique, je ne l'aurais jamais épousé. Mais j'aurais dû m'en douter, reprit-elle d'une voix empreinte de regrets.

— Vous ne pouviez pas deviner que son frère serait assassiné, dit-il avec gentillesse.

— Peut-être que je cherche des excuses. Peut-être notre mariage se serait-il quand même soldé par un échec, qui sait ? fit-elle, le visage tourné vers la fenêtre ouvrant sur la mer étincelante sur laquelle les voiliers dansaient. Dieu que ce paysage est beau ! soupira-t-elle. J'aurais voulu rester ici pour toujours.

— Vraiment ? Si... vous le quittez, reviendrez-vous ici ?

Il voulait savoir dans quel décor l'imaginer, où la situer lorsqu'il penserait à elle, durant les longues et froides soirées d'hiver à Greenwich.

— Peut-être, répondit-elle, encore irrésolue.

Ses pensées se bousculaient. Rentrer à Paris. Avoir une discussion avec Andy... une confrontation qu'elle redoutait. Il devait avoir l'histoire de l'enlèvement en travers de la gorge. Elle tremblait à l'idée de ce qu'il lui dirait lorsqu'elle rentrerait.

La voix tranquille de Peter la tira de ses sombres méditations.

— J'ai parlé avec ma femme au téléphone, hier. C'était bizarre... Jusqu'à présent, je l'ai toujours défendue, en proclamant que ses rapports avec son père ne me dérangeaient pas... Eh bien, je trouve que ça commence à bien faire !

Il n'avait aucun mal à se confier à Olivia. Elle était si ouverte, si attentionnée et soucieuse cependant, de ne pas heurter sa sensibilité par une remarque blessante.

— Avant-hier soir, ils ont dîné ensemble. Hier, il l'a

invitée à un déjeuner. Cet été, ils passeront deux mois quasiment en tête à tête. Parfois, j'ai l'impression qu'elle est mariée avec lui, pas avec moi. Je l'ai toujours senti. Je me consolais par des réflexions du genre : « Nous menons une vie heureuse, nous avons trois enfants épatants, son père m'a délégué presque tous ses pouvoirs au bureau. »

Des arguments auxquels il s'était accroché pendant près de vingt ans et qui, étrangement, ne fonctionnaient plus.

— *Presque* tous ses pouvoirs ?

Elle le poussait maintenant dans ses derniers retranchements, comme elle n'avait pas osé le faire à Paris. Mais cette fois-ci, c'est Peter qui avait ramené la question sur le tapis. Par ailleurs, ils se connaissaient mieux. Son arrivée à La Favière les avait singulièrement rapprochés.

— Oui, la plupart du temps. Frank me voue une confiance illimitée.

Il n'alla pas plus loin. Ils s'aventuraient sur une pente glissante. Olivia avait pris la décision de quitter Andy, mais Peter n'était pas prêt de rompre avec Kate.

— Et si Vicotec ne franchit pas le cap des derniers tests ? Comment réagira-t-il, alors ?

— Il continuera à se battre à mes côtés. Nous poursuivrons les recherches quoi qu'il en coûte à la compagnie... Du moins, je l'espère.

Là le bât blessait ! « Nom d'un chien, Frank, tu ne vas pas faire machine arrière ! » Pas maintenant. Frank croyait dur comme fer à l'efficacité de Vicotec. Il suffirait de reporter à une date ultérieure les auditions de la FDA.

— Nous sommes tous obligés de faire des compromis, remarqua sereinement Olivia. Quelle importance, du moment que l'on est heureux ? Etes-vous heureux, Peter ?

Ses immenses yeux sombres le scrutaient. Elle avait posé cette question sur un ton parfaitement amical, dépourvu de toute équivoque.

— Oui, je crois... Je l'ai toujours cru. (Il la considéra un instant, d'un air abasourdi.) Pour être tout à fait franc, Olivia, en vous écoutant, je commence à me le demander. J'ai cédé sur tant de points : l'endroit où nous vivons, l'école des garçons, les vacances... En me disant justement quelle importance ? L'ennui, c'est qu'il y en a sûrement une. Le fait que Katie ne m'apporte aucun soutien moral aurait pu me laisser indifférent. Brusquement, je réalise qu'elle n'est pas là quand j'ai besoin d'elle. Entre ses comités, ses ventes de charité, les enfants, et son père, il reste peu de place pour moi. Depuis que mes fils sont en pension, je m'en rends mieux compte. Avant, j'étais si occupé que je n'avais rien remarqué. Et soudain, au bout de dix-huit ans de mariage, je m'aperçois que je suis seul. Je n'ai personne à qui parler. Je suis là, en train de vous faire des confidences, dans un village de pêcheurs en France... des confidences que je n'aurais jamais racontées à ma femme... par manque de confiance... Triste bilan ! conclut-il, maussade. Et pourtant (sa main chercha celle d'Olivia) je ne veux pas la quitter. Ni me séparer de mes enfants. L'idée ne m'a jamais effleuré. Mais soudain, j'ai conscience d'une réalité que je n'ai jamais regardée en face auparavant. Je me sens seul, Olivia. Terriblement seul.

Elle acquiesça en silence. Voilà de longues années que la solitude était devenue sa compagne. Lors de leur discussion passionnée à Montmartre, elle avait décelé dans les propos de Peter cette mélancolie latente qui caractérise les êtres solitaires. Il l'ignorait encore. Et depuis, son inconscient avait ramené à la surface tout ce qu'il aurait préféré oublier. On passe des années entières dans une espèce de douce somnolence et en un instant on se réveille en pleine crise. En deux jours, Peter Haskel venait d'en apprendre sur lui-même davantage qu'en vingt ans.

— Le pire, reprit-il, c'est que tout en me sentant rejeté, relégué à l'arrière-plan de sa vie, je n'ai pas le courage de la quitter... de lui dire tout ce que j'ai sur le cœur...

Et de repartir de zéro... ou de refaire sa vie, comme l'on dit, deux expressions horripilantes, selon Peter.

— Ce n'est pas facile, convint Olivia, sa main toujours dans celle de Peter, en songeant à son propre mariage. La séparation me terrifie aussi. Mais vous, vous n'en êtes pas là, Peter. Vous avez une vie commune avec Kate. Imparfaite peut-être, mais la perfection n'est pas de ce monde. Vous la croisez pendant les repas, elle vous parle, elle se sent concernée par vous à sa manière, même si elle est trop attachée à son père. Elle est sans aucun doute loyale vis-à-vis de vous et de vos enfants... Vous avez un passé commun, plus ou moins satisfaisant d'accord, mais il existe. Vous avez une vie ensemble. Andy et moi n'avons rien eu en commun depuis des années. Il est parti presque dès le début.

Elle s'exprimait avec l'accent de la vérité. Peter ne tenta pas de défendre Andy.

— Alors, peut-être devriez-vous le quitter.

Mais la savoir seule, même dans ce village paradisiaque, si vulnérable et si fragile, porta soudain son inquiétude à son comble. Ce serait insupportable de ne plus la revoir ! Après deux jours seulement, elle lui était devenue indispensable. Comment continuerait-il à respirer sans parler à Olivia ? La légende qu'il avait aperçue dans l'ascenseur s'était métamorphosée en femme.

— Rentrerez-vous chez vos parents jusqu'à ce que les choses se soient calmées, avant de revenir dans le Midi ?

Il tentait de trouver des solutions. Olivia lui sourit. Ils étaient vraiment amis, maintenant, associés dans le malheur.

— Je n'ai rien décidé. Je crains que maman ne soit pas assez forte pour supporter le scandale, surtout si papa se range du côté d'Andy.

— Ah, charmant ! Il ne va tout de même pas vous désapprouver.

— Cela se pourrait. Les politiciens se soutiennent entre eux. Mon frère est d'accord avec Andy par principe. Mon père pousse mon mari à partir à l'assaut de la Maison-Blanche. En conséquence, il verra ma défection d'un œil peu amène. Evidemment, mon départ porterait un coup bas à ses ambitions ; cela lui causerait du tort car il serait disqualifié. Un président divorcé est impensable en Amérique. Personnellement, je persiste à dire que je lui rendrais service. S'il gagnait l'élection, son existence basculerait dans le cauchemar. Vous êtes-vous jamais penché sur l'emploi du temps d'un président ? Et celui de la première dame des Etats-Unis ? Un enfer !... Je n'en veux pas. Je crois que j'en mourrais.

Peter hocha la tête. Si compliquée fût-elle, sa vie semblait d'une simplicité divine comparée à celle d'Olivia. A part Vicotec, le reste appartenait au domaine privé. Personne dans la famille n'avait l'intention d'exercer des fonctions publiques, excepté Kate, avec son conseil d'école, ce qui n'était pas bien méchant. Alors qu'Olivia était apparentée à un gouverneur, un député, un sénateur, et bientôt sans doute à un président.

— Peut-être pourriez-vous rester quand même... s'il décide de se présenter, je veux dire.

— Je ne vois pas comment. Ce serait l'ultime trahison... Notez, tout est possible. Il se peut que je devienne folle, ou qu'il me ligote et m'enferme dans un placard.

Il sourit, puis ils sortirent du café, main dans la main.

— S'il vous enfermait dans un placard, je volerais à votre secours, affirma-t-il.

Ils s'étaient assis sur le quai, les pieds au-dessus de l'eau verte. Lui était vêtu d'une chemise immaculée et de son pantalon de costume, elle était en short et tee-shirt, pieds nus.

— Eh bien, cette fois-ci aussi, vous avez volé à mon secours, non ?

Elle souriait, enchantée. Nul n'avait « volé à son secours » depuis des lustres ; elle appréciait énormément le geste de Peter.

— J'ai eu peur... euh... que l'on vous ait réellement enlevée. Aucun personnage public n'est à l'abri des terroristes... Bien que sur la photo, le sinistre individu qui vous suivait n'ait été autre que moi-même, j'ai eu peur de ce qui aurait pu vous arriver entre l'entrée du Ritz et votre chambre... Alors, je me suis jeté à l'eau.

— Merci... A propos de se jeter à l'eau, voulez-vous que nous rentrions à mon hôtel ? Vous vous changerez et nous irons nager.

Il laissa échapper un rire. Il ne ferait pas un bon nageur dans ses vêtements.

— Allons acheter un maillot de bain et un short. Ce serait une honte de ne pas profiter de ce temps splendide.

Il lui jeta un regard penaud. Elle avait raison, naturellement, mais il y avait des limites dont elle ne semblait pas tenir compte.

— Il faut que je rentre à Paris. C'est à plus de dix heures de voiture.

— Ne soyez pas ridicule. Vous n'êtes pas venu de si loin juste pour un petit déjeuner. Après tout, vous n'avez rien à faire à Paris, à part attendre des nouvelles de Suchard, et ce n'est pas sûr qu'il vous téléphone aujourd'hui. Demandez à la réception du Ritz si vous avez eu des messages. Si c'est oui, vous contacterez Suchard d'ici.

— Vous, au moins, vous n'hésitez pas à prendre des décisions à la place des autres, s'exclama-t-il en riant.

— Vous louerez une chambre dans mon hôtel, et nous rentrerons à Paris ensemble demain, si vous voulez, conclut-elle, remettant leur départ au lendemain avec désinvolture.

L'invitation était tentante. Toutefois, Peter hésitait.

— Vous ne croyez pas qu'il est temps d'appeler votre mari ? suggéra-t-il, alors qu'ils longeaient la plage, sous le soleil ardent.

« Oui, tentante ! », songea-t-il au même moment. De sa vie il n'avait éprouvé un sentiment de liberté aussi puissant.

— Pas nécessairement, répliqua-t-elle sans une ombre de repentir. Voyez la publicité que cet incident lui a apportée. Il est devenu subitement l'objet de la sympathie générale. Le centre de l'attention universelle. Ce serait dommage de lui gâcher cette aubaine.

— Vous êtes dans la politique depuis trop longtemps, rit-il. (Il avait retiré ses chaussettes et ses chaussures, et s'était assis à même le sable, en l'entraînant près de lui.) Vous raisonnez comme une véritable politicienne.

— Ne dites pas cela. Je manque de perversité, par rapport aux dinosaures des partis. Je n'ai aucune ambition... La seule chose que j'ai désirée dans ma vie, je l'ai perdue. Dorénavant, je n'ai plus rien à perdre.

Elle faisait allusion à son petit garçon. Le cœur de Peter se serra.

— Vous pourriez avoir d'autres enfants un jour, Olivia.

Elle s'était allongée sur le sable doré, les yeux clos, comme pour effacer son chagrin. Comme si elle s'efforçait de ne plus voir les fantômes du passé. Mais des larmes filtrèrent de ses paupières.

— Oh, mon Dieu, cela a dû être atroce, murmura-t-il. Je suis vraiment désolé.

Il se retint de ne pas la prendre dans ses bras, afin de la réconforter. Impuissant, il ne pouvait que la regarder souffrir.

— Oui, atroce, fit-elle d'une voix ténue. Merci, Peter... Merci d'être mon ami. Merci d'être venu.

Elle rouvrit les yeux. Alors, leurs regards plongèrent profondément l'un dans l'autre, un très long moment. Soudain, au cœur de la petite ville française, loin de l'agitation fiévreuse du monde qu'ils connaissaient, ils surent qu'ils formaient un seul être, une seule âme, que la fatalité les avait réunis lors d'une brève rencontre, et qu'il ne tenait qu'à eux de la prolonger. Hissé sur un coude, Peter se pencha sur Olivia, empli d'une conviction absolue. Il n'avait jamais éprouvé quelque chose de comparable. Il n'avait jamais connu personne comme elle. Et il ne voulait songer à personne d'autre maintenant.

— J'aurais aimé rester près de vous, dit-il en redessinant ses traits, puis la courbe pleine de ses lèvres du bout des doigts. Je n'en ai pas le droit. Je n'ai jamais fait ça.

Elle était à la fois son tourment et le baume sur ses blessures, la plus belle chose que la vie lui avait offerte, et l'objet de sa confusion.

— Je le sais, répondit-elle doucement. (Elle le savait avec son cœur, son corps, son esprit.) Je n'attends rien de vous. Vous avez été plus présent en deux jours que quiconque en dix ans. Je ne vous demande rien de plus. Pour rien au monde je ne vous rendrai malheureux.

D'une certaine manière, elle possédait plus d'expérience que Peter. Le deuil, la souffrance morale, la trahison avaient mûri son caractère. Il crut se noyer dans les lacs sombres de ses prunelles.

— Chut, fit-il, un doigt sur les lèvres d'Olivia, puis, s'inclinant davantage, il la serra dans ses bras et l'embrassa.

Le sable, la mer et les rochers furent les seuls témoins de leurs baisers. Aucun photographe ne surgit, son appareil à bout de bras. Ils étaient seuls au monde. Seuls avec leur conscience, leurs souvenirs, leurs rêves perdus, échoués comme des naufragés sur un rivage inconnu. Seuls dans l'éblouissante blancheur ensoleillée de la plage déserte. Leurs enfants, leurs conjoints, leurs souvenirs pâlirent devant l'ardeur de leur désir. Leurs bouches se cherchèrent avec une passion inouïe, trop longtemps contenue. Les baisers d'Olivia, fougueux et avides, trahissaient un besoin d'amour plus intense.

Il leur fallut déployer un effort surhumain pour s'arracher à l'envoûtement, puis, étendus côte à côte, tournés l'un vers l'autre, ils échangèrent un sourire ébloui.

— Olivia, je vous aime, souffla-t-il, hors d'haleine, en l'attirant de nouveau contre lui, le regard rivé sur l'azur. Vous allez me traiter de fou. Il y a deux jours que nous nous connaissons mais j'ai l'impression de vous connaître depuis toujours.

— Je vous aime, moi aussi. Nous allons sûrement au-devant de graves ennuis, mais je n'ai jamais été aussi heureuse... Et si nous nous enfuyions ensemble ? Au diable Vicotec et Andy.

Ils éclatèrent d'un rire irrépressible. La pensée que personne ne savait où ils étaient les emplissait d'un immense bien-être. Elle était portée disparue, enlevée par des terroristes, et il était simplement parti faire un tour dans une voiture louée, avec pour toutes provisions une pomme et une bouteille d'eau minérale.

Peter recouvra le premier son sérieux. A ce moment même, Interpol était peut-être à leurs trousses.

— Comment se fait-il que votre mari n'ait pas eu l'idée de vous chercher à La Favière ?

Lui-même y avait pensé presque tout de suite.

— Parce que je ne lui ai jamais parlé de mon jardin secret.

— Ah bon ?

Il la regarda avec stupéfaction. Elle l'avait mis au courant dès leur première rencontre, et elle avait laissé Andy dans l'ignorance. C'était flatteur ! A l'évidence il lui inspirait plus de confiance que son mari. C'était réciproque.

— En ce cas, nous sommes en sécurité, reprit-il. Pour quelques heures encore.

Sa détermination à reprendre le chemin du retour dans la soirée n'avait pas changé. Mais, après qu'ils eurent acheté un maillot de bain pour lui et qu'ils eurent nagé vers le large, il se sentit moins sûr de lui. C'était autrement plus agréable que la piscine du Ritz. Elle avait alors semé le trouble dans son esprit. A présent, la sentant si près de lui, son cœur s'affolait.

Elle avait la phobie des profondeurs, avait-elle déclaré. Mais avec Peter à ses côtés, elle se sentait en sécurité. Ensemble, ils fendirent les crêtes des vagues, comme s'ils survolaient l'eau brillante, jusqu'à un youyou attaché à une balise flottante. Ils grimpèrent dans le minuscule esquif, qui tanguait, et il dut se contenir pour ne pas lui faire l'amour sur-le-champ, entre ciel et mer. Il ne fallait pas dépasser certaines limites, étaient-ils convenus, sous peine de tout gâcher, irrémédiablement. Concrétiser leur amour appellerait la culpabilité, et sa sinistre cohorte de remords. Quelle que fût la nature de leurs sentiments, ils n'avaient d'autre issue que l'amitié. Transgresser les règles morales qu'ils s'étaient fixées risquait de briser à jamais le lien impalpable qui les unissait. Là-dessus, Peter s'était montré inflexible. Bien que son mariage fût sur le point de s'effondrer, Olivia avait acquiescé. Avoir une aventure avec Peter ne ferait que compliquer les choses lorsqu'elle irait s'expliquer avec Andy à Paris.

Ils revinrent vers la plage, se jetèrent sur le sable doré, ruisselants, haletants. Se contenter d'une liaison platonique n'était pas facile. Le baiser qu'ils avaient échangé avait allumé un feu latent au centre de leur corps, une flamme perfide, lancinante, que plus rien ne pouvait éteindre.

Ils se mirent à parler de mille choses. Leurs enfances respectives à Washington et dans le Wisconsin. Il évoqua ses problèmes d'intégration sociale, le mal-être dont il avait souffert vis-à-vis de sa famille, la rude existence à la ferme, la chance d'avoir rencontré Kate.

Elle posa des questions auxquelles il répondit avec une aisance dont il fut le premier étonné. Il décrivit ses parents, sa sœur. Comment cette dernière, à l'instar de leur mère, était morte d'un cancer — d'où l'importance qu'il accordait à Vicotec.

— Si un tel produit avait existé à cette époque, elles seraient peut-être encore là, conclut-il, avec tristesse.

— Peut-être, admit-elle. Mais il est des combats qu'on ne peut pas gagner, quel que soit le remède miracle dont on dispose.

Ils avaient tenté l'impossible pour sauver Alex.

— Votre sœur avait-elle des enfants ? reprit-elle, et comme il hochait la tête, les yeux embués : Vous rendent-ils visite de temps à autre ?

La honte embrasa d'un flot incarnat les pommettes de Peter. Il s'était mal comporté et se sentait fautif. Il se tourna vers Olivia pour la regarder droit dans les yeux.

— Mon beau-frère a déménagé et s'est remarié dans l'année. Il ne m'a pas donné signe de vie pendant longtemps. Sans doute était-ce sa façon d'oublier le passé. Il ne m'a pas contacté jusqu'au jour où il a eu besoin d'argent. Entre-temps, il avait eu deux enfants avec sa seconde femme. D'après Kate, mes neveux et nièces ne me connaissaient pas et se fichaient éperdument de leur oncle de New York. Alors, je n'ai pas cherché à les revoir, et je n'ai plus jamais eu de nouvelles. Ils vivaient dans un ranch dans le Montana... Parfois, je me demande si le fait que je n'aie pas d'autres attaches à part elle, nos enfants et Frank, n'arrange pas Kate. En fait, elle ne s'est jamais entendue avec ma sœur.

Elle a été furieuse, quand mon père a laissé la ferme à Muriel... Moi, je pense qu'il avait raison. Je n'en voulais pas. Je n'en avais pas besoin. (Il soupira avant de formuler pour la première fois ce qu'il n'avait jamais admis, par déférence à l'égard de Kate.) J'ai eu tort. J'aurais dû chercher à revoir les enfants de Muriel. J'ai capitulé devant les arguments de Kate... C'était plus facile.

— Rien ne vous empêche de réparer votre erreur.

— Oui, bien sûr. Si j'arrive à les retrouver.

— C'est encore possible. Il suffit d'essayer.

Un silence suivit, puis elle lança :

— Que se serait-il passé si vous n'aviez pas épousé Kate ?

Il resta un instant sans voix, pris de court. C'était un jeu, naturellement, qu'Olivia semblait affectionner tout particulièrement : le harceler de questions difficiles.

— Eh bien, je n'aurais pas réussi dans ma profession.

— Vous vous trompez totalement, objecta-t-elle aussitôt. Vous vous êtes mis dans la tête que vous lui devez tout : votre emploi, votre succès, votre carrière, votre villa à Greenwich. C'est fou ! C'est tout de même *vous* qui avez réussi, pas elle. Vous auriez mené une carrière brillante de toute façon, n'importe où, même dans le Wisconsin. Potentiellement, vous en avez les moyens : l'esprit vif, la capacité à saisir l'occasion dès qu'elle se présente. Vicotec en est la preuve flagrante. Vous m'avez dit que vous avez entièrement conçu le projet.

— Je ne l'ai pas encore mené à bien, répliqua-t-il avec modestie.

— Vous y arriverez, quelle que soit l'opinion de Suchard. Dans un an, deux ou dix, qu'importe ? Vous y arriverez, répéta-t-elle avec conviction. Et même si ce projet tombait à l'eau, un autre marchera plus tard. Ça n'a rien à voir avec qui vous êtes marié... Les Donovan vous ont soutenu, je ne le nie pas. D'autres pourraient vous offrir les mêmes opportunités. En tout cas, grâce à vous, ils ont fait d'énormes bénéfices. Cessez donc de vous sentir redevable.

Il n'avait encore jamais envisagé la situation sous cet angle. Les paroles d'Olivia eurent le don de lui redonner confiance. C'était une femme remarquable. En quelques phrases, elle venait de lui remonter le moral comme personne ne l'avait jamais fait, et certainement pas Kate. De son côté, il apportait à Olivia la chaleur, la tendresse, l'affection qui lui manquaient. Ils se complétaient, comme les deux moitiés d'un tout.

L'après-midi tirait à sa fin lorsqu'ils regagnèrent l'hôtel d'Olivia. Sur la terrasse, ils se régalèrent d'une délicieuse salade niçoise, de fromage et de pain frais et vers dix-huit heures, Peter voulut prendre congé. Une journée au soleil et sa passion contenue pour Olivia l'avaient épuisé.

— Réfléchissez avant de vous précipiter sur la route, s'alarma-t-elle, juvénile et bronzée dans sa légère tenue de plage. Vous n'avez pas dormi depuis deux jours. Si vous partez maintenant, vous ne serez pas à Paris avant quatre heures du matin.

— J'en conviens. Il le faut, pourtant.

Il avait passé un coup de fil au Ritz. Il n'avait aucun message. Cependant, il tenait à se trouver sur place au cas où Suchard se manifesterait. Par chance, ni Frank ni Kate ne s'étaient signalés.

— Pourquoi ne restez-vous pas cette nuit ? Vous repartirez demain matin, frais et dispos, plaida-t-elle avec raison, alors qu'il se livrait à un débat intérieur.

— Viendrez-vous avec moi si je pars demain ?

— Peut-être, murmura-t-elle, le regard rivé sur la mer.

— J'adore votre sens de l'engagement, sourit-il.

Il adorait tout en elle. Leur étreinte sur la plage, qui avait exacerbé ses sens, et le manque de sommeil avaient épuisé sa résistance. Il se sentit trop fatigué pour entreprendre le long parcours du retour.

— D'accord, d'accord, finit-il par concéder.

Ils s'en furent à la recherche du patron de l'établissement. La chambre voisine venait d'être louée, leur apprit-il. Il y avait quatre chambres, en tout et pour tout. Olivia occupait la plus belle, une vaste pièce avec vue sur la Méditerranée.

Ils échangèrent un long regard.

— Vous pouvez dormir par terre, suggéra-t-elle, avec un sourire rayonnant de malice, faisant allusion à leurs bonnes résolutions.

— J'accepte ! C'est la meilleure offre que j'aie eue depuis des lustres... et la plus déprimante.

— Marché conclu. Je vous promets d'être sage. Parole de scout ! acheva-t-elle, deux doigts pointés vers le ciel.

Il fit semblant d'être déçu.

— De plus en plus déprimant.

Ils partirent d'un grand éclat de rire, se rendirent dans une boutique locale où Peter fit l'acquisition d'un débardeur et d'un blue-jean. Il se rasa dans la minuscule salle de bains d'Olivia avant le dîner et, en ressortant, il la trouva ravissante dans son bustier et sa jupe en dentelle de coton immaculés, qui mettaient en valeur son hâle couleur de miel. Elle avait enfilé des espadrilles. Ses cheveux bruns et lustrés cascadaient sur ses épaules nues. Il eut du mal à reconnaître la créature aux yeux cernés dont les photos l'avaient fasciné. De toute façon, elle n'était plus la même personne. L'Olivia qui se tenait tranquillement devant lui, dans la pénombre ambrée du crépuscule, était sa seule amie... la femme dont il commençait à tomber amoureux. Ils s'observèrent, inondés d'une douce émotion, une sorte de félicité merveilleusement désuète et romantique.

Leurs doigts s'enlacèrent, leurs lèvres se frôlèrent rapidement. Plus tard, ils firent une promenade de minuit sur la plage éclairée par la lune. Une mélodie entraînante leur parvenait du port et ils se mirent à danser, souriants et rêveurs, joue contre joue, puis Peter l'embrassa.

— Que ferons-nous quand nous rentrerons ? murmura-t-il. Que ferai-je sans vous ?

Ils s'étaient assis sous les étoiles, bercés par le rythme lancinant de la musique.

— Ce que vous avez toujours fait, répondit-elle d'un ton calme.

Elle n'avait pas l'intention de l'encourager à briser son mariage. Elle n'avait pas le droit de démanteler une famille, sous prétexte que son union avec Andy avait mal tourné. Même si elle était très attirée par Peter, elle le connaissait à peine.

— Mais quoi ? insista-t-il. Qu'ai-je fait de ma vie jusqu'à présent ? Je ne m'en souviens même pas. Je me demande si je n'ai pas rêvé... Je ne sais plus si j'ai été heureux...

Le pire, c'était qu'il commençait à se dire qu'il ne l'était pas. Il n'y avait jamais songé avant.

— Ne vous tourmentez pas. Ne vous posez pas

toutes ces questions, c'est inutile, fit-elle avec sagesse. Vivons l'instant présent. En ce qui me concerne, je puiserai des forces dans le souvenir des moments passés ensemble.

Ses grands yeux le fixaient. La musique s'égrenait dans le lointain. Tous deux savaient la vérité sur le mariage de Peter. Le fait qu'il avait capitulé sans même s'en apercevoir. En trouvant de bonnes excuses pour laisser Frank et Kate diriger sa vie. C'était arrivé progressivement. Insidieusement. Aujourd'hui, il s'étonnait de n'avoir rien vu venir. Sans doute parce que c'était plus commode.

— Que deviendrai-je sans vous ? chuchota-t-il en l'attirant dans ses bras.

Cela dépassait son imagination. Il avait vécu quarante-quatre ans sans elle et subitement, l'idée de s'en séparer ne serait-ce qu'une seconde lui était insupportable.

— N'y pensez plus.

Cette fois-ci, ce fut elle qui l'embrassa. Ils durent rassembler tout leur courage pour rompre leur étreinte. Lentement, ils reprirent le chemin de l'hôtel, enlacés.

— Vous serez sûrement obligée de rester éveillée pour me jeter des seaux d'eau froide, dit-il, une fois dans la chambre, avec un sourire plein de malice.

Il aurait payé cher pour changer les données du problème. Mais ils avaient décidé de passer l'épreuve sans céder à la tentation. Il y allait de leur intégrité.

— Entendu, promit-elle en riant.

Elle n'avait toujours pas appelé Andy. Peter s'abstint de tout commentaire. Elle devait avoir ses raisons. La volonté de le punir, ou la peur, tout simplement.

Fidèle à sa parole, Olivia lui tendit une pile

d'oreillers et une couverture. Ensemble, ils fabriquèrent un lit de fortune sur lequel il s'étendit, pieds nus et habillé. Elle passa sa chemise de nuit dans la petite salle de bains attenante, se glissa entre les draps dans le noir. Ils restèrent longtemps allongés, les yeux ouverts dans l'obscurité. Ils se tendirent la main et ils bavardèrent pendant des heures. Mais il ne fit aucun geste déplacé, ne tenta même pas de lui voler un baiser. Il était près de quatre heures lorsqu'elle sombra dans le sommeil. Il se leva pour la border, posa un léger baiser sur ses lèvres entrouvertes. Ensuite, il se recoucha par terre, et il pensa à elle jusqu'au matin.

6

Ils se réveillèrent vers dix heures et demie, le lendemain matin. Le soleil se déversait à flots dans la chambre. Olivia s'était éveillée la première. Elle était en train de contempler l'homme endormi près de son lit, sur le sol, quand il remua avec un soupir. Elle lui dédia un sourire radieux.

— Bonjour !

En gémissant, il roula sur le dos. Sous son mince matelas constitué par le tapis et la couverture, la dureté du plancher le faisait souffrir. Il s'était endormi vers sept heures du matin, alors que la lumière perlée de l'aube diluait les ténèbres.

— Avez-vous des courbatures ? s'enquit-elle.

Il répondit par une grimace et elle offrit de lui masser le dos. Ils avaient passé l'épreuve de la nuit sans faillir à leurs engagements et tous deux en tiraient une fierté extrême.

— Oh, oui, je veux bien, marmonna-t-il, le visage fendu d'un large sourire.

Il se mit sur le ventre, laissant échapper un autre gémissement, qui arracha un rire amusé à Olivia. Couchée sur son lit, elle se pencha vers lui. Ses mains se mirent à pétrir doucement les muscles endoloris de la nuque et des épaules de Peter. Il demeurait immobile, sur sa couche de fortune, yeux clos.

— Avez-vous bien dormi ?

Il avait la peau douce, sous ses doigts, une peau de bébé, qu'elle s'efforça d'ignorer.

— J'ai pensé à vous toute la nuit. Preuve que je suis un vrai gentleman ou signe de sénilité précoce, au choix...

Il se tourna vers elle, lui saisit les mains. Sans avertissement, il se mit sur son séant dans un mouvement souple, et ses lèvres se posèrent sur celles d'Olivia.

— J'ai rêvé de vous, murmura-t-elle, sentant ses doigts dans ses cheveux.

— Que se passait-il dans votre rêve ?

Il lui couvrait le cou de baisers enflammés, sachant que, bientôt, il allait devoir la quitter. Le compte à rebours avait commencé, effaçant peu à peu ses scrupules.

— Je nageais dans l'océan... un tourbillon m'attirait vers le fond... je me noyais. Et vous m'avez sauvée. C'est exactement ce qui est arrivé depuis que je vous ai rencontré. J'étais en train de me noyer, quand nous avons lié connaissance.

Il la fit taire d'un long baiser langoureux. Il s'était agenouillé près du lit, l'avait prise dans ses bras. Soudain, ses mains, comme animées d'une vie à part, glissèrent sous la chemise de nuit de la jeune femme pour caresser ses seins. Elle émit un doux soupir à ce contact, ouvrit la bouche afin de lui rappeler leur serment, mais aucun mot ne vint.

Leurs baisers avaient un goût doux-amer. Semblable au feu qui couve sous la cendre, leur passion jaillit, puissante et irrépressible. Olivia avait noué les bras autour du cou de Peter. Irrésistiblement, elle l'attirait vers le lit, sans même s'en apercevoir. L'instant suivant leurs corps s'enlacèrent. Il la dévorait de baisers, l'enivrait de caresses, incapable de s'arrêter, de contenir son désir, qui montait telle la marée.

— Peter... Peter...

Elle murmura son nom à plusieurs reprises, en répondant à ses baisers avec ardeur.

— Olivia... je ne veux pas que vous regrettiez plus tard...

Il essayait de se montrer responsable, pour son bien, le bien d'Olivia et celui de Kate. Mais il avait atteint le point de non-retour. Déjà, il partait à la dérive. Olivia le débarrassa de son pantalon — le débardeur s'était envolé depuis un moment. Il fit passer la chemise de nuit par-dessus la tête de sa compagne, l'expédia à travers la pièce, puis inéluctablement, irrésistiblement il imprima à leurs corps le rythme millénaire de l'amour.

Il était midi environ quand ils reprirent leur souffle. Ils restèrent rivés l'un à l'autre, éblouis. Ils ne se rappelaient pas avoir éprouvé un plaisir aussi intense. Rayonnante, Olivia replia ses longues jambes, avec un doux soupir de plénitude.

— Peter, je t'aime.

— En voilà une bonne nouvelle, sourit-il en l'attirant tout contre lui, si près qu'ils formèrent un seul et même être. Parce que je n'ai jamais aimé personne aussi fort que je t'aime. Finalement, je ne suis pas un vrai gentleman.

Elle lui dédia un sourire ensommeillé.

— Mmmm, tant mieux.

Ils se turent un long moment, ivres de la volupté qui les avait inondés. Puis, sachant qu'ils se sépareraient dans quelques heures, ils s'aimèrent à nouveau, pour la dernière fois. Lorsque, enfin, ils se levèrent, Olivia se pendit au cou de Peter, en pleurs. Elle aurait voulu rester auprès de lui jusqu'à la fin des temps. Un vœu impossible, tous deux le savaient. Elle avait décidé de rentrer à Paris avec lui. Ils quittèrent l'hôtel à seize heures, tels deux amants bannis à jamais du fabuleux jardin d'Eden.

Ils firent une halte sur la plage pour se restaurer. Ils dégustèrent des sandwiches arrosés d'un verre de vin, le regard rivé à la mer étincelante.

— Je t'imaginerai ici, observa-t-il sombrement.

— Viendras-tu me voir ?

Ses cheveux brillants lui tombaient sur la figure, quelques grains de sable veloutaient d'ocre sa pommette. Il ne répondit pas tout de suite, soucieux de ne pas l'abuser par de fausses promesses. Kate l'attendait, ignorant son incartade. Une heure plus tôt, Olivia avait déclaré qu'elle comprenait cela. Pour rien au monde elle ne l'inciterait à briser son mariage. Mais elle chérirait le souvenir de leurs ébats pour toujours. En deux jours ils avaient connu un bonheur que d'autres ne connaissent pas au cours d'une vie entière.

— J'essaierai, balbutia-t-il, maladroit.

Ils étaient résolus à en rester là. Une liaison relevait du domaine de l'impossible. Leurs existences étaient déjà suffisamment compliquées, trop de personnes risquaient d'en pâtir. Une fois qu'Olivia aurait regagné son univers, les journalistes, qui la suivaient à la trace, empêcheraient que toute nouvelle rencontre se produise.

— Je reviendrai ici, dit-elle d'un ton solennel. Je louerai une maison. Je crois que j'écrirai mon livre, finalement.

— Oui, tu devrais... Moi aussi je rêve de revenir un jour. Avec toi, j'entends.

Un jour... Un espoir lointain. Un autre souvenir à partager. Mais Olivia n'attendait rien de lui.

— Pourquoi pas... fit-elle tranquillement. Si cela doit arriver, nous nous reverrons.

Il fallait d'abord mettre de l'ordre dans leurs existences, franchir des obstacles, livrer bataille. Chacun portait son propre fardeau. Les pensées de Peter étaient tournées vers Vicotec, son beau-père, Kate qui l'attendait dans le Connecticut. Et Olivia s'efforçait de rassembler son courage avant d'affronter Andy.

Ils gagnèrent la voiture. Olivia avait acheté des provisions pour la route, qu'elle rangea sur la banquette arrière, tête baissée, afin de dissimuler ses larmes. Mais il sentit sa détresse, si semblable à la sienne. Il avait envie de pleurer pour les mêmes raisons... Il la reprit dans ses bras et ils jetèrent un regard éperdu vers l'immensité bleue. Il lui dit combien il l'aimait. Elle répondit qu'elle était follement éprise de lui. Un baiser fiévreux les unit, après quoi ils grimpèrent dans le véhicule qui se lança sur la route, en direction de Paris.

Pendant quelque temps, ils ne desserrèrent pas les dents. Ils se donnaient le temps de comprendre ce qui leur était arrivé. Et d'accepter l'issue fatale de leur amour.

— Seigneur, ça va être dur, murmura Olivia à travers ses larmes, alors qu'ils dépassaient Toulon. Quelle torture que de te savoir loin de moi !

L'angoisse lui serrait la gorge.

— Je sais. Je pense la même chose. J'en perdrai la raison.

Il se comportait comme si elle lui appartenait.

— Appelle-moi de temps à autre, dit-elle d'une voix soudain pleine d'espoir. Je te tiendrai au courant de mes déplacements.

Nouveau silence. Ils couraient après des chimères. Peter serait toujours marié.

— Ce n'est pas juste, Olivia.

A l'instar des papillons attirés par la flamme, ils s'étaient brûlé les ailes. Délibérément. S'ils n'étaient pas devenus amants, ç'aurait été pire, d'une certaine manière. Au moins, ils s'étaient forgé un paradis terrestre, un souvenir éclatant à conserver et à chérir.

— Et si nous nous donnions rendez-vous quelque part dans six mois, juste pour voir où nous en sommes ?

Elle se référait à un de ses films préférés avec Cary Grant et Deborah Kerr. Un classique qui l'avait émue aux larmes chaque fois qu'elle l'avait vu.

— Par exemple à l'Empire State Building ? continua-t-elle.

Elle ne plaisantait qu'à moitié. Peter secoua la tête.

— Pas question ! Tu ne te montreras pas, j'en deviendrai fou furieux, et tu finiras dans une chaise roulante. Pense à un scénario moins risqué.

— Que faire ? chuchota-t-elle, en regardant défiler le paysage d'un air sombre.

— Rentrer. Etre fort. Réparer nos anciennes erreurs... Ce sera plus facile pour moi, j'en conviens. Ce que j'ai pu être stupide ! L'imbécile heureux ! L'aveugle au grand cœur ! Le plus dur, ce sera de retourner aux Etats-Unis comme si rien ne s'était passé, comme si je n'avais pas vu clair en moi pendant mon séjour à Paris... Comment pourrai-je jamais l'expliquer aux autres ?

— On n'est pas toujours obligé de fournir des explications.

Il le faudrait pourtant, surtout si Vicotec n'obtenait pas l'approbation inconditionnelle de Suchard, se dit-il. Si les tests ne s'avéraient pas concluants, sa vie entière basculerait, comme un navire égaré dans la tourmente.

— Olivia, écris-moi, ne put-il s'empêcher d'implorer. Ne me laisse pas sans nouvelles. Si je ne sais pas où tu es, j'en serai malade. Promets-le-moi, ma chérie.

— Je te le promets.

A mesure que défilaient les kilomètres, des ombres monstrueuses envahissaient leur esprit : l'horreur de la séparation ; l'avenir incertain ; la souffrance quotidienne.

Il était près de quatre heures du matin lorsqu'ils furent rendus à destination. Il coupa le moteur à quelques pâtés de maisons de l'hôtel. Malgré leur fatigue, il tenta de s'accorder un sursis.

— Puis-je vous offrir un verre, madame ? demanda-t-il, se rappelant les mots qu'il avait prononcés, place de la Concorde.

Elle sourit.

— Vous pouvez m'offrir tout ce que vous voulez, Peter Haskel.

— J'en suis incapable, pour mon malheur, murmura-t-il d'une voix douloureuse. Je t'aime. Je t'aimerai jusqu'à la fin de mes jours. Il n'y a jamais eu personne comme toi dans ma vie et il n'y aura probablement jamais personne d'autre. Souviens-t'en où que tu sois, mon amour.

Leurs lèvres se cherchèrent désespérément pendant un long moment. Ils s'agrippèrent l'un à l'autre, pareils à deux noyés se débattant pour refaire surface.

— Peter, je t'aime tellement. J'aurais tant voulu que tu puisses m'emmener avec toi.

— Moi aussi.

Ils n'oublieraient jamais ces deux merveilleuses journées.

La voiture s'arrêta au bout de la place Vendôme. Elle n'avait aucun bagage, excepté son jean et son tee-shirt qu'elle portait sous le bras. Elle le dévisagea avec intensité. Un ultime baiser... puis elle s'élança sur la chaussée, chancelante, le visage ruisselant de larmes.

Il resta là, immobile, comme pétrifié, le regard fixé sur l'entrée illuminée du Ritz où la petite silhouette toute de blanc vêtue avait disparu. De longs instants s'étaient écoulés, elle avait dû gagner sa chambre. Elle le lui avait promis. Elle lui avait fait le serment de ne plus s'enfuir sans le prévenir. L'idée qu'elle pourrait errer seule à travers la France le terrifiait. Contrairement à son époux, Peter se sentait beaucoup plus concerné par sa sécurité. Il se demanda si elle aurait la force de demander le divorce ou si Andy continuerait à l'exploiter. A l'utiliser comme un objet décoratif. Et Kate ? Son angoisse redoubla. Se rendrait-elle compte qu'il n'était plus le même ? Parviendrait-il à la duper ? Mais qui dupait-on réellement à part soi-même ? Grâce à Olivia, il avait réalisé qu'il devait sa réussite à ses propres qualités. Cependant, il éprouvait toujours de la gratitude à l'égard de Kate. Il ne la laisserait pas tomber. Il ne le pourrait pas. Il reprendrait ses anciennes habitudes. Son amour pour Olivia n'avait ni passé, ni présent, ni avenir. Cela n'avait été qu'un éblouissement fugitif. Un éclatant mirage. Voyons, c'était Kate qui représentait tout : passé, présent, futur. Kate qui... Seigneur, si seulement il n'avait pas si mal ! Si seulement son cœur ne manquait pas d'éclater en mille morceaux chaque fois qu'il pensait à Olivia !

Il sortit de voiture, mit le cap sur le Ritz, la gorge nouée. La reverrait-il ? Où était-elle à cet instant précis ? Il ne pouvait imaginer toute une vie sans elle et pourtant, il n'y avait pas d'autre alternative.

L'enveloppe trônait sur sa table de nuit, dans le cercle lumineux de l'abat-jour à festons. Il la vit dès qu'il eut ouvert la porte de sa chambre. Le Dr. Paul-Louis Suchard avait appelé. Il avait demandé que M. Haskel le rappelle le plus rapidement possible.

Il était revenu dans la vie réelle. Il avait réintégré sa réalité : sa femme, ses fils, ses affaires. Et quelque part dans le lointain, derrière un ondoyant rideau de brume, il entrevoyait, comme une figure en trompe-l'œil, la femme qu'il n'aurait jamais dû approcher, la femme qu'il aimait désespérément.

Pensif, il s'accouda au balcon. Le soleil levant ceignait d'un diadème de rayons diaprés les toits de Paris. Oh, il avait vécu un songe. Rien de tout cela n'avait été réel... la place de la Concorde, le bistrot à Montmartre, la plage de La Favière... Il s'était égaré dans un rêve enchanteur. Un mirage dont il fallait maintenant rompre l'envoûtement.

7

A huit heures, le réveil téléphonique tira brutalement Peter de sa torpeur. Il raccrocha machinalement avec une curieuse sensation d'abattement. Dans un premier temps, il chercha l'origine du mal. Pourquoi souffrait-il autant... et pourquoi ce vide terrifiant qui l'enveloppait. Soudain, la mémoire lui revint.

Elle était repartie. C'était fini. Il fallait qu'il appelle Suchard avant de sauter dans l'avion de New York, afin d'affronter son beau-père... et sa femme. Olivia, elle, était retournée auprès de son mari.

Accablé d'une douleur insoutenable, il se traîna jusqu'à la douche, resta immobile sous l'eau brûlante, inerte et misérable. Son cerveau n'était plus capable que d'une chose : reproduire inlassablement le visage d'Olivia. Ses yeux immenses. Son sourire... Nom d'un chien, il avait un marché à conclure ce matin ! Il dut se le répéter à plusieurs reprises.

Il appela Paul-Louis Suchard à neuf heures précises. Le savant refusa de lui communiquer les résultats par téléphone.

— Passez donc au labo... La série d'examens est complète... Nous en avons pour une heure tout au plus. Vous attraperez sans problème le vol de la TWA de quatorze heures.

Ils se fixèrent rendez-vous à dix heures trente.

Peter fit monter dans sa chambre du café et des croissants auxquels il toucha à peine. Il quitta l'hôtel à dix heures, arriva chez Suchard avec cinq minutes d'avance. Le savant l'accueillit de son air taciturne. Il avait passé Vicotec au crible... Les résultats n'étaient pas si mauvais que ça, en définitive. Enfin, cela dépendait de quel point de vue on se plaçait. Au regard des sombres prédictions de Suchard, la situation semblait moins catastrophique. Du point de vue de Peter, elle n'était guère brillante.

La faille du médicament résidait dans l'un de ses principes actifs qui, à hautes doses, devenait toxique. Il fallait lui substituer une autre molécule, le « reconsidérer », selon les termes de Suchard. Du moins, il ne parla plus d'abondonner le projet. Toutefois, la poursuite des recherches s'annonçait difficile. Pressé par Peter, le biologiste admit du bout des lèvres qu'il y avait une chance infime d'améliorer le produit en un an, voire en six mois, sauf si un miracle survenait. Mais Suchard ne croyait pas aux miracles.

— Soyons sérieux, cher ami.

Pour sa part, il prévoyait environ deux ans pour arriver au but. Sa conclusion correspondait à celle que Peter avait tirée de leur premier entretien. Deux ans ! Habitué à raisonner en homme d'affaires, Peter s'abîma dans de savants calculs : s'ils donnaient priorité à la recherche, quitte à embaucher des équipes supplémentaires, ils arriveraient probablement à mettre Vicotec sur le marché l'année suivante. Ce n'était pas la fin du monde. Pour le moment, cependant, il ne subsistait qu'un mince espoir. Le remède était pour l'heure extrêmement dangereux. Suchard avait préparé une liste de suggestions pouvant en réduire la toxicité. Restait à convaincre Frank. C'était une autre paire de manches ! pensa Peter avec accablement. Son beau-père abhorrait les retards. Il exécrait tout ce qui venait contrecarrer ses plans. Et il avait projeté de solliciter la mise en circulation du produit auprès de la FDA, en septembre. Il serait dur de le faire changer. Comme tous les têtus, il ne savait pas faire de concessions.

Peter remercia Paul-Louis avant de prendre congé. Dans le taxi qui le ramenait à l'hôtel, il tenta fébrilement de trouver les mots justes pour persuader Frank de retarder les auditions. Les paroles de Suchard, tranchantes comme un couperet, résonnaient encore à ses oreilles. « Tel quel, votre médicament est une machine à tuer ! »

Frank monterait sûrement sur ses grands chevaux. Et Kate le soutiendrait, comme toujours. Elle ne supportait pas que l'on contrarie son père. Tant pis pour elle ! Car cette fois-ci Peter était résolu à se battre. Il ne renoncerait pas. Il ne mettrait pas du poison en vente. Il ne permettrait pas qu'un traitement imparfait déclenche de nouveaux drames.

Il boucla son sac de voyage, pria la réception de lui appeler un taxi. La voiture arriverait dans dix minutes. En attendant, il zappa machinalement avec la télécommande du téléviseur et *elle* fut là, d'une manière presque automatique et en même temps si prévisible. Une présentatrice enthousiaste annonça la grande nouvelle du jour. Olivia Douglas Thatcher, retrouvée saine et sauve. La fable qui accompagnait cet heureux événement était trop tirée par les cheveux pour être crédible. La jeune femme, partie chez des amis, avait eu un accident de circulation mineur. Durant trois jours elle avait souffert d'une amnésie consécutive au choc qu'elle avait subi. Apparemment, aucun membre du petit hôpital où elle avait été transportée ne l'avait reconnue, et personne n'avait regardé la télévision. Miraculeusement, la nuit précédente, elle avait recouvré la mémoire et avait rejoint son époux.

— Vive la vérité, marmonna Peter, écœuré.

Les mêmes vieilles photos d'Olivia apparurent à l'écran. Un neurologue, interviewé par un journaliste, se lança dans diverses spéculations sur les cas d'amnésie due à une légère commotion cérébrale. Le médecin acheva son exposé en souhaitant à Mme Thatcher un prompt rétablissement.

— Amen, murmura-t-il en éteignant le poste.

Il avait saisi son attaché-case. Il avait réglé la note, un garçon d'étage avait emporté son bagage et il ne lui restait plus qu'à descendre. Il laissa son regard errer alentour, brûlé par une nostalgie singulière. Il revécut toutes les étapes de son séjour en France et, l'espace d'une seconde, il fut consumé par l'envie de monter chez les Thatcher, afin de la revoir une dernière fois. Il frapperait à la porte. Se présenterait comme un vieil ami... et Andy Thatcher le prendrait pour un fou. Avait-il conçu des soupçons concernant la disparition de sa femme ? Ou est-ce qu'il s'en moquait éperdument ? Et qui avait inventé cette ridicule histoire d'amnésie ? L'attaché de presse du sénateur, avec la bénédiction de ce dernier, sans aucun doute.

Il gagna le rez-de-chaussée envahi par la foule habituelle. Des Arabes. Des Japonais. Des Sud-Américains. Le roi Khaled était parti pour Londres après l'alerte à la bombe. De nouveaux venus montaient le vaste escalier, lorsque Peter passa devant la réception.

En sortant par la porte pivotante, il aperçut l'armada des gardes du corps en habits sombres, munis d'écouteurs et de walkies-talkies. Puis, il la vit, devant l'hôtel. Elle allait se glisser à l'intérieur d'une limousine où Andy et deux de ses hommes avaient déjà pris place. Ils parlaient entre eux. Se sentant observée, Olivia jeta un coup d'œil par-dessus son épaule. Elle arrêta son mouvement, comme fascinée. Leurs regards se soudèrent un long moment, et Peter eut peur que quelqu'un le remarque. Il la salua d'un léger hochement de tête, après quoi, comme si elle s'arrachait à un puissant champ magnétique, elle s'engouffra dans la limousine. La portière claqua. Planté sur le trottoir, Peter fixait la voiture dont les vitres teintées ne laissaient rien voir de ses occupants.

— Votre taxi est là, monsieur, dit le portier, soucieux d'éviter un embouteillage devant le Ritz.

Deux top models s'apprêtaient à se rendre sur un plateau de tournage. Le taxi leur bloquait le passage, et elles commençaient à protester.

— Oh pardon !

Peter rétribua le portier d'un pourboire princier avant de grimper dans la voiture. Il ne lança pas le moindre regard en arrière, alors que le chauffeur mettait à vive allure le cap sur l'aéroport.

Entre-temps, Andy emmenait Olivia à l'ambassade des Etats-Unis où il devait s'entretenir avec l'ambassadeur et deux membres du Congrès. Il avait insisté pour que sa femme l'accompagne. D'abord, sa disparition l'avait rendu furieux. Puis, toute réflexion faite, il s'était dit que l'incident jouait en sa faveur. Aidé par ses impresarios, il avait longuement étudié différentes possibilités, toutes destinées à lui attirer la sympathie du public. Ils avaient retenu celle de l'amnésie.

Au bout du compte, l'escapade d'Olivia seyait merveilleusement à ses desseins. Il voulait la transformer en une nouvelle Jackie Kennedy, dont elle possédait la fraîcheur, la fragilité, le style et l'élégance, sans oublier le courage face à l'adversité. D'après ses conseillers, Olivia assumerait ce rôle à la perfection. Il suffirait de faire un peu plus attention à elle, de se montrer plus affectueux à son égard en public, et le tour serait joué.

En revanche, il devrait l'amener à renoncer à ces petits jeux de cache-cache. Elle avait déjà commis de tels actes par le passé, après la mort d'Alex, se volatilisant pendant quelques heures, une nuit tout au plus. D'ordinaire, elle cherchait refuge chez son frère ou chez ses parents. Certes, cette fois-ci, la disparition avait été plus longue mais à aucun moment il ne l'avait crue en danger. Il savait qu'elle finirait par se montrer et il ne s'était pas trompé. « Pourvu qu'elle n'aille pas faire l'imbécile » avait été sa seule inquiétude. Juste avant qu'ils ne partent pour l'ambassade, il lui avait signalé que, dorénavant, il attendait beaucoup d'elle. D'abord, elle avait refusé de l'accompagner. Elle s'était violemment opposée à la version des faits qu'ils avaient donnée à la presse.

— De quoi aurai-je l'air ? s'était-elle rebellée. Il ne me manque plus qu'une commotion cérébrale maintenant.

— Tu ne nous as pas laissé le choix. Que voulais-tu que l'on dise ? Que tu étais ivre morte dans un hôtel de la Rive gauche pendant trois jours ? Ou la vérité, peut-être ? A propos, quelle est la vérité, au juste ?

— Rien d'aussi spectaculaire que vos inventions. J'avais besoin de respirer, c'est tout.

— C'est bien ce que je me suis dit, répliqua-t-il d'une voix lasse. (Lui-même possédait l'art et la manière de s'absenter inopinément, d'une manière autrement plus subtile que son épouse.) La prochaine fois, aie la bonté de me prévenir.

— J'allais te laisser un mot. Je me suis ravisée. De toute façon, tu ne l'aurais pas remarqué.

— Tu as l'air de me considérer comme un monstre d'insensibilité, observa-t-il d'un air ennuyé.

— Ne l'es-tu pas ? En ce qui me concerne, du moins. Je...

Sa voix dérapa et elle fit un effort titanesque pour reprendre :

— Andy, j'ai à te parler. Cet après-midi, quand nous serons rentrés de l'ambassade.

— Je suis pris, rétorqua-t-il sèchement.

Le peu d'intérêt qu'il venait de lui témoigner s'était dissipé. Elle était revenue. Il n'y avait pas eu de scandale. Les reporters avaient cru cette histoire d'amnésie. Il avait juste besoin de sa présence à l'ambassade, après quoi il avait d'autres chats à fouetter qu'à écouter ses sempiternelles doléances.

— Tu n'as qu'à te libérer cet après-midi, dit-elle froidement.

Il n'avait guère de temps à lui consacrer. Cela se lisait clairement sur ses traits. Une expression familière, qui acheva d'exaspérer la jeune femme.

— Qu'est-ce qui ne va pas ? s'enquit-il, surpris.

Il était rare qu'elle formule de telles exigences. Mais il était loin de se douter de ce qui l'attendait.

— Mais rien, mon cher. Mes disparitions n'ont aucun sens, c'est bien connu. Tout va très bien, merci.

Son regard brûlant et le ton de sa voix déplurent à Andy.

— Tu as eu de la chance que nous ayons pu étouffer l'affaire une fois de plus, Olivia. A ta place je n'en serais pas si fier. Tu ne peux pas continuer ces bêtises impunément. Un de ces jours, les journaux à sensation ne te rateront pas. Alors, tiens-toi tranquille !

Une autre histoire de ce genre freinerait ses ambitions.

— Navrée, fit-elle en grimaçant un sourire. Je n'avais pas l'intention de te causer des ennuis.

Il n'avait pas dit un mot gentil. Il ne s'était aucunement inquiété, il n'avait pas eu peur qu'elle ait eu une mésaventure. L'idée qu'elle fût en danger ne l'avait pas effleuré. Il n'avait pas cru au rapt, pas un seul instant. Il avait simplement conclu qu'elle se cachait quelque part.

— Nous pourrions en parler après tes rendez-vous, proposa-t-elle. Ça peut attendre jusque-là.

Elle avait réussi à s'exprimer d'une voix calme. A dissimuler la colère qui grondait dans son cœur. Il l'avait toujours laissée tomber. Voilà des années qu'il la regardait sans la voir. La comparaison avec Peter n'en était que plus pénible.

Peter occupait ses pensées lorsqu'ils partirent pour l'ambassade un peu plus tard. En l'apercevant, elle avait cru que son cœur se briserait. Elle n'avait pas osé lui adresser un signe, un sourire. De nouveau, elle avait attiré l'attention de la presse. Les reporters ne la lâcheraient pas de si tôt. Le moindre de ses gestes serait décrypté, interprété.

Durant l'entretien à l'ambassade, elle demeura silencieuse, perdue dans ses réflexions. Andy ne lui demanda pas d'assister au déjeuner qui suivit, au cours duquel il rencontra un politicien français... Il revint vers seize heures. Elle l'attendait tranquillement, installée dans un fauteuil de leur suite, le visage tourné vers la fenêtre. Peter devait se trouver à bord de l'avion qui le ramenait à New York. Il retrouverait bientôt « les autres », ces gens qui se souciaient peu de son sort. Et elle était entre les mains de ses exploiteurs, mais plus pour longtemps.

— Eh bien, de quoi s'agit-il ? lança Andy en entrant, escorté de deux de ses assistants.

Le visage d'Olivia accusait à nouveau cette expression bizarre, une sorte de masque glacé qu'il ne lui avait vu que deux fois. Aux obsèques de Tom, puis à la mort d'Alex. Le reste du temps elle se contentait de se murer dans sa tour d'ivoire. D'un geste de la main, il renvoya ses collaborateurs.

— Andy, j'ai quelque chose à te dire, murmura-t-elle, sans trop savoir par où commencer.

Mais il fallait qu'elle le dise. Il fallait que ça sorte.

— Quoi donc ?

C'était un bel homme, avec des yeux d'un bleu pétillant et des cheveux blonds qui conféraient à ses traits un charme juvénile. Il avait des épaules larges, la taille étroite. En s'asseyant dans un fauteuil Louis XV, il croisa ses longues jambes. Mais sa séduction n'opérait plus sur Olivia. Son égoïsme forcené, sa soif inextinguible de pouvoir, sa froideur l'avaient brisée.

— Je m'en vais, déclara-t-elle d'un ton neutre.

Voilà. Cela avait jailli. C'était fait.

— Tu pars ? où ça ? fit-il, l'air atterré.

Il n'avait rien compris. Il ne pouvait pas comprendre.

— Je te quitte, traduisit-elle. Je m'en irai dès que nous serons à Washington. Je n'ai pas la force de continuer. C'était la raison pour laquelle je me suis absentée ces derniers jours. Pour réfléchir. A présent, ma décision est prise.

Elle n'éprouvait rien, pas le moindre regret. Il lui lança un regard stupéfait.

— Tu as mal choisi le moment, marmonna-t-il.

Il ne posa aucune question sur les raisons qui l'avaient poussée à le quitter.

— Il n'y a pas de bon moment pour rompre. C'est comme quand on tombe malade. Ce n'est jamais le bon moment.

Elle pensait à Alex. Andy acquiesça. La mort de leur enfant avait anéanti Olivia. Deux ans après, elle ne s'en était toujours pas remise. Elle ne s'en remettrait jamais. Leur mariage non plus, d'ailleurs.

— Qu'est-ce qui te prend ? Quelque chose t'a déplu ?

Il ne demanda pas s'il y avait un autre homme dans sa vie. La connaissant, il ne conçut aucun soupçon. Il était convaincu qu'il savait tout d'elle.

— Un tas de choses me déplaisent, Andy. Tu le sais.

Ils échangèrent un regard sans chaleur. Ils étaient devenus deux étrangers. Elle ne reconnaissait plus l'homme qu'elle avait épousé.

— Je n'ai jamais voulu être la femme d'un homme politique. Je te l'ai clairement signifié lorsque nous nous sommes mariés.

— Je n'y suis pour rien, Olivia. On n'est pas responsable des changements. Je ne m'attendais pas à ce que Tom soit assassiné. La vie est ainsi faite. Imprévisible. Tâche de faire face, voyons.

— Je l'ai fait. J'ai été à tes côtés. Je t'ai soutenu lors de tes campagnes. Je me suis soumise à toutes tes exigences, mais ça suffit ! Nous ne sommes plus mari et femme, Andy, tu le sais pertinemment. Tu m'as négligée pendant des années. Je ne sais plus qui tu es.

— Je suis désolé, dit-il d'un ton sincère, sans toutefois lui promettre qu'il essaierait de changer. Tu as mal choisi le moment, je te le répète. (Il la foudroya d'un regard qui l'aurait terrifiée si elle n'avait deviné ses arrière-pensées. Il avait désespérément besoin d'elle. Il serait prêt à tout pour la garder.) Moi aussi j'ai réfléchi. Moi aussi j'ai quelque chose à te dire. Je n'avais pas pris de décision définitive jusqu'à la semaine dernière... J'aimerais que tu sois parmi les premiers à l'apprendre, Olivia. (« Parmi les premiers », pas la première, nota-t-elle amèrement.) Je me présente aux présidentielles l'année prochaine. Ça compte énormément pour moi. J'aurai besoin de ton aide.

Elle le regarda, pétrifiée. L'aurait-il frappée avec une batte de base-ball qu'il lui aurait fait moins mal. Pourtant, il ne la prenait pas au dépourvu. Elle s'en doutait depuis un moment. A ceci près que maintenant c'était vrai. Une sensation de vertige la fit chanceler.

— J'ai longuement pesé le pour et le contre, reprit-il, connaissant ta haine des campagnes électorales. Puis, je me suis dit que devenir la première dame des Etats-Unis devrait être le rêve de toutes les femmes.

Il lui adressa un petit sourire encourageant auquel elle ne répondit pas. Une terreur sans nom sourdait en elle. Etre la femme du président était la dernière chose qu'elle désirait au monde.

— Ce n'est pas le mien, murmura-t-elle, tremblante.

— C'est le mien, déclara-t-il sèchement.

C'était son espoir le plus ardent. Le but suprême. Le pouvoir absolu auquel il aspirait plus qu'à l'amour d'une femme ou au mariage.

— Et sans toi, je ne pourrai pas y arriver, poursuivit-il. Un président séparé de sa femme ça n'existe pas, encore moins un président divorcé. Mais tu ne l'ignores pas, bien sûr.

Un professionnel ! Elle crut entendre son père. Andy la dévisageait, les yeux brillants. Elle personnifiait toutes ses espérances. Il ne tenta pas de la persuader qu'il l'aimait encore, elle était trop fine pour tomber dans le piège. Mais un autre plan venait de germer dans l'esprit en effervescence du futur candidat.

— Voilà ce que je te propose, fit-il, l'air pensif. L'idée n'est pas très romantique mais elle peut nous satisfaire tous les deux. Soyons clairs, j'ai besoin de toi. Pratiquement pendant au moins les cinq prochaines années. Un an pour la campagne, quatre pour mon premier mandat. Après quoi, soit nous renégocions les termes du contrat, soit le pays s'adaptera à la situation. Il est temps après tout que les gens acceptent de considérer leur président comme un être humain. Regarde le prince Charles et Lady Di. L'Angleterre a bien survécu à leur séparation.

Il se prenait déjà pour le président et il allait demander à son peuple de s'adapter à la situation, exactement comme il l'avait exigé d'Olivia.

— Nous n'en sommes pas encore là, dit-elle, mais il ne parut pas remarquer son ironie.

— De toute façon, reprit-il, imperturbable, concentré sur son explication à laquelle il découvrait des qualités insoupçonnées, nous parlons des cinq premières années. Tu es très jeune, Olivia. Etre l'épouse du président te donnera une aura que tu n'as jamais eue. Les gens ne montreront plus à ton endroit de la compassion ou de la curiosité. Ils t'adoreront. Mes assistants et moi veillerons à faire de toi une idole.

Elle se borna à l'écouter, privée de l'usage de la parole.

— Cinq cent mille dollars sur un compte à ton nom à la fin de chaque année ! Au bout de cinq ans, tu seras en possession de deux millions et demi de dollars. (Il leva la main, coupant court à une éventuelle protestation.) Je sais qu'on ne peut pas t'acheter. Je songe à ton avenir. Une coquette somme si tu décides de te débrouiller seule dans la vie ne sera pas de refus. (Il lui sourit, en proie à une nouvelle inspiration.) Et si nous avons un autre enfant, je te verserai un million supplémentaire. Nous en parlions justement avec mes assistants et je pense qu'il s'agit d'une solution pertinente. Tu ne veux tout de même pas que l'on pense que nous avons des différends... que nous sommes homosexuels ou que tu es dépressive. Ils ont déjà pas mal brodé sur ce sujet. Il est grand temps de se reprendre et d'avoir un autre bébé.

Elle le regarda avec incrédulité et éprouva une brusque nausée.

— Pourquoi ne pas louer un bébé ? ricana-t-elle. Nous l'exhiberions pendant la campagne et le rendrions à la fin de ton fameux mandat. Ce serait beaucoup plus simple. Les bébés sont si bruyants. Si déroutants, parfois.

— Je t'en prie, épargne-moi ce genre de commentaires.

Il ne semblait pas troublé par l'énormité de ce qu'il lui proposait. Il appartenait à cette catégorie de gens pour qui essuyer un refus équivaut à un accident de parcours. Andy avait fait partie de cette jeunesse dorée que les universités de prestige, Harvard, la faculté de droit, s'enorgueillissaient de compter parmi leurs étudiants. Il était de ceux qui ont le monde à leurs pieds. Son incroyable capacité de travail doublée de la colossale fortune familiale le propulserait bientôt au zénith... Olivia ne l'avait pas quitté des yeux. Un deuxième enfant ! Tout sauf ça. Il avait déjà brillé par son absence du temps d'Alex... Même lorsque le cancer avait commencé à effectuer ses ravages sur le petit corps tendre, Andy n'avait pas répondu présent. Ce qui expliquait sans doute pourquoi il avait récupéré plus vite, après le décès de son fils. Il était moins proche de lui, il ne l'avait pas vu s'affaiblir, il ne l'avait pas tenu dans ses bras jusqu'au dernier instant.

A présent, un peu raide sur son fauteuil, il attendait avec impatience la réponse d'Olivia.

— Ta proposition est révoltante ! vitupéra-t-elle. C'est dégoûtant. En gros, tu voudrais acheter cinq ans de ma vie à un prix raisonnable, et tu n'as pas trouvé mieux que de me demander de mettre au monde un autre enfant, parce que cela t'aiderait à gagner les élections... Tu me donnes envie de vomir, tiens !

— Je ne comprends pas... tu as toujours aimé les gosses...

— Mais, toi, Andy, je ne t'aime plus. Comment t'es-tu transformé en un personnage aussi grossier, aussi insensible ? Que t'est-il arrivé ?

Un flot de larmes lui brûla les yeux, mais elle se retint pour ne pas pleurer devant lui. Il ne le méritait pas.

— Bien sûr que j'adore les enfants, murmura-t-elle. Mais je ne fabriquerai pas un bébé pour une campagne, avec un homme qui ne m'aime pas... Allais-tu suggérer l'insémination artificielle, par hasard ?

Il ne l'avait pas approchée depuis des mois, et cela

lui convenait parfaitement. Lui n'avait pas le temps, elle manquait de passion.

— Ta réaction est excessive, se défendit-il mollement, un peu gêné tout de même.

Elle avait dit la vérité, du moins en partie. Toutefois, Andy n'avait pas l'intention de changer. Devenir président des Etats-Unis était devenu une obsession. Pas d'Olivia, pas de victoire, la situation se résumait à peu près en ces termes. Il avait subodoré qu'elle rechignerait à avoir un second bébé et l'avait dit à l'organisateur de sa campagne. Elle avait été trop attachée au premier, et lorsque la mort le lui avait arraché elle avait failli mourir, elle aussi. Andy pensait qu'elle ne voudrait plus jamais avoir d'enfant, de peur de le perdre.

— D'accord. Je te demande de réfléchir... Disons un million par an. Cinq millions en cinq ans, plus un bonus de deux si tu me donnes un bébé.

Elle lui rit au nez.

— Trois millions par an et trois par bébé, railla-t-elle. Voyons, cela ferait six si j'avais des jumeaux, neuf en cas de triplés... quelques piqûres de pergonal et hop ! on se retrouve avec des quintuplés, ce qui me rapporterait...

Elle laissa sa phrase en suspens et le fixa d'un regard blessé. Qui était cet homme auquel elle avait naguère accordé toute sa confiance ? Elle l'avait épousé les yeux fermés et elle s'était trompée sur toute la ligne. L'Andy qui lui faisait face n'avait plus rien d'humain, plus rien à voir avec l'Andy du début. C'était pour l'amour de ce dernier qu'elle l'avait écouté jusqu'au bout au lieu de tout envoyer promener.

— Si je t'accordais mon soutien, c'est par loyauté, pas par cupidité, ni à cause de l'argent que je pourrais te soutirer. Je sais combien tu tiens à... à cette campagne.

Ce serait son dernier cadeau. Un cadeau royal qui, lorsqu'elle partirait, lui épargnerait les affres de la culpabilité.

— Oui, Olivia, j'y tiens par-dessus tout.

Ses yeux brillaient dans son visage pâle, comme sous l'effet d'un accès de fièvre. Pour la première fois depuis longtemps, il avait répondu avec franchise... « Le cri du cœur », pensa-t-elle.

— Je te promets d'y réfléchir.

Seigneur, quelle était la bonne décision ? Ce matin même elle projetait de retourner à La Favière à la fin de la semaine. Et maintenant, elle allait peut-être devenir la première dame de son pays. Le cauchemar. Mais elle devait ça à Andy. Il était encore son mari, il avait été le père de son enfant, elle était la seule à pouvoir l'aider à réaliser son unique rêve... La seule qui était apte à lui offrir ce présent fabuleux. Car sans elle, il n'atteindrait jamais le but après lequel il courait éperdument.

— J'annoncerai ma candidature après-demain. Nous rentrons demain à Washington.

— Comme c'est gentil de me prévenir.

— Si tu n'avais pas la bougeotte, tu serais au courant des dates de nos voyages, assena-t-il sèchement en se demandant quel serait son choix.

La forcer ne servirait qu'à envenimer les choses. La connaissant, mieux valait lui laisser son libre arbitre. A un moment donné il avait songé à appeler le gouverneur Douglas à son secours, mais compte tenu des rapports tendus entre Olivia et son père, une intervention de ce dernier risquait d'aboutir au résultat contraire.

Etrange nuit, que celle où l'on s'efforce de comprendre le sens de sa vie. Etranges heures de lutte intérieure durant lesquelles on se sent écartelé entre deux forces également puissantes. Le sommeil la fuyait. Elle aurait payé cher pour une promenade dans Paris mais les gardes du corps avaient redoublé de vigilance. Peter lui manquait au-delà de tout ce qu'elle avait imaginé. Lui eût-elle parlé de cet « ultime cadeau » qu'elle se sentait obligée d'offrir à son mari, elle eût obtenu une réponse claire et nette. « Bravo, quel geste loyal et généreux » ou « Es-tu devenue folle ? ». Mais Peter était loin. *Cinq ans !* Une éternité. Cinq ans qu'elle haïrait de toutes ses forces, surtout s'il gagnait l'élection.

Le matin, elle sut ce qu'il lui restait à faire. Elle vit Andy au petit déjeuner. Il leva vers elle un visage pâle. La nervosité faisait trembler ses mains... Pas la peur de la perdre, non. Mais la terreur de s'entendre dire : « Ne compte pas sur moi pour l'élection. »

— Je suppose que je devrais commencer par quelque citation philosophique, lui lança-t-elle par-dessus la table.

Ils étaient seuls, face à face. Andy avait renvoyé sa cohorte, chose rarissime. Ils ne s'étaient pas trouvés seuls depuis un an, hormis dans l'intimité de leur chambre. Et en deux jours, c'était la seconde fois qu'elle provoquait un tête-à-tête. Andy la considéra en silence. Seigneur, elle allait refuser, cela se voyait à son air impassible. Il retint son souffle.

— Mais l'heure n'est pas à la philosophie, n'est-ce pas ? continua-t-elle. L'heure est au bilan d'une existence entière. J'ai passé la nuit à me demander comment nous en étions arrivés là. Au début, tout allait bien. Tu étais amoureux de moi, je crois, et pourtant je ne m'explique pas ce qui s'est passé. Je me rappelle des faits, comme un film d'actualités d'un autre temps, que je passerais et repasserais dans ma tête, mais je ne parviens pas à repérer à quel moment notre union a dérapé. Et toi ?

— Je ne crois pas que ce soit important.

Il savait à présent qu'il avait perdu la partie. Il n'aurait jamais pensé qu'elle fût aussi rancunière. Il avait sa part de responsabilité, il ne le niait pas. Mais comme elle subissait tout avec docilité, il en avait conclu qu'elle était indifférente. Il avait été stupide, réalisa-t-il.

— Parfois, les événements nous dépassent, reprit-il. Mon frère est mort. Tu ne sais pas ce que ça a signifié pour moi. Tu étais là bien sûr, mais... comment t'expliquer... tout à coup, on a placé sur moi les espoirs qu'on avait placés sur Tom. J'ai cessé d'être moi-même pour me glisser dans sa peau à lui. Je suppose que toi et moi nous nous sommes perdus à dater de ce moment-là.

— Tu ne m'as rien dit, alors.

Peut-être s'ils n'avaient pas eu Alex... Peut-être aurait-elle dû le quitter dès le début. Or, elle n'aurait jamais sacrifié les deux ans de la brève existence de son petit garçon. Sauf qu'elle n'en voulait pas d'autre. Elle chercha les yeux d'Andy... Il était temps de mettre fin à son angoisse. A cette attente qui le tuait à petit feu.

— J'ai décidé de rester avec toi pendant les cinq prochaines années, à raison d'un million de dollars par an. J'en ferai probablement don à quelque institution de charité ou j'achèterai un château en Suisse, à moins de financer une fondation à la mémoire d'Alex, je verrai. J'accepte donc ton offre... et je pose mes conditions. Je veux la garantie que dans cinq ans je serai libre de tout engagement, que tu sois réélu ou pas. Si tu échoues cette fois-ci, je considérerai que le contrat est nul et non avenu et m'en irai dès le lendemain... J'aimerais également que nous cessions de jouer la comédie du couple heureux, entre nous en tout cas. Je veux bien poser pour les photographes, t'accompagner sur le terrain, mais que ce soit clair, Andy, nous ne sommes plus ensemble. Personne n'a besoin de le savoir, cela restera entre nous. En conséquence, j'exige ma chambre personnelle où que nous soyons, et il n'y aura pas d'autres enfants.

C'était net, carré... et brutal. Elle restait donc. Sous le choc de ces déclarations, Andy en oublia de se réjouir.

— Comment expliquerons-nous que nous faisons chambre à part ? demanda-t-il.

L'inquiétude le disputait à la satisfaction. Il avait obtenu gain de cause sur tous les points, excepté le bébé.

— Tu n'as qu'à dire que je souffre d'insomnie.

Ça pouvait s'arranger, se dit-il, à condition d'invoquer un motif valable. Ses innombrables activités à lui, le stress de la course à la présidence, quelque chose comme ça.

— Et si nous adoptions un bébé ?

Il était en train de négocier la dernière clause du contrat.

— Oublie cela. On n'a pas le droit d'acheter un enfant dans un but politique. Je refuse d'utiliser un petit innocent. Il mériterait une vie plus stable, des parents plus équilibrés.

Un jour, peut-être aurait-elle un autre enfant. Mais

pas dans ces conditions, pas pour conclure un marché sans amour, et certainement pas avec Andy.

— Je veux que tout soit couché par écrit, ajouta-t-elle. Etant juriste, tu établiras un arrangement entre nous.

— Il faut des... témoins, bredouilla-t-il, stupéfait.

— Eh bien, à toi de les trouver.

Une grimace tordit la bouche d'Andy. Il ne connaissait personne dans son entourage qui n'aurait pas vendu la mèche instantanément.

— Je ne sais quoi dire, fit-il, abasourdi.

— Il ne reste pas grand-chose à dire, non ?

En un instant, l'ordre des choses venait d'être bouleversé. Il allait soumettre sa candidature à la présidence et leur mariage était terminé. Olivia avait baissé la tête. Il ne restait pour ainsi dire plus rien entre eux, aucune tendresse, pas même de l'amitié. Ces cinq années promettaient d'être les plus longues de sa vie, et elle s'accrocha à l'espoir qu'il serait battu par ses adversaires.

— Qu'est-ce qui t'a décidée ? s'enquit-il d'une voix radoucie, empreinte de gratitude.

— L'esprit d'équité. Je te devais ça. Il serait injuste de détruire tes rêves, alors que j'ai la possibilité de les exaucer. Tu ne m'as jamais refusé ce que je voulais, sauf la liberté. Je voudrais écrire, mais cela peut attendre.

Il soutint son regard et, pour la première fois, il réalisa qu'il ne savait rien d'elle.

— Merci, Olivia, dit-il en se redressant.

— Bonne chance, répondit-elle doucement.

Il hocha la tête avant de se glisser hors de la pièce. La porte se referma. Elle contempla le vantail clos en se disant qu'il était sorti sans l'embrasser.

8

Peter trouva au parking de l'aéroport Kennedy la limousine de location qu'il avait réservée depuis Paris. Il avait beau se répéter que les résultats des tests étaient moins désastreux qu'il ne l'avait redouté au départ, il n'en demeurait pas moins que Frank serait déçu. Cinq jours plus tôt encore, à Genève, ils étaient prêts à fêter la victoire.

Un monstrueux embouteillage bouchait l'autoroute, en ce mois de juin. C'était l'heure de pointe, et sur les voies encombrées, des milliers de véhicules progressaient vers Manhattan, pare-chocs contre pare-chocs, à une allure d'escargot. Il était dix-huit heures passées lorsque, finalement, Peter s'engagea dans le garage du building qui abritait les laboratoires Wilson-Donovan, à bout de nerfs, épuisé par le voyage.

Durant le vol, il avait épluché les rapports de Suchard. Il avait à peine pensé à Olivia. Seul Vicotec occupait son esprit, ainsi que Frank et leur avenir. L'annulation de leur rendez-vous avec la FDA constituait le point le plus noir du tableau. Frank ne s'en laisserait pas conter... Pour le moment, il l'attendait de pied ferme là-haut, au quarante-cinquième étage, dans son vaste bureau directorial.

Lorsque Peter sortit de l'ascenseur, la secrétaire de son beau-père lui demanda, avec un large sourire, s'il désirait quelque chose à boire. Il se contenta d'un grand verre d'eau.

— Enfin, vous voilà ! s'exclama Frank, jovial, très élégant dans son costume foncé à fines rayures claires, le visage auréolé d'une abondante chevelure blanche. Eh bien, à quoi riment tous ces mystères ?

Une bouteille de Roederer refroidissait dans un seau à glace en argent. Les deux hommes échangèrent une franche poignée de main. Il était inutile de demander à Frank comment il allait, il resplendissait. A près de soixante-dix ans, il jouissait d'une santé de fer, d'une énergie hors du commun.

— Alors, comment ça s'est passé à Paris ? s'impatienta-t-il.

C'était un ordre sous forme de question.

— J'ai vu Suchard aujourd'hui, répondit Peter, installé dans un fauteuil, l'œil rivé sur la bouteille de champagne qui semblait le narguer. Il a effectué une série d'analyses supplémentaires... je crois que c'était nécessaire.

Comme un enfant pris en faute, il sentit ses genoux s'entrechoquer. Il aurait payé cher pour s'épargner cet instant.

— Et alors ? Vous a-t-il délivré un certificat de bonne santé ?

Frank fit un clin d'œil à son gendre, qui secoua la tête en le regardant droit dans les yeux.

— Non, monsieur, j'en ai peur. La première série de tests a mis au jour un défaut. Suchard a procédé à une nouvelle expertise, afin de voir si le problème provenait du médicament ou de leur système d'examens.

— Et à qui incombe la responsabilité ?

A présent, les deux hommes arboraient une expression grave.

— A notre produit, malheureusement. Il contient une molécule toxique. A nous de la remplacer... Pour le moment, Suchard estime que Vicotec est une substance mortelle.

Il leva vivement les yeux, prêt à se justifier mais, calé dans son siège, Frank se bornait à le dévisager avec incrédulité.

— C'est ridicule ! On n'a pas attendu Suchard pour nous apprendre notre métier. Le remède a été testé avec succès à Berlin et à Genève.

— Mais pas à Paris. On ne peut se permettre de passer outre. J'irai jusqu'au bout du projet, Frank. Il suffit de substituer un élément moins dangereux à la molécule meurtrière. Cela semble relativement facile.

Il avait cité les propres termes de Suchard.

— Qu'entendez-vous par « relativement facile » ? s'enquit Frank d'une voix calme.

— Suchard pense qu'avec un peu de chance, cela prendra entre six mois et un an... deux ans tout au plus. A moins que nous doublions les équipes de chercheurs, auquel cas nous serons prêts l'année prochaine. Je ne crois pas qu'on puisse aller plus vite.

Il s'était livré à des calculs poussés sur son microordinateur pendant le vol.

— Balivernes ! La mise en vente du produit aura lieu dans trois mois. Je ne tolérerai aucun retard. C'est votre boulot, mon cher ! Faites venir ce vieux grincheux de Suchard sur place s'il le faut.

— Nous ne pouvons mettre au point le produit en trois mois. C'est impossible. Il n'y a qu'à remettre la commercialisation à une date ultérieure.

— Jamais de la vie ! aboya Frank. Nous nous couvririons de ridicule. Nous avons largement le temps de faire le tour de la question avant le lancement du médicament.

— Et si nous n'y arrivons pas ? Si nous obtenons l'homologation sans être prêts, nous ne tarderons pas à nous faire traiter d'assassins. Suchard a été très clair, Frank. Quant à moi, je m'oppose à la mise en vente d'un produit dangereux. Je refuse de sacrifier des vies sous prétexte que le temps presse.

— Trêve de plaisanteries, siffla son beau-père. Vous avez trois mois avant de vous présenter devant les membres de la FDA. Six avant la mise en vente.

— Je n'irai pas à la FDA plaider la cause d'un produit dangereux, Frank, m'avez-vous compris ?

Il avait haussé le ton sans s'en apercevoir. La tension, la fatigue du voyage, l'insistance entêtée de Frank l'avaient exaspéré. Qu'avait donc dit Suchard ? *Une machine à tuer.*

— M'avez-vous compris ? répéta-t-il.

Le vieil homme secoua rageusement la tête.

— Non, je n'ai pas compris. Je veux... j'exige que vous mettiez ce fichu remède au point dans les plus brefs délais. Je ne jetterai plus mon argent par les fenêtres pour récolter des ennuis. Ou le médicament est prêt en temps et en heure ou il n'y aura pas de médicament du tout. Suis-je clair ?

— Limpide ! rétorqua Peter calmement. En ce cas, je crains qu'il faille enterrer Vicotec tout de suite. La décision de poursuivre ou non les recherches vous revient.

Frank le fusilla du regard.

— Je vous donne un trimestre.

— J'ai besoin d'un an au bas mot, Frank. Vous le savez.

— Votre opinion m'importe peu. Soyez prêt pour les auditions de septembre. C'est tout ce qu'on vous demande !

Il déraisonnait. Mais il se calmerait. Frank s'était toujours montré extrêmement scrupuleux sur la qualité de leurs produits. La déception l'aveuglait. La nuit lui porterait conseil, se dit Peter. Le lendemain, il aurait repris son sang-froid.

— Désolé pour ces mauvaises nouvelles, murmura-t-il.

Il se demanda si Frank souhaitait qu'il le conduise à Greenwich mais ce dernier s'était mis à arpenter la pièce d'un pas nerveux.

— Suchard est complètement cinglé ! vitupéra-t-il.

Il ouvrit la porte du bureau d'une poussée, signe que son visiteur pouvait prendre congé.

— Moi aussi j'ai été furieux, avoua Peter.

A la réflexion, la raison l'avait emporté sur la colère. Frank, lui, ne semblait pas encore capable de mesurer les conséquences de ses actes. Réclamer l'homologation d'un produit dangereux relevait de l'irresponsabilité.

— C'était bien la peine d'attendre à Paris pendant toute une semaine, grogna-t-il, hors de lui.

Il examinait Peter d'un œil méfiant comme on surveille le vol d'un oiseau de mauvais augure.

— J'ai pensé que ma présence pousserait Suchard à effectuer les tests plus vite.

— Pour ce que ça nous rapporte ! Nous n'aurions même pas dû soumettre Vicotec à l'appréciation de ce vieil imbécile.

— Frank, vous verrez la situation d'un autre œil quand vous aurez lu les rapports.

Frank repoussa d'une main haineuse le dossier que Peter lui tendait.

— Passez-le au département des recherches. Je ne consacrerai pas une minute de plus à ce tissu d'inepties. Cela n'aura servi qu'à nous mettre des bâtons dans les roues. Oh, je connais bien Suchard. Perfectionniste jusqu'à l'obsession. Présomptueux jusqu'à l'hystérie.

— C'est un scientifique de renom, rétorqua fermement Peter, déterminé à défendre son territoire.

L'entretien avec Frank tournait au vinaigre... Il avait hâte de se rendre à Greenwich.

— Nous en reparlerons lundi, lorsque vous aurez digéré les dernières informations, reprit-il.

— Il n'y a rien à digérer. Je n'ai pas l'intention d'en parler, ni lundi ni plus tard. Le rapport de Suchard est nul ! Je refuse d'en tenir compte. Libre à vous de lui accorder un crédit qu'il ne mérite pas.

Les yeux étrécis, il agita un index menaçant sous le nez de son gendre.

— Gare aux fuites ! Dites aux équipes de chercheurs de garder le secret ! Il ne manquerait plus que ce genre de ragots arrive aux oreilles des membres de la FDA... Ils se feraient un plaisir de nous évincer.

Peter avait l'impression de jouer dans un film surréaliste. Frank n'avait pas l'air de comprendre. Ils ne pouvaient présenter à la commission un produit inachevé. Frank se retranchait derrière une suffisance puérile. Son visage accusait une expression contrariée.

— Nous avons reçu une convocation du Congrès pendant votre absence, grommela-t-il. Ils nous invitent à paraître devant une sous-commission à l'automne prochain, afin de discuter des prix élevés de certains produits. Ils aimeraient peut-être que nous fassions la distribution des médicaments gratuitement dans les rues ! Ils oublient que nous expédions des caisses entières dans des cliniques et des pays du tiers monde. C'est une industrie, nom d'un chien, pas une institution de charité ! S'ils croient que je vais brader Vicotec, ils se fourvoient.

Peter sentit ses cheveux se dresser sur sa tête. L'implacable et froide logique de Frank l'avait désarçonné. Sa cupidité ne reculait devant aucune mesquinerie. Vicotec avait été conçu pour être accessible à toutes les bourses. Il était destiné aux gens dans la détresse, à tous ceux qui n'avaient pas les moyens de se payer d'autres traitements, comme jadis sa mère et sa sœur. Si les laboratoires Wilson-Donovan transformaient le remède en traitement de luxe, les pauvres seraient à nouveau relégués à l'arrière-plan. Peter combattit contre la panique qui menaçait de l'engloutir.

— En effet, certains médicaments sont terriblement chers, dit-il d'une voix qu'il parvint à garder miraculeusement calme.

— C'est exactement le point de vue du Congrès. Nous ferons quelques concessions sur certaines substances, sinon ils nous écraseront de taxes quand Vicotec envahira le marché.

— Nous avons intérêt à montrer profil bas, suggéra Peter, le cœur serré.

La conversation prenait une tournure déplaisante. Il n'était question que de profit. Ils étaient en train de mettre au point un remède miracle et Frank Donovan entendait en tirer un maximum de bénéfices.

— J'ai déjà accepté. Vous nous représenterez au Congrès en septembre, en même temps qu'à la FDA. Vous serez à Washington, de toute façon.

— On verra, dit Peter, sur la défensive. (Une immense lassitude le terrassait.) Voulez-vous que je vous raccompagne à Greenwich ?

— Je dîne en ville, répondit Frank d'un ton cassant. Je vous verrai ce week-end.

Il avait dû arranger une sortie avec Kate, sans tenir compte des éventuels plans de Peter, comme d'habitude. Celui-ci prit congé. Une fois dehors, il aspira à pleins poumons une large bouffée d'air tiède. L'obstination de Frank dépassait l'entendement. Avait-il perdu la tête ? Aucune personne saine d'esprit n'aurait l'affront de vanter devant la FDA les mérites d'un médicament dont les risques étaient évidents. Certaines paroles de Suchard lui revinrent en mémoire : *toxique, potentiellement dangereux, mortel.* Cela n'avait pas grand-chose à voir avec la réglementation des produits pharmaceutiques. C'était une question de responsabilité morale. Si un seul patient décédait des suites du traitement, Frank et Peter seraient traînés en justice.

Une heure de voiture le séparait de Greenwich. Il en profita pour se ressaisir... Kate et leurs trois garçons étaient réunis dans la cuisine. Elle essayait d'organiser un barbecue, Mike avait promis de l'aider mais il était pendu au téléphone en train de fixer un rendez-vous à des copains. Paul avait d'autres projets pour la soirée, Pat avait déclaré qu'il irait en boîte. Le barbecue mirifique tombait à l'eau.

Peter jeta à sa femme un coup d'œil, alors qu'il passait un tablier. Pour lui, avec le décalage horaire, il était environ deux heures du matin. Mais il avait été absent toute la semaine et, en voyant sa famille, il en avait éprouvé une culpabilité écrasante.

Il tenta de voler un baiser à Kate. Elle le repoussa si froidement qu'il eut peur qu'elle ne fût au courant de son escapade amoureuse dans le sud de la France. Les dons de divination de la gent féminine l'avaient toujours effrayé. Il ne l'avait jamais trompée au cours de dix-huit ans de vie commune. Or, cette fois, il lui avait été infidèle et il avait la sensation qu'elle le sentait. Les garçons embrassèrent leur père avant de disparaître, en vue de leurs sorties respectives. Peter avait préparé des steaks, tandis que Kate s'occupait de la salade. Les deux époux dînèrent en tête à tête... En silence.

Kate gardait ostensiblement le nez dans son assiette, sans relever la tête. Elle attendait que tous les garçons soient sortis, car lorsque la porte d'entrée claqua pour la troisième fois, elle jeta :

— Papa m'a dit que tu as été très rude avec lui ce soir. Ce n'est pas juste. On ne t'a pas vu de la semaine. Nous étions tous très excités à propos de Vicotec. Tu as tout gâché.

Elle avait redressé la tête et le regardait avec dureté. Ce n'était pas la possible infidélité de son mari qui la préoccupait, mais les sautes d'humeur de son père. Son papa bien-aimé dont elle avait pris la défense sans même savoir de quoi il s'agissait.

— Je n'y suis pour rien, Katie. C'est Suchard qui a tout gâché.

Il eut la sensation que toute son énergie était drainée hors de son corps. Seigneur, jamais il ne pourrait les combattre tous les deux en même temps. Il avait à peine dormi lors de son étrange et fascinant séjour à Paris. Il avait dû faire face à Suchard, puis à Frank. Le fait qu'il dût se justifier maintenant devant sa femme lui était insupportable.

— Le laboratoire en France a détecté un défaut dans la composition du médicament. Une molécule toxique qui pourrait entraîner la mort. Il est de notre devoir d'approfondir les recherches.

Il s'était exprimé très calmement. Pourtant, une lueur de suspicion étincela dans les prunelles bleu pâle de Kate.

— D'après papa, tu refuses d'aller aux auditions, marmonna-t-elle d'une voix vindicative.

— Naturellement que je refuse ! Qu'est-ce que tu voudrais que je fasse ? Que je mette en vente un produit pouvant empoisonner les gens ? Ne sois pas stupide. J'ignore pourquoi ton père a réagi d'une manière aussi négative. Je suppose que lorsqu'il aura réfléchi et lu les rapports, il se rendra à l'évidence.

— Papa a dit que tu avais été agressif. Que les rapports sont enthousiastes, et qu'il n'y a aucune raison de paniquer.

Elle ne lui laisserait pas de répit. Un muscle joua dans la mâchoire contractée de Peter. Il n'avait nulle envie de poursuivre cette discussion.

— Katie, restons-en là, s'il te plaît. Ton père était déçu, comme je l'ai été. Au début, moi aussi j'ai commencé par contester les résultats des analyses. Mais le déni n'est pas une solution.

— Eh voilà ! Si j'ai bien compris, tu traites papa de fou ! glapit-elle, furieuse.

— En tout cas il s'est comporté comme tel, hurla-t-il à son tour. Cesse donc de le materner, Kate. Ne te mêle pas de nos affaires. Il s'agit d'une décision capitale que nous prendrons, Frank et moi, avec nos collaborateurs. Je t'en supplie, ne va surtout pas y mettre ton nez.

Visiblement, Frank avait sauté sur son téléphone pour raconter ses malheurs à sa « petite puce », sitôt que Peter avait eu le dos tourné. Soudain, les paroles d'Olivia lui revinrent à l'esprit. Elle avait raison. Il avait permis à Kate de diriger sa vie. A son père aussi. Tels des montreurs de marionnettes, ils tiraient les fils du pantin. Et il n'avait rien vu venir.

— Papa m'a dit que tu ne veux même pas participer à la conférence sur les prix au Congrès.

— Je n'ai pas dit ça. J'ai proposé que nous affichions un profil bas. Je n'ai pris aucune décision concernant le Congrès. J'ignore encore en quoi consiste cette convocation.

Mais elle, elle savait. Frank l'avait mise au courant. Et comme d'habitude, elle en savait plus que Peter.

— Pourquoi faire simple quand on peut faire compliqué ! railla-t-elle dans son dos alors qu'il mettait les assiettes sales dans le lave-vaisselle. En se redressant il chancela et s'appuya au mur. Il était si éreinté qu'il ne voyait plus clair.

— Reste en dehors de nos différends, Kate. Ton père est assez grand. Il n'a pas besoin d'être défendu. Il sait ce qu'il fait.

— C'est exactement ce que je me tue à t'expliquer.

Peter se passa la main sur le visage comme pour en effacer la fatigue. Il était livide. Kate n'avait pas eu l'air contente de le revoir. Tout ce qui l'intéressait, c'était de préserver les prérogatives de son père, même si, pour cela, il lui fallait s'opposer à son mari. Elle n'avait pas remarqué sa pâleur, sa lassitude, son désarroi. Elle n'avait pas paru sensible à sa déception au sujet de Vicotec. Ni à sa tristesse. Toutes ses pensées étaient tournées vers son père. Pour la première fois, il remarqua son regard vide, et il n'en fut que plus mortifié.

— Laisse papa décider. S'il considère que tu dois plaider la cause de Vicotec à la FDA, il n'y a aucune raison de le contrarier. Et s'il tient à ce que tu ailles au Congrès, tu pourrais lui faire ce plaisir.

Un cri de révolte gronda dans sa poitrine ; il le refoula à grand-peine.

— Katie, je veux bien me rendre au Congrès. En revanche, aller jouer les clowns devant la commission de la FDA avec un produit boiteux n'a pas de sens. Pis, c'est un suicide. Pour moi, pour Frank, pour la compagnie. Bon sang, on ne peut pas administrer du poison aux malades. Aurais-tu pris de la Thalidomide si tu en avais connu les risques ? Sûrement pas. Aurais-tu chanté les louanges de la Thalidomide devant les responsables du ministère de la Santé ? Encore moins. Eh bien, avec Vicotec c'est la même chose. Nom d'un chien, on ne peut pas feindre de n'avoir rien remarqué quand on sait que l'on s'apprête à mettre un produit mortel entre des mains innocentes.

— Je crois que mon père avait raison. Tu n'es qu'un lâche.

Il la considéra, étourdi, incrédule.

— Il t'a dit ça ? (Elle fit oui de la tête.) Il est surmené. Ne t'implique pas dans cette affaire, je t'en conjure. Je n'ai pas envie de me disputer avec toi.

— Alors cesse de le tourmenter. Il était dans tous ses états cet après-midi. Tu as été odieux, Peter. Brutal et mal élevé.

— Tu me décerneras un certificat de bonne conduite quand je te l'aurai demandé. En attendant, ton père et moi arriverons à un statu quo. Il est adulte, que je sache. Tu n'es pas forcée de le prendre sous ton aile protectrice.

— Si, justement. Il a le double de ton âge. Si tu continues à lui manquer de respect, tu le mèneras à la tombe avant l'heure.

Elle semblait sur le point de fondre en larmes. Peter se laissa tomber pesamment sur une chaise et desserra le nœud de sa cravate.

— Arrête, au nom du ciel ! C'est grotesque à la fin. Frank est assez grand pour se débrouiller tout seul. Nous quereller à son sujet ne rime à rien. Laisse-moi respirer une minute. Je n'ai presque pas fermé l'œil de la semaine, en attendant les résultats des tests.

Il y avait eu Olivia, bien sûr, les trois nuits qu'il avait passées en sa compagnie, l'épuisant aller-retour à La Favière... Olivia ! Des lambeaux de souvenirs traversèrent sa mémoire, des scènes décousues, comme les images d'un rêve dont l'éclat s'est terni au réveil. Kate l'avait propulsé dans leur univers avec la force d'une explosion nucléaire.

— J'ignore pourquoi tu t'acharnes sur lui, poursuivit-elle en se mouchant.

Peter la fixa, consterné. Kate et son père avaient-ils perdu la tête ? Après tout, il s'agissait d'un produit qui présentait des problèmes. L'affectif ne rentrait pas en ligne de compte. Cela n'avait rien de personnel. Son refus de demander l'homologation de Vicotec au gouvernement n'était en aucune façon un geste de rébellion contre Frank. Sa raison, son honnêteté lui avaient dicté une attitude que Kate interprétait comme une espèce de mutinerie. Etaient-ils devenus fous ? Ou avaient-ils toujours été ainsi ? Ou est-ce que, tout à coup, leurs rapports s'étaient dégradés ? Sans doute la fissure datait-elle de plusieurs années. Peut-être même depuis le début. Comme un étau, une migraine sournoise lui enserrait les tempes. Kate pleurait franchement maintenant. Il se leva, l'entoura de ses bras.

— Katie, je ne m'acharne sur personne, crois-moi.

Je ne suis pas un monstre. Frank a eu une journée difficile. Moi aussi. Allons nous coucher, ma chérie, demain nous verrons plus clair. Je suis exténué.

Il avait la sensation de sombrer et son cœur le faisait souffrir. Etait-ce dû à l'extrême fatigue ? Ou au fait d'avoir perdu à jamais Olivia ?

Kate le suivit dans leur chambre à contrecœur. Elle poursuivit ses griefs, longue litanie entrecoupée de larmes et de soupirs, à laquelle Peter cessa de prêter attention. Il s'endormit d'un seul coup, dès que sa tête toucha l'oreiller, et se mit à rêver. Une fille sur la plage lui faisait signe en riant. Olivia ! Il courait vers elle mais arrivé à sa hauteur, il s'apercevait que c'était Kate qui se mettait à le couvrir d'injures, comme une furie. Pendant ce temps, la silhouette menue d'Olivia s'estompait dans le lointain.

Le lendemain, il s'éveilla, le corps lourd, l'esprit vide. Il ouvrit les yeux, découvrit la chambre familière. Il se rappela une autre chambre, un autre pays, une autre femme... seulement deux jours plus tôt. Deux brèves journées qui l'avaient marqué aussi fortement qu'une vie entière. Il resta couché, immobile, de crainte de chasser ses souvenirs en se levant. Tout son être se tendait vers Olivia. Kate fit alors irruption, en annonçant qu'ils joueraient au golf avec son père, l'après-midi.

Le rêve se dissipa. La réalité avait repris le dessus. Il était revenu à la maison... à l'existence qu'il avait toujours menée et qui, pourtant, lui était devenue étrangère.

9

Une trêve provisoire avait succédé aux hostilités. Kate, de meilleure humeur, avait cessé de protéger son père comme un enfant sans défense... Cinq jours après le retour d'Europe de Peter, tout était rentré dans l'ordre.

Peter avait retrouvé ses fils avec une joie sans mélange. Les garçons, néanmoins, passaient de moins en moins de temps avec leurs parents. Les fils Haskel avaient mille choses à faire. Mike, qui venait de décrocher son permis de conduire, emmenait Paul pour de longues promenades, Patrick s'éclipsait à tout bout de champ, afin de rendre visite à l'élue de son cœur, une gamine du quartier.

— Qu'est-ce qui se passe, cette année ? grogna Peter. J'ai l'impression d'être un pestiféré. Nos gosses nous évitent. Ils sont toujours par monts et par vaux. L'hiver, ils sont au pensionnat, et l'été, ils sont avec leurs copains du matin au soir.

Sans eux, il éprouvait comme un manque. Il se sentait abandonné, rejeté. Ses fils lui procuraient le bien-être qu'il ne partageait plus avec Kate.

— Tu les verras plus souvent à Martha's Vineyard, répondit-elle calmement.

Elle s'était adaptée sans difficulté à leurs allées et venues. D'une certaine manière, elle avait moins de points communs avec eux que Peter... Peter qui avait toujours été un père formidable, surtout lorsqu'ils étaient petits.

— Merci, tu me remontes le moral, grommela-t-il. Le mois d'août arrive dans cinq semaines, je n'ai qu'un mois de vacances, et tu oublies les hordes de copains et copines de passage. Qui se souciera du vieux croûton que je suis ?

Sa remarque arracha un rire à Kate.

— Ils grandissent, dit-elle avec philosophie.

— Ce qui veut dire que je ne sers plus à rien.

A quatorze, seize et dix-huit ans, les garçons préféraient la fiévreuse ambiance des surprises-parties aux tranquilles soirées à la maison.

— Plus ou moins. Tu peux toujours jouer au golf avec papa.

« En voilà une fille dévouée », pensa Peter amèrement.

Après réflexion, l'attitude de leurs fils était normale, mais il s'abstint de le lui faire remarquer.

La tension qui existait entre Peter et Frank était palpable. Au terme d'une semaine d'interminables délibérations du conseil d'administration, son beau-père avait approuvé le nouveau budget réservé à Vicotec. Une double équipe de chercheurs y travaillait jour et nuit. Frank persistait à croire qu'ils seraient prêts avant les fameuses auditions de la FDA en septembre. Peter, lui, en doutait.

Il avait accepté, de son côté, de se présenter à la convocation du Congrès. De guerre lasse, il avait une fois de plus cédé aux exigences de Frank. Par ailleurs, sa présence au Congrès, parmi d'autres géants de l'industrie du médicament, rehausserait l'image de marque de la firme, déjà prestigieuse. Il avait scrupule à défendre les prix exorbitants pratiqués par les grands laboratoires. Mais, selon Frank, les traitements prodigués à la population n'excluaient pas des profits substantiels. Il se considérait comme un homme d'affaires, pas comme un bienfaiteur de l'humanité. Secrètement, Peter espérait qu'il en irait autrement avec Vicotec. Il s'efforcerait de convaincre Frank qu'ils réaliseraient tout autant de bénéfices sur les quantités de médicaments vendus plutôt qu'en tablant sur des prix astronomiques. Pour une fois, leur produit ne souffrirait d'aucune concurrence. Frank demeurait sourd aux arguments de son gendre. Pour l'instant, une seule chose importait : lancer Vicotec sur le marché le plus vite possible. Sa détermination tournait à l'obsession. Il voulait créer l'événement tout en empochant des millions de dollars.

Il était certain que, d'ici septembre, ils auraient trouvé la réponse pour pallier les redoutables effets secondaires du remède. Peter avait opté pour un silence diplomatique. Au pire, il annulerait les entretiens avec la FDA au dernier moment... Cependant, un mince espoir subsistait. Les recherches avançaient rapidement. Seul Suchard restait dubitatif. Selon lui, le patron de la Wilson-Donovan s'était fixé un but impossible à atteindre.

— Et si Suchard venait nous prêter main-forte ? suggéra un jour Peter.

Son beau-père lui opposa un veto catégorique. Et lorsque, en désespoir de cause, Peter chercha à contacter le biologiste français, ce fut pour s'entendre dire au téléphone que « le professeur était en vacances ». Il tenta d'en savoir plus mais en vain. Le savant demeurait injoignable.

Vers la fin juin, Frank, Kate et les garçons s'apprêtèrent à partir pour Vineyard. Peter passerait le week-end du 4 juillet avec eux, puis retournerait en ville. Il logerait dans un petit appartement de fonction et regagnerait Martha's Vineyard en fin de semaine. Du lundi au vendredi il consacrerait tout son temps aux équipes des chercheurs. Habiter en ville ne le dérangeait pas, au contraire. Il se serait senti trop seul dans la grande maison déserte de Greenwich.

Son travail l'absorbait entièrement. Deux semaines plus tôt, il avait appris par les journaux que Andy Thatcher s'était porté candidat aux primaires de son parti ; au cas où il en sortirait vainqueur, il participerait aux élections nationales l'année suivante, en novembre. Peter avait constaté avec surprise que, lors de la première conférence de presse de Thatcher, Olivia se tenait près de lui. Ils s'étaient promis de ne pas s'appeler et Peter n'avait aucun moyen de savoir ce qui avait motivé la jeune femme. Celle-ci semblait avoir renoncé à son projet de quitter son mari, ce qui le déconcerta.

Il en conclut que les apparitions régulières d'Olivia aux côtés d'Andy dans l'arène politique indiquaient, à l'évidence, qu'elle avait changé d'avis. Ou qu'elle s'était laissé manipuler une fois de plus par son époux.

Ce n'était sûrement pas l'affection qui l'avait poussée à soutenir son mari pendant la campagne... Alors quoi ? Le sens du devoir ?

Le destin qui les avait réunis si brièvement à Paris les avait à nouveau séparés. Il se demanda comment Olivia avait réussi à s'adapter à une situation qu'elle abhorrait. Lui-même, en rentrant chez lui, avait découvert, étonné, un univers différent. D'abord il avait résisté à cette idée incongrue. Il s'était maintes fois répété que rien n'avait changé. Or, ce qui autrefois ne le perturbait pas outre mesure, avait pris des proportions alarmantes. Par exemple, il ne pouvait plus dissocier ce que Katie disait ou faisait de son père. Son travail lui semblait plus difficile. Les recherches sur Vicotec n'avaient pas encore abouti, Frank se montrait franchement déraisonnable et ses propres fils n'avaient plus besoin de lui. Pis encore, la vie manquait singulièrement d'éclat, de mystère, d'excitation. Les moments passionnés qu'il avait partagés avec Olivia sous le ciel changeant de France n'existaient plus. Mais avaient-ils jamais existé ? Le plus pénible, c'était la solitude. L'impossibilité de se confier à quelqu'un. Au fil des ans, Kate et lui s'étaient éloignés et il ne s'en était pas rendu compte. Aujourd'hui, il la regardait d'un œil neuf : toujours occupée, courant d'une réunion à une autre, sans se préoccuper de lui. Il n'y avait plus de place pour lui — mais y en avait-il jamais eu ? Seul Frank comptait aux yeux de la jeune femme.

Peut-être exagérait-il ! Peut-être le surmenage et la tension à laquelle il était soumis à longueur de journée étaient-ils la cause de ses idées noires ? Oui, sans doute. Sauf que le malaise perdurait. Lors de sa visite du 4 juillet à Vineyard, tout l'irrita : Kate, ses amis, et même les garçons qui se bornèrent à une brève apparition. La vie harmonieuse d'antan avait sombré dans le chaos. Il était devenu un étranger parmi des étrangers. C'était la fin de quelque chose. De sa vie avec Kate. Mais est-ce qu'il ne cherchait pas des prétextes pour justifier son infidélité et adoucir ses remords ? On se sent moins fautif lorsqu'on constate une union qui s'effiloche. On se découvre des circonstances atténuantes.

Il se plongea dans la lecture de journaux dans l'espoir d'apercevoir une photographie d'Olivia. Le 4 juillet, il vit Andy à la télévision. Il présidait un rassemblement à Cape Cod. La caméra l'avait surpris, entouré de sa sempiternelle cohorte, à bord de son somptueux voilier, qui venait d'accoster. Olivia ne devait pas être loin. Malheureusement, son attente fut vaine, car elle demeura invisible.

— Tu regardes la télé au milieu de la journée, maintenant ? lança Kate, en entrant dans leur chambre.

Elle était encore si jolie, si mince, dans son maillot de bain bleu électrique. A son poignet étincelait le bracelet orné du cœur en or qu'il lui avait rapporté de Paris. Il la regarda. Sa figure auréolée de cheveux blonds ne possédait pas l'attrait qu'Olivia avait exercé sur lui chaque fois qu'il l'avait aperçue même de loin... La culpabilité l'envahit. Kate le scruta, étonnée par son air gêné.

— Quelque chose ne va pas ?

Depuis quelque temps, leurs relations n'avaient cessé de se détériorer. Peter semblait plus susceptible, plus irritable qu'autrefois, ce qui ne lui ressemblait guère. Son dernier voyage en Europe en était peut-être la cause.

— Non, pourquoi ? Je voulais juste regarder les actualités.

— Profite plutôt de la piscine, fit-elle avec un grand sourire.

Elle avait toujours été heureuse ici. Les journées d'été étaient si agréables à Vineyard. Elle adorait la spacieuse villa, facile à entretenir, et sa superbe pelouse, comme elle adorait s'entourer de ses enfants et de ses amis. Les années précédentes, Peter semblait si content de venir se reposer ici. Cet été il manquait visiblement d'entrain. De très légères différences, des détails infimes avaient attiré l'attention de Kate, comme cette manie de s'enfermer au lieu de profiter de la nature. Elle avait mis ces changements sur le compte de Vicotec, de la pression à laquelle Peter était constamment soumis du fait des recherches qui n'en finissaient plus. Naturellement, tout s'arrangerait lorsque les résultats des tests correspondraient à l'attente de Peter, et à celle de son père. Mais pour le moment, Peter accusait cet air malheureux, voire distant, qu'elle en était venue à détester.

Quinze jours plus tard, une dispute éclata. Peter avait essayé pour la énième fois de joindre Suchard au téléphone et avait eu son assistant. Lorsqu'il avait raccroché, il était demeuré cloué sur son siège, pétrifié. Le soir même, il arrivait en trombe à Vineyard, furieux contre Frank.

— Vous l'avez *remercié* ? Pourquoi ? Comment avez-vous pu faire une chose pareille ?

Frank Donovan avait préféré écarter définitivement de son chemin celui qu'il tenait pour responsable de ses problèmes actuels. Il n'avait pas compris qu'à long terme, Paul-Louis leur avait sauvé la mise.

— J'en ai eu assez de ce vieux crétin qui voit le diable partout. Je préfère me passer de ses services.

Peter le considéra, effaré. Pour la première fois depuis dix-huit ans, il se demanda si son beau-père était sain d'esprit.

— Paul-Louis est le plus célèbre biologiste de France, Frank. Et il n'est pas vieux. Il a quarante-neuf ans. Mais qu'est-ce qui vous a pris ? Nous aurions pu utiliser son savoir pour faire avancer nos recherches.

— Nos recherches sont presque terminées. Enfin, on en voit le bout. J'ai discuté avec le chef de nos laboratoires. Il m'a affirmé que nous serons prêts pour le Labor Day. Plus de « faille », plus de « molécule toxique », plus de danger et plus de fantômes : Vicotec va être lavé de tout soupçon.

— En a-t-il la preuve ? En êtes-vous sûr ? D'après Paul-Louis, il faudrait bien un an...

— Au diable Suchard ! s'emporta Frank. Il ne sait pas ce qu'il dit.

De retour à New York, le lundi, Peter parvint à trouver le numéro de Suchard en fouillant dans les archives de la société. Il l'appela aussitôt, se répandit en excuses, après quoi il lui fit part des progrès accomplis.

— Vous allez tuer des gens, répliqua Paul-Louis, dans son anglais laborieux où chantait l'accent français.

Le coup de fil l'avait touché. Il avait toujours voué un profond respect à Peter. Au début, il avait cru que ce dernier était à l'origine de son licenciement. Il avait appris ensuite que l'ordre était parti de plus haut.

— Ne prenez pas de risques, répéta-t-il. Malgré la double équipe, ces tests nécessitent des mois. Soyez prudent, Peter.

— D'accord. Je vous le promets. J'ai énormément apprécié votre contribution. Je suis désolé de ce qui s'est passé, ajouta-t-il avec sincérité.

A l'autre bout de la ligne, le Français haussa les épaules avec fatalisme. Il avait reçu des propositions d'un important laboratoire allemand, qui possédait une usine en France et, afin d'y réfléchir, s'était retiré en Bretagne.

— Je comprends, Peter. Et je vous souhaite bonne chance. Paris ne s'est pas fait en un jour, comme on dit chez nous. Vicotec aurait été un produit fabuleux sans l'impatience maladive de votre beau-père.

Ils se promirent de se tenir au courant. La semaine suivante, Peter surveilla de plus près les résultats des recherches. Si Paul-Louis avait raison, ils avaient encore du pain sur la planche.

Vers la fin juillet, les progrès commencèrent à se faire sentir. Peter partit en vacances à Vineyard, légèrement plus optimiste. Il avait extorqué au chef du laboratoire l'assurance de lui faxer le rapport complet de chaque journée. Néanmoins, il ne parvint guère à se détendre. Comme si un invisible cordon ombilical le reliait au fax de son bureau.

— Tu ne t'amuses pas beaucoup, cette année, déclara Kate.

Ce fut sa seule remarque. Les états d'âme de son époux ne figuraient pas parmi ses priorités. Elle avait quantité d'amis à voir et aidait son père à redécorer sa cuisine. Elle organisa pour lui plusieurs dîners auxquels Peter dut assister. Il s'y rendit à son corps défendant. Au bout d'un certain temps, il s'énerva. Chaque fois qu'il croisait sa femme, celle-ci semblait aller chez son père.

— Mais qu'est-ce qui t'arrive ? fit-elle, agacée. Serais-tu jaloux de papa maintenant ? C'est nouveau, ça. Je me sens écartelée entre vous deux.

Elle ne comprenait pas. Ou ne voulait pas comprendre. Et, du reste, peut-être n'avait-elle pas tort. Pendant près de deux décennies Peter n'avait jamais réagi de cette manière. Au contraire, il avait l'air ravi qu'elle soit si proche de son père. Et à présent, il ne ratait pas une occasion pour l'accabler de réflexions désobligeantes... Entre lui et Frank, ça allait de mal en pis. Son père n'avait pas pardonné à Peter ce qu'il appelait ses « lubies » au sujet de Vicotec.

La tension entre les deux hommes devint peu à peu presque palpable. Vers la mi-août, Peter décida de rentrer en ville sous prétexte qu'il croulait sous le travail. Il n'en pouvait plus. Sa lassitude n'avait aucune raison d'être, mais plus personne ne trouvait grâce à ses yeux, pas même ses enfants. Il se querella deux ou trois fois avec ses fils, reprocha à Katie de lui rendre la vie impossible. La seule pensée d'un dîner chez Frank le hérissait.

Pour couronner le tout, le temps s'était gâté. Des orages avaient éclaté toute la semaine. La météo annonça un cyclone en provenance des Bermudes. Le troisième jour, il envoya tout le monde au cinéma avant de calfeutrer portes et fenêtres et de caler les meubles de jardin sur la terrasse avec des chaînes, en prévision de l'ouragan. Peu après, muni d'un plateau-repas, il prit place devant le poste de télévision où il regarda le début d'un match de base-ball. Pendant la mi-temps, il zappa sur une autre chaîne pour se tenir au courant des déplacements d'Angus, ainsi que les météorologistes avaient baptisé le cyclone. A la place, la photo d'un immense voilier, suivie du portrait du sénateur Andy Thatcher, apparut à l'écran. Le correspondant poursuivait un commentaire dont Peter avait manqué le début.

— ... tragédie qui a frappé à nouveau la nuit dernière. Les corps restent introuvables. Le sénateur se refuse à toute déclaration.

— Oh, Seigneur ! gémit Peter à voix haute.

Il avait reposé le plateau, avait bondi sur ses jambes, livide. Il fallait qu'il sache ce qui s'était passé exactement. Etait-elle morte ou vivante ? Son corps figurait-il parmi ceux qu'on n'avait pas retrouvés ? Des larmes lui brûlèrent les yeux alors qu'il zappait frénétiquement.

— Salut, p'pa. Qui est à la batte ? s'enquit Mike, de retour du cinéma, en passant la tête par la porte entrebâillée.

Peter sursauta. Il regarda son fils, l'air halluciné.

— Personne... il n'y a pas de score... ça ne fait rien...

Il se tourna de nouveau vers la télé alors que Mike repartait déjà. Des images pêle-mêle. Des séquences décousues. Enfin, le voilier reparut sur l'écran. Cette fois, il entendit les explications depuis le début. La tempête avait surpris le yacht du sénateur aux environs de Gloucester. Malgré ses quarante-cinq mètres et sa stabilité, le navire avait heurté des récifs et avait coulé en moins de dix minutes. Il y avait une douzaine de personnes à bord. Le bateau disposait d'un pilote automatique. Andy était à la barre, aidé par un matelot. Pour l'instant, plusieurs passagers étaient portés disparus. On savait que le sénateur était sain et sauf. Son épouse se trouvait sur le voilier, ainsi que son frère, le parlementaire de Boston, Edwin Douglas. Une lame de fond avait emporté la femme et les enfants d'Edwin par-dessus bord. Les sauveteurs avaient découvert le corps sans vie de Mme Douglas, mais pas ceux des enfants. L'épouse du sénateur, Olivia Douglas Thatcher, poursuivit le correspondant, avait failli se noyer. Elle avait été transportée à l'hôpital d'Addisson Gilbert dans un état critique. Les gardes-côtes l'avaient tirée de l'eau, inconsciente. Son gilet de sauvetage l'avait maintenue à la surface des flots déchaînés.

— Oh, Seigneur... Oh, Seigneur...

Olivia. Elle qui avait si peur de la mer. L'envie de

se précipiter à son chevet le consuma. Mais comment se présenterait-il ? Et que diraient les journalistes ? « Un businessman anonyme a tenté de voir Mme Thatcher à l'hôpital. Il a été refoulé. Les infirmiers lui ont passé la camisole de force avant de le renvoyer auprès de sa femme et ses enfants... » Il se rassit, anéanti. Il n'y avait pas moyen de la voir. Sur une autre chaîne, une jeune journaliste annonça que Mme Thatcher n'avait pas repris conscience. D'après la rumeur, elle était plongée dans un coma profond. Une fois de plus, des vieux clichés explosèrent sur l'écran, alors qu'un commentateur répétait le vieux mythe de la malédiction qui semblait peser sur les Thatcher, exactement comme ils l'avaient fait à Paris. Les reporters campaient devant la maison de ses parents à Boston. Un caméraman capta la silhouette fugitive d'Edwin Douglas, le frère d'Olivia, quittant l'hôpital, le visage ravagé. En une minute il avait perdu sa femme et ses enfants. Il n'y avait pas de mots pour décrire sa peine, et des larmes mouillèrent les joues de Peter, tandis que les images se succédaient.

— P'pa, ça va ? demanda Mike en passant la tête d'un air inquiet.

— Si... non... désolé... un accident est arrivé à des amis. C'est terrible. Un ouragan au large de Cape Code a fait couler le bateau du sénateur Thatcher. Des passagers sont portés disparus, il y a des blessés et... et...

Et elle était dans le coma. Pourquoi elle, seigneur, pourquoi ?

— Tu les connais ? s'étonna Kate, qui traversait le living-room en direction de la cuisine. Les journaux ont mentionné cet accident dans leurs éditions du matin.

— Je les ai rencontrés à Paris, bredouilla-t-il, de peur que sa voix ne le trahisse ou, pis encore, qu'elle n'aperçoive ses larmes.

— On dit qu'*elle* n'est pas un modèle d'équilibre. Il paraît qu'il compte se présenter aux présidentielles, lança Kate à travers la porte de la cuisine, mais Peter ne répondit pas.

Il était monté dans leur chambre, au premier, d'où il appela l'hôpital. Une voix anonyme. Lointaine. Il n'apprit rien des infirmières de service.

— Je suis un ami de la famille, dit-il.

Il lui fut raconté ce qu'il savait déjà par la télévision. Oui, elle avait été admise au service des soins intensifs. Non, elle n'avait pas repris conscience.

Combien de temps cela durerait-il ? Avait-elle subi des lésions cérébrales ? En mourrait-elle ? La reverrait-il ? Le désir d'être à ses côtés le transperçait comme un glaive. Mais il ne pouvait que rester étendu sur le lit, impuissant, en proie à ses souvenirs.

— Ça ne va pas ?

Kate était montée pour chercher quelque chose. Elle parut surprise de le voir allongé. Il se comportait d'une manière étrange depuis des jours... plus exactement depuis le début de l'été. Et son père aussi, à vrai dire. Vicotec ne leur avait pas réussi. Elle regrettait à présent qu'ils se soient lancés dans cette aventure. Ils payaient cher leur initiative. Et voilà que Peter gisait en travers du lit comme un pantin désarticulé, les yeux humides, brillants. Elle le regarda de plus près.

— Tu ne te sens pas bien ?

Elle posa la paume sur son front, ne décela aucune trace de fièvre.

— Je vais bien, murmura-t-il.

La culpabilité. L'écrasant sentiment de faute vis-à-vis de Kate. Et la peur. L'innommable terreur de perdre à jamais Olivia. On s'habitue à l'absence d'un être cher. Pas à sa mort. Le monde ne serait plus le même sans Olivia. Sans son doux visage, sans le velours brun de ses grands yeux. Et ses lèvres qu'il brûlait d'embrasser.

Lorsqu'il revit Andy à la télévision, il retint un cri d'indignation. Le sénateur poursuivait sa campagne au lieu d'être au chevet de sa femme. Peter l'aurait étranglé avec plaisir. Il pérorait, comme d'habitude, sur son odyssée, racontant avec force détails comment le cyclone les avait frappés en pleine mer, comment ils avaient plongé dans les vagues gigantesques, au péril de leur vie. Il évoqua la mort des enfants avec une mine de circonstance. Une fois de plus, il se faisait passer pour un héros, pour un homme courageux durement éprouvé par la fatalité.

Peter ne desserra pas les dents de la soirée. Le cyclone avait changé de direction et ils étaient maintenant à l'abri. Il rappela l'hôpital dès qu'il le put. « Etat stationnaire ». Rien n'avait changé. Le cauchemar continuait pour les parents d'Olivia, accourus auprès d'elle... Et pour lui. Le dimanche, tard dans la nuit, après que Kate se fut retirée dans ses appartements, il recomposa le numéro de l'hôpital. C'était la quatrième fois de la journée. Ses jambes faillirent le lâcher, quand l'infirmière prononça les mots tant attendus.

— Elle s'est réveillée, dit-elle, et il sentit des larmes lui piquer les yeux. Elle s'en sortira.

La communication fut interrompue. Peter enfouit son visage entre ses mains, donnant libre cours à ses larmes. Il était tout seul dans le salon... Voilà deux jours qu'il n'avait plus pensé qu'à elle. Il avait été incapable de lui laisser un message, mais ses prières l'avaient accompagnée. Au grand étonnement de Kate, il était allé à la messe, le dimanche matin.

— Je ne sais pas ce qu'il a, avait-elle dit à son père, au téléphone. Il doit ruminer je ne sais quelles sombres idées sur Vicotec. Il en est malade et ça me rend folle.

— Il se ressaisira, avait répondu Frank. Nous irons tous mieux quand le médicament sera sur le marché.

Kate n'en était plus certaine. Leurs disputes incessantes lui avaient gâché ses vacances.

Le lendemain matin, Peter rappela l'hôpital. Impossible de lui parler. Il se présenta, cette fois, comme un cousin de Boston. Il avait projeté de lui laisser un message codé, puis s'était ravisé. N'importe qui pourrait l'intercepter. Pour rien au monde il n'aurait voulu embarrasser Olivia. Du moins était-elle vivante. Lors d'une conférence de presse, son mari avait remercié la providence. Après quoi, il s'était envolé pour la côte Ouest... La campagne électorale battait son plein, et Olivia était hors de danger à présent.

Andy revint pour les obsèques de la femme et des enfants d'Edwin, qui furent retransmises sur plusieurs chaînes. Olivia n'y assistait pas, ce qui soulagea Peter. Fragile comme elle l'était, elle n'aurait pas résisté. Ces scènes de deuil et de désespoir lui auraient inéluctablement rappelé son enfant. Mais M. et Mme Douglas étaient présents, bien sûr, pour soutenir Edwin, effondré. Andy avait enlacé son beau-frère par les épaules. Ils représentaient la famille la plus malheureuse et la plus populaire des Etats-Unis. Tous les représentants de la presse écrite et orale les avaient suivis à une distance respectueuse, rendant hommage à leur dignité.

Dans sa chambre, Olivia regarda le service funèbre à la télévision. Des sanglots l'étouffaient. Les infirmières lui avaient déconseillé de regarder mais elle avait insisté. Il s'agissait de sa famille. Les médecins ne l'avaient pas autorisée à assister à la cérémonie. Peu après, Andy apparut à l'image, le visage grave. Interviewé par un journaliste, il fit l'éloge des sauveteurs — dont il avait fait partie. La colère empourpra les joues blêmes d'Olivia. Elle l'aurait tué si elle l'avait eu en face d'elle.

Il ne se donna pas la peine de passer à l'hôpital, pas plus que de l'appeler pour lui donner des nouvelles d'Edwin. Lorsqu'elle téléphona à la maison, son père répondit d'une voix pâteuse, comme s'il était ivre. Sa mère avait pris un calmant et se reposait. C'était affreux pour tout le monde, poursuivit M. Douglas. Olivia pleura de nouveau. Elle se sentait coupable d'avoir survécu alors que les autres étaient morts, les enfants d'Edwin, si petits, et sa belle-sœur, qui était enceinte, bien que personne ne le sût encore. Olivia aurait volontiers sacrifié sa vie pour sauver celle de ceux qu'elle aimait. Son existence n'était plus rien ; elle était une marionnette entre les mains d'un égocentrique. Sa mort n'aurait affecté personne, excepté ses parents. Alors, elle repensa à Peter, aux merveilleux moments qu'ils avaient vécus dans le village de pêcheurs perdu au bord de l'eau limpide. Elle aurait souhaité le revoir mais comme toutes les personnes auxquelles elle avait tenu, il appartenait au passé et il n'y avait aucun moyen de l'inclure dans le présent ou l'avenir.

Elle demeura immobile, longtemps après que l'infirmière eut éteint le poste, en songeant à l'absurdité de la vie. Son neveu et sa nièce s'étaient noyés, comme leur mère, son propre bébé était mort, ainsi que Tom, le frère d'Andy. Des gens innocents. Pleins de gentillesse. Pourquoi la mort fauchait-elle les meilleurs ?

— Comment ça va, madame Thatcher ? s'enquit doucement l'une des infirmières en la voyant pleurer.

Comme elle paraissait triste ! Et si seule ! Toute sa famille se trouvant à Boston pour les obsèques, il n'y avait personne à son chevet.

— Quelqu'un vous a appelée toutes les deux ou trois heures depuis que vous avez été hospitalisée. Un homme. Il a dit qu'il était un de vos vieux amis puis, ce matin, il s'est présenté comme votre cousin. (Elle sourit.) Je suis sûre que c'est le même. Il n'a pas laissé son nom et semblait très inquiet à votre sujet.

Peter ! Elle le sut immédiatement sans une ombre d'hésitation. Qui d'autre aurait tenté de la joindre sans vouloir laisser son nom ? Peter ! Elle leva vers l'infirmière des yeux suppliants.

— Pourrais-je lui parler la prochaine fois ?

Elle ressemblait à un enfant blessé. Des ecchymoses violacées marquaient sa peau satinée — les vagues l'avaient jetée contre les débris du bateau.

— J'essaierai de vous le passer s'il rappelle.

Mais lorsque Peter se manifesta, le lendemain matin, Olivia dormait. Puis une autre infirmière de garde répondit au téléphone. Fidèle aux consignes, elle fit le barrage habituel.

Olivia émergeait de sa somnolence de temps à autre. Ses pensées allaient à Peter. Comment se portait-il ? Où en était Vicotec ? Et l'audition à la FDA ? Il était impossible de le contacter. Ils s'étaient promis de ne pas chercher à se revoir, lorsqu'ils s'étaient quittés à Paris. Elle mourait d'envie d'avoir de ses nouvelles. Mais comment ? Elle était constamment sous surveillance.

Il ne lui restait plus qu'à se cantonner dans l'expectative. Mais que devait-elle attendre ? Les souvenirs de son existence passée s'accumulaient comme des nuages noirs sur un ciel d'orage ; une existence qu'elle haïssait. Elle avait fait à Andy le serment de le soutenir pendant sa campagne, puis durant son éventuel mandat. Un serment trop pénible à tenir, réalisa-t-elle soudain. La vie était brève, imprévisible, précieuse. Elle avait vendu son âme pour les cinq années à venir... *cinq ans !* Une éternité ! Elle s'accrochait à l'espoir qu'il perdrait l'élection. Sinon, elle ne survivrait pas. La femme du président n'a pas le droit de disparaître. Elle doit rester auprès de son mari pendant cinq ans. Jouer le rôle enviable de la première dame des Etats-Unis.

Elle passa encore quatre jours au service des Soins Intensifs, jusqu'à ce que les radiographies des poumons soient claires. On la transporta dans une autre chambre, et Andy vint alors de Virginie. Dès qu'il arriva, reporters et photographes firent leur apparition. Il y en avait partout. L'un d'eux réussit à se glisser dans sa chambre. Elle s'enfouit sous les draps et l'infirmière de garde renvoya l'importun. Andy attirait les paparazzi comme le sang attire les requins, et Olivia, petit poisson pilote, suscitait leur curiosité.

Andy avait conçu un grand projet. Une conférence de presse à l'hôpital, le lendemain, devant la chambre de sa femme. Selon son plan, Olivia entrerait en scène sur une chaise roulante et répondrait à toutes les questions. Il avait engagé un coiffeur et un maquilleur.

— Je ne veux pas ! s'écria-t-elle, le cœur battant à tout rompre, lorsqu'il la mit au courant. Non, c'est hors de question !

Elle crut revoir les meutes de journalistes qui l'avaient poursuivie à la mort d'Alex. Maintenant, ils voudraient savoir si elle avait vu mourir sa nièce, son neveu ou sa belle-sœur, comment elle avait réussi à s'en sortir et quels étaient ses sentiments. A cette seule idée, elle se mit à suffoquer en secouant la tête, submergée par une panique indescriptible.

— Je ne peux pas, Andy... désolée...

« Peter avait-il rappelé ? » se demanda-t-elle en même temps. Elle n'avait pas revu l'infirmière des Soins Intensifs. Personne d'autre n'avait mentionné le moindre coup de fil... Quelqu'un... un homme sans nom qui n'avait cessé de rappeler des jours durant.

— Chérie, calme-toi. Tu dois parler à la presse, sinon ils vont croire que nous leur cachons quelque chose. Quatre jours de coma, ce n'est pas rien. D'ici que l'on soupçonne un œdème cérébral, il n'y a qu'un pas.

Il lui parlait comme à une demeurée. Elle se souvint de sa dernière conversation téléphonique avec son frère. Elle avait traversé le même désert quand elle avait perdu Alex. Edwin, lui, avait perdu d'un seul coup toute sa famille, et Andy voulait qu'elle fasse une conférence de presse, dans un fauteuil roulant !

— Je me moque de leurs soupçons. Je refuse de les recevoir ! déclara-t-elle fermement.

— Il le faut, s'emporta-t-il. Bon dieu, nous avons un contrat.

— Tu me rends malade.

Elle avait détourné la tête, dégoûtée.

Cela n'empêcha pas les journalistes de faire le siège de sa chambre, le lendemain. Elle refusa d'en sortir. Et elle renvoya le coiffeur et le maquilleur. Dehors, la rumeur s'enflait de murmures de mécontentement. Les reporters s'impatientaient. Certains subodoraient à voix basse que les Thatcher s'étaient moqués d'eux. Andy fut obligé d'affronter la meute dans le hall de l'hôpital, seul. Il évoqua le traumatisme psychique que sa femme avait enduré, la culpabilité qu'elle éprouvait et que les psychiatres appelaient « le syndrome du survivant ». Il prétendit qu'il souffrait de la même chose, mais il était difficile de croire qu'Andy Thatcher pouvait souffrir de quoi que ce soit, hormis de son irrésistible désir de conquérir la Maison-Blanche.

Sentant le vent tourner, il emmena trois journalistes dans la chambre de sa femme, dès le lendemain. Perdue dans le lit, Olivia, petite silhouette effrayée, désespérée, avait une mine pathétique. Elle éclata en sanglots. Une infirmière aidée de deux aides soignants fit rapidement sortir les intrus. Ils avaient quand même réussi à prendre une demi-douzaine de clichés avant de quitter la pièce... Andy revint après les avoir raccompagnés à la sortie du centre hospitalier. Debout devant le lit, Olivia le dévisagea, les yeux brillants de colère.

— Comment as-tu osé... Toute la famille d'Edwin a péri dans le naufrage et je suis encore à l'hôpital.

Elle se sentait violée, humiliée. De nouveaux sanglots la secouèrent, alors que ses poings martelaient la poitrine d'Andy.

Il lui saisit les poignets avant de se lancer dans une longue explication. Il avait senti le besoin de prouver au monde entier qu'elle était vivante et en bonne santé. Qu'elle n'avait pas perdu la raison, comme certains chroniqueurs l'avaient laissé entendre. Qu'il n'y avait rien de suspect. Qu'ils ne cachaient rien à la presse. Elle avait essayé simplement de préserver sa dignité mais de cela, Andy se moquait comme de sa première chemise. Ce qu'il voulait préserver, lui, c'était sa carrière politique.

Peter vit les photos à la télévision, le même soir. Son cœur se serra. Elle semblait si frêle, si apeurée, couchée dans le lit étroit, en pleurs. Une poignante expression d'abandon brouillait ses yeux cernés d'ombres violettes. Elle portait une blouse d'hôpital, avait des perfusions aux bras et l'un des commentateurs rapporta qu'elle souffrait d'une pneumonie. Elle était la figure même de l'héroïne tragique, qui attire la compassion des foules, ce qui correspondait exactement aux souhaits de son mari. En éteignant le poste, Peter fut incapable de balayer la vision pathétique d'Olivia de son esprit embrumé.

A sa sortie de l'hôpital, Olivia réserva une autre surprise à son mari.

— Je ne viens pas avec toi.

Elle s'était entendue avec sa mère au téléphone, et celle-ci avait accepté de l'héberger. Ses parents avaient besoin d'elle, ajouta-t-elle. Elle avait donc décidé de passer quelque temps à la résidence Douglas à Boston.

— Décidément, ma pauvre Olivia, tu n'en rates pas une pour te couvrir de ridicule, grommela Andy. A partir d'un certain âge, jouer les gamines n'attendrit plus personne. Tu appartiens à la Virginie, ma chère, et à moi.

— Et pour quelle raison ? s'enquit-elle sèchement. Pour que tu m'envoies les photographes tous les matins au réveil ? Ma famille vient de subir un deuil terrible. Ma place est auprès d'eux.

Elle ne lui reprochait pas le naufrage. Le cyclone avait surgi du néant, sans prévenir. Mais la manière dont il avait décrit l'accident aux médias manquait de dignité, de compassion, voire même de décence. Andy faisait feu de tout bois, profitait de tout. Il profitait de la misère de son entourage pour se mettre en valeur et cela, jamais elle ne le lui pardonnerait. Il n'avait pas hésité à tous les exploiter.

Il avait dû prévenir les journalistes, car une nuée de photographes avait pris le hall d'assaut au moment où elle allait quitter l'hôpital. Il était le seul à connaître l'heure exacte de son départ. Olivia sortit sous une avalanche de questions auxquelles elle ne répondit pas. La même scène se déroula devant la résidence de ses parents. Les journalistes s'agglutinaient contre les grilles dans l'espoir d'apercevoir l'un des habitants de la demeure. Une salve de flashes explosa quand le père d'Olivia apparut sur le perron.

— Mesdames, messieurs, je vous en prie ! Nous avons besoin d'un peu d'intimité.

Il voulut bien donner quelques informations sur l'accident. Néanmoins, expliqua-t-il, son épouse, sa fille, son fils surtout, n'étaient pas en état d'affronter les représentants de la presse.

— Je suis sûr que vous comprendrez.

Il n'y avait aucune explication particulière quant à la présence de Mme Thatcher à la maison, excepté qu'elle désirait soutenir moralement sa mère et son frère. Edwin Douglas n'avait pas le courage de regagner sa maison vide.

— Monsieur le gouverneur, est-il exact que, depuis l'accident, le torchon brûle chez les Thatcher ? s'enquit un reporter, alors que les appareils photo cliquetaient sans répit.

La question prit de court le père d'Olivia, qui haussa un sourcil étonné. Non, il n'avait rien remarqué. Le même soir, il posa la question à sa femme. Janet Douglas secoua la tête.

— Je ne crois pas... Olivia ne m'a rien dit.

Tous deux savaient combien leur fille était secrète.

Les dures épreuves des dernières années l'avaient endurcie... détachée, plutôt. Oui, c'était le mot qui convenait le mieux.

Naturellement, Andy entendait récupérer sa femme rapidement. Il ne pouvait se permettre d'alimenter les potins qui, inexorablement, feraient bientôt le tour des agences de presse. Ils avaient un flair infaillible pour les mariages qui se désintégraient. La question concernant la possible mésentente entre le futur candidat à la Maison-Blanche et son épouse allait engendrer très certainement des rumeurs dont Andy se serait bien passé.

— Olivia, il faut que tu rentres au plus vite, sinon nous allons être la cible des journaux à scandale.

— Je rentrerai quand j'en aurai assez d'être ici.

Elle avait une voix étrange. Glaciale.

— C'est-à-dire ? Quand ?

Il devait poursuivre sa campagne en Californie dans une quinzaine de jours. Il fallait absolument que sa femme se montre à ses côtés... Bon sang, au train où allaient les choses, elle était capable de l'enfoncer. Il repartit en priant pour qu'elle recouvre ses esprits.

Une semaine plus tard, la mère d'Olivia se permit de lui poser deux ou trois questions.

— Que se passe-t-il ? (Les deux femmes étaient dans la chambre de Janet. Celle-ci souffrait d'une de ses fameuses migraines et avait posé sur sa tête une poche de caoutchouc pleine de glaçons.) Tout va bien entre Andy et toi ?

— Tout dépend de ce que tu entends par-là... Disons que ce n'est pas pire que d'habitude. Il m'en veut parce que je n'ai pas étalé mon chagrin devant la presse... j'ai refusé de reconstituer les scènes de l'accident devant les caméras. Bah, donne-lui un jour ou deux et il nous reviendra avec un autre scénario. Andy déborde d'imagination.

— La politique change énormément les hommes, dit sa mère avec sagesse.

Janet Douglas était bien placée pour le savoir. Elle en avait payé le prix. Jusqu'à une date récente quand, après qu'elle eut subi une ablation du sein, son docteur avait été invité à commenter toutes les radiographies, avant et après l'opération, dans une émission télévisée. Mais elle était femme de gouverneur. Un personnage public. Et les personnages publics n'avaient pas de vie privée. Pas d'intimité. Ils n'étaient pas protégés par le secret médical. Ils étaient la pâture d'une population avide de sensations. La politique avait volé à Janet une partie de son intimité. Il en était de même pour sa fille. On payait cher le fait de gagner — ou de perdre — les élections.

Olivia la fixait tranquillement.

— Je vais le quitter, maman. Je n'en peux plus. J'ai essayé de m'en aller en juin mais il voulait tellement la présidence... J'ai accepté de faire la campagne avec lui et de rester quatre ans de plus, s'il gagnait... Il me paie un million par an pour ça, continua-t-elle d'un ton lugubre. Et si tu savais comme je m'en moque ! On dirait une partie de Monopoly. En vérité, j'ai dit oui à sa proposition, en souvenir de notre ancien amour... Je n'ai pas dû l'aimer assez, car je n'ai pas la force de continuer.

— Alors, ne continue pas, dit Janet Douglas d'une voix égale. Un million ne vaut pas le sacrifice. Aucune somme ne peut payer la destruction d'un être humain. Sauve-toi, ma chérie, pendant qu'il est encore temps. J'aurais dû agir de même il y a des années. C'est trop tard. Regarde-moi : je bois pour oublier que la politique a ruiné ma santé et mon mariage. J'ai renoncé à tout ce qui m'intéressait. J'en ai souffert et vous en avez souffert aussi. Olivia, si vraiment tu es résolue à le quitter, fais-le tout de suite... N'hésite pas, ma chérie. (Les yeux humides, elle pressa la main de sa fille entre les siennes.) Je t'en supplie. Peu importe la réaction de ton père, je suis à cent pour cent avec toi... Et Andy ? Es-tu certaine qu'il ne t'aime plus ?

— C'est fini entre nous depuis des années, maman.

Janet hocha la tête.

— Ça ne me surprend pas. Je m'en doutais. Mais je n'en étais pas sûre. (Un lent sourire se dessina sur ses lèvres.) Ton père se dira que je lui ai menti. Il m'a demandé si tout allait bien entre vous, et j'ai répondu que oui.

Olivia entoura sa mère de ses bras.

— Merci, maman. Je t'aime.

Sa mère venait de lui offrir le plus beau cadeau du monde : sa bénédiction.

— Je t'aime aussi, mon petit. Prends en charge ton destin. Ne t'inquiète pas pour ton père. Il sera furieux, mais ça lui passera. Andy aussi, bien sûr. Ils s'en remettront. Andy est encore jeune. Il se remariera et reposera sa candidature dans quelques années. Ne te laisse pas avoir, Olivia.

Elle voulait que sa fille soit libre.

— Je ne retournerai pas chez lui, maman. Jamais. J'aurais dû le quitter dès le début. Avant la naissance d'Alex. Et en tout cas, après sa mort.

— Tu es jeune. Tu referas ta vie.

Janet avait manqué de courage. Elle avait renoncé à sa propre existence, à sa carrière, à ses rêves, à ses amies. Son mari lui avait pris toute son énergie. Il l'avait immolée sur l'autel de ses ambitions politiques.

Oh, si sa fille pouvait s'épargner ce calvaire ! Elle la regarda.

— Que comptes-tu faire ?

— Je voudrais écrire, dit Olivia avec un sourire timide, qui arracha un rire presque joyeux à sa mère.

— La boucle est bouclée, n'est-ce pas ? Vas-y, ma petite fille, ne laisse personne t'arrêter.

Elles bavardèrent tout l'après-midi. Ensemble, elles préparèrent le dîner dans la cuisine. Olivia faillit parler à sa mère de Peter. Au dernier moment, elle se retint. Elle déclara qu'elle retournerait dans le petit village de pêcheurs dans le sud de la France. L'endroit idéal pour écrire.

— Tu ne peux pas toujours te cacher, remarqua sa mère.

— Pourquoi pas ?

Plus rien ne la retenait ici. Il ne lui restait plus qu'à s'en aller pour de bon, cette fois-ci. « Une disparition légitime », pensa-t-elle. Son frère les rejoignit pour le dîner. Son chagrin faisait mal. Pendant le repas, il discuta avec leur père de politique. Il était tenu au courant de tout ce qui se passait à Washington, par téléphone ou par fax, au jour le jour. Une lueur d'incrédulité passa dans les prunelles d'Olivia. Son deuil n'avait pas altéré son intérêt pour des sujets aussi superficiels. Il ressemblait, en cela, à leur père. Et à Andy.

Tard dans la nuit, elle appela son mari.

— Je ne reviendrai pas, annonça-t-elle en toute simplicité.

— Tu ne vas pas recommencer ! As-tu oublié notre contrat ?

— Aucune clause ne m'oblige à rester jusqu'au bout. Notre arrangement stipule que tu me payeras un million par an, *si* je tiens mes engagements. Eh bien, grâce à moi, tu vas faire des économies.

— Olivia, tu n'as pas le droit de me planter là ! hurla-t-il.

Il laissa exploser sa fureur. Elle osait contrecarrer la seule chose qu'il voulait vraiment.

— J'ai tous les droits. En tout cas, je les prends. Je pars pour l'Europe demain matin.

Elle ne partirait pas avant quelques jours, mais dans son intérêt, préférait qu'il l'ignore. Cependant, dès le lendemain, il était à Boston. Comme sa mère l'avait prédit, le père d'Olivia prit fait et cause pour son gendre. Olivia leur tint tête. Elle avait trente-quatre ans et se considérait comme une adulte, décréta-t-elle. Dorénavant, personne ne lui dicterait sa conduite.

— Est-ce que tu réalises à quoi tu renonces ? fulmina son père, alors qu'Andy lui lançait un regard de gratitude.

Elle les toisa, la tête haute.

— Absolument ! Je renonce à une existence affligeante basée sur le mensonge... oh, j'oubliais... et l'exploitation. Je crois que je serai beaucoup plus heureuse sans ces fléaux.

— Ne sois pas si prétentieuse ! l'apostropha son père, d'une voix pleine de mépris. (En tant que politicien de la vieille école, il était très intolérant.) Il s'agit de la chance de ta vie, pauvre petite sotte ! D'une opportunité fabuleuse.

— Pour vous, peut-être, rétorqua-t-elle en le fixant avec une amertume non dissimulée. Pour nous autres, c'est un lot de solitude, de détresse, de promesses non tenues. Je veux une vraie vie, avec un homme vrai, ou alors sans personne. Il existe des limites à la souffrance, père. Des seuils à ne pas dépasser. A force de se pencher au-dessus des précipices, on est pris de vertiges qui peuvent être mortels. Il me tarde de partir loin, très loin de toutes vos simagrées ; de ne plus jamais entendre parler de politique.

Du coin de l'œil, elle vit le sourire de sa mère.

— Tu es folle ! ragea son père.

Andy se leva pour prendre congé, une expression venimeuse sur le visage. Elle regretterait sa trahison, grogna-t-il. Il mit sa menace à exécution. Trois jours plus tard, jour de son départ pour la France, les journaux de Boston publièrent un article injurieux, à l'instigation d'Andy. D'après eux, à la suite du tragique accident dans lequel avaient péri trois membres de sa famille, Olivia Thatcher souffrait de troubles psychiques graves et venait d'être admise dans un hôpital psychiatrique, terrassée par une dépression nerveuse. L'auteur du papier évoquait ensuite les inquiétudes de son mari. Sans que cela soit clairement indiqué, il laissait entendre que les troubles mentaux d'Olivia n'étaient pas étrangers à une certaine mésentente au sein du couple. Chaque phrase avait été écrite pour rendre Andy, face à la démence de son épouse, plus sympathique aux yeux des lecteurs. Le vieil adage selon lequel « qui veut noyer son chien l'accuse de la rage » allait une fois de plus faire ses preuves. Si on arrivait à la faire passer pour folle, alors, Andy pourrait la quitter sans choquer l'Amérique puritaine. Il avait gagné le premier round... Ou le dixième, peu importait, puisque, depuis le début, Olivia avait été la perdante. S'était-il arrangé pour se débarrasser d'elle ? Ou était-ce elle qui avait pris la fuite ? Elle n'aurait su le dire.

Peter prit connaissance de l'histoire. Encore une manigance d'Andy, subodora-t-il. Cela ne ressemblait guère à Olivia, bien qu'il l'ait si peu connue, finalement. Mais, cette fois-ci, il était impossible de vérifier les faits, car, comme par hasard, le nom de l'hôpital n'était pas cité dans les journaux. Et cette impuissance à découvrir la vérité ne fit que redoubler son inquiétude.

Sa mère l'accompagna à l'aéroport un jeudi après-midi. Août tirait à sa fin. Peter et sa famille finissaient leurs vacances à Vineyard. Janet Douglas mit sa fille dans le vol pour Paris, après quoi elle attendit patiemment le décollage. A travers les grandes baies vitrées de l'aérogare, elle regarda le gigantesque oiseau métallique prendre son envol, dans la lumière du couchant. Un soupir gonfla la poitrine de Mme Douglas. Olivia avait échappé à un destin pire que la mort.

— Bon voyage, ma toute belle, murmura-t-elle doucement, en espérant qu'elle ne reviendrait pas avant longtemps.

Il y avait eu trop de douleur, trop de mauvais souvenirs, trop d'hommes monstrueusement égoïstes qui l'attendaient pour lui assener le coup de grâce.

L'avion parut se diluer dans l'azur, et Janet fit signe à ses gardes du corps avant de quitter l'aéroport d'un pas tranquille. Olivia était en sécurité maintenant.

10

Le mois d'août s'achevait. A mesure que les recherches sur Vicotec avançaient, la tension entre Peter et son beau-père devint insoutenable. Pendant le week-end du Labor Day, leur animosité atteignit des sommets, à tel point que les fils de Peter s'en rendirent compte.

— Qu'est-ce qui ne va pas entre papa et grand-père ? demanda Paul le samedi après-midi à sa mère.

Les minces sourcils de Kate se froncèrent.

— Ton père crée un tas de difficultés.

Elle avait adopté un ton neutre mais le blâme perçait dans sa voix.

— Ils se sont disputés ou quoi ?

Il était en âge de comprendre. On ne s'était jamais beaucoup chamaillés dans la famille. Il savait cependant que de temps à autre des désaccords divisaient son père et son grand-père.

— Ils sont en train de travailler sur un nouveau produit, répliqua simplement Kate.

C'était bien plus compliqué que cela, naturellement, et à plusieurs reprises, elle avait supplié Peter de ménager Frank, sans résultat. Son père n'avait cessé de s'inquiéter tout l'été. A son âge, c'était dangereux.

Certes, il avait meilleure mine que jamais. A soixante-dix ans, il jouait au tennis une heure par jour, parcourait à la nage trois kilomètres tous les matins, sans s'essouffler, mais nul n'ignorait les effets néfastes d'une pression constante.

— Ah, bon, murmura Paul, satisfait de sa réponse. Ce n'est pas grave, alors...

Du haut de ses seize ans, il venait de balayer en un mot la discorde qui régnait autour de Vicotec et des millions que le médicament avait déjà coûtés à la compagnie.

Une réception grandiose devait marquer, ce soir-là, la fin de l'été. Dans deux jours, il n'y aurait plus personne à Vineyard. Patrick et Paul regagneraient leur pensionnat, Mike prendrait le chemin de Princeton. Le lundi, la famille au complet repartirait avec armes et bagages à Greenwich.

C'était à Kate qu'incombait la corvée de fermer la maison de campagne, ainsi que celle de son père. Alors qu'elle effectuait les inévitables rangements précédant le départ, Peter pénétra dans leur chambre. Sous son léger hâle, il avait les traits tirés. Il avait failli perdre la bataille de Vicotec mais plus que l'échec, le fait d'avoir été forcé de renoncer à Olivia avait accentué l'angoisse qui l'habitait depuis juin. Ses nerfs flanchaient ; cela prenait un tour dangereux, qui risquait d'être fatal.

Les craintes concernant Vicotec avaient assurément créé un froid et les pressions incessantes de Frank n'avaient en rien amélioré la situation, pas plus que les interventions régulières, et clandestines, de Katie dans des affaires dont elle n'aurait jamais dû se mêler. Elle était trop impliquée dans ce qui leur arrivait, trop soucieuse de protéger son père. En outre les aventures de Peter en France avaient indéniablement changé la donne. Il ne l'avait pas souhaité, déterminé au contraire à reprendre les choses dès son retour, là où il les avait laissées en partant. Mais cela n'avait pas pu se produire. C'était comme s'il avait ouvert brièvement une fenêtre et admiré la vue avant de tout refermer dans la maison. Il demeurait planté au même endroit, le regard fixé sur un mur vide, se remémorant ce qui s'y trouvait auparavant, même si cela n'avait pas duré. Il n'oublierait jamais ce qu'il avait vécu aux côtés d'Olivia et, bien malgré lui, il savait désormais que sa vie en serait transformée à jamais.

Il n'allait rien changer, et il n'irait nulle part. Il n'avait jamais repris contact avec elle, sinon pour appeler l'hôpital après son accident.

Mais il n'en était pas moins incapable de l'oublier. Son accident l'avait terrifié : le simple fait de savoir qu'elle avait failli mourir lui faisait l'effet d'une effroyable vengeance du destin. Pourquoi elle et pas lui ? Pourquoi cette punition s'était-elle abattue sur Olivia ?

— Quelles vacances pénibles ! J'en suis navré, s'excusa-t-il, assis au bord du lit tandis que Kate empilait en haut de l'armoire des sweaters dans des cartons contenant des boules de naphtaline.

Du haut de l'escabeau, elle lui lança un regard.

— Ce n'était pas si mal, dit-elle gentiment.

— Pour moi, si, déclara-t-il, l'air malheureux. Moralement je n'ai pas eu une minute de répit.

Elle acquiesça avec un sourire indulgent, qui s'éteignit aussitôt. Elle scruta son mari en songeant à son père.

— Papa ne s'est pas beaucoup reposé non plus.

Elle se référait à Vicotec. Peter, lui, rêvait à la femme extraordinaire qu'il avait rencontrée à Paris. Olivia, qui avait rendu son retour auprès de Kate presque impossible. Kate semblait si forte, si indépendante, si capable de vivre sans lui. D'ailleurs ils ne faisaient plus rien ensemble, à part rendre des visites ou recevoir des amis, quand ils ne jouaient pas au tennis avec Frank. Il voulait davantage. A quarante-quatre ans, il avait soudain soif de passion amoureuse... d'une relation vraie, faite de complicité, de confiance, de sensualité. Il aurait voulu se blottir dans ses bras, sentir le désir naître au contact de sa peau contre la sienne. Il souhaitait qu'elle ait envie de lui. Or, des années de vie commune, presque un quart de siècle, avaient émoussé leur désir. Il y avait du respect entre eux, une certaine connivence, mais aucun frisson ne le parcourait quand Kate s'allongeait à ses côtés, dans le grand lit. Et lorsque cela lui arrivait, elle avait comme par hasard mille coups de fils à passer, à moins qu'elle n'ait une réunion ou un rendez-vous avec son père. On eût dit qu'ils s'évertuaient à éviter les étreintes, les occasions de se faire plaisir, de discuter, de rire ensemble comme autrefois... Et ce manque, cette frustration permanente, Olivia lui en avait fait prendre conscience. Kate lui faisait l'effet d'une collégienne que l'on amène au bal de fin d'année. Olivia était une princesse qui vous entraîne dans un bal féerique où tout peut arriver, comparaison romanesque, qui le faisait sourire.

En levant le regard, il croisa celui de Katie.

— Je viens de t'expliquer que papa a très mal vécu cette histoire de Vicotec, et voilà que tu souris béatement !

Il n'avait pas écouté une grande partie de son discours, car il s'était laissé aller à une douce rêverie qui avait pour nom Olivia Thatcher.

— Les risques du métier, rétorqua-t-il sur le ton de

la conversation mondaine. Le fardeau pèse lourd, nous avons endossé des responsabilités trop importantes. Personne n'a dit que ce serait facile. (Il en avait assez de l'entendre parler de son père.) Katie, pourquoi n'irions-nous pas quelque part ? Nous avons toujours passé nos vacances à Martha's Vineyard... Changeons-nous les idées en changeant de décor. Partons... je ne sais pas... en Italie, dans les Caraïbes, à Hawaï, n'importe où.

Peut-être que s'ils s'offraient une seconde lune de miel, ils arriveraient à sauver leur mariage.

— Maintenant ? Pourquoi ? Nous sommes en septembre, j'ai un million d'obligations, tout comme toi... Par exemple préparer les garçons pour la rentrée, sans compter que nous conduirons Mike à Princeton à la fin de la semaine prochaine.

Elle le regardait avec cette douceur factice à laquelle on a recours pour ne pas contrarier un fou. Peter s'entêta. Quelque part au fond de son subconscient, une petite voix lui susurrait qu'il était encore temps de sauver son ménage.

— Après le départ des enfants. Dans deux ou trois semaines. Qu'en penses-tu ?

Il la regarda, plein d'espoir, alors qu'elle descendait de l'escabeau. Il aurait voulu éprouver un profond sentiment à son égard, un puissant élan vers elle. L'ennui, c'était qu'il ne ressentait rien. Un voyage aux Caraïbes améliorerait probablement leurs rapports.

— Tu voudrais partir en vacances, alors que les auditions auront lieu en septembre ?

La sage, la raisonnable Katie ! Peter fit la sourde oreille. A quoi bon lui annoncer tout de suite qu'il n'irait pas devant la commission d'homologation et qu'il empêcherait son père d'y aller à sa place ? A quoi bon essayer de la convaincre qu'il refusait de se parjurer et qu'il ne ferait la publicité d'aucun produit qui comportait encore des défauts ? Ils ne pouvaient dormir sur leurs lauriers, bercés par l'absurde espoir que tous les problèmes seraient résolus comme par un coup de baguette magique avant que Vicotec ne soit lancé sur le marché.

— J'ai le temps. Dis-moi simplement quand ce petit voyage sera possible.

Sur son agenda figurait la convocation du Congrès. Il pourrait parfaitement repousser à plus tard ces entretiens, qui relevaient de la courtoisie et du prestige. Cela n'avait rien à voir avec une question de vie ou de mort... Il considérait son mariage comme un sujet beaucoup plus essentiel.

— Nous avons énormément de réunions de conseil ce mois-ci, marmonna Kate, en ouvrant un tiroir débordant de linge de maison.

— Dis plutôt que tu n'as aucune envie de partir avec moi en croisière.

Si c'était le cas, autant le savoir. Si quelque chose la tracassait... La pensée jaillit comme un éclair. Avait-elle un flirt ? Une liaison ? Une passion pour quelqu'un d'autre ? Car pourquoi cela ne lui arriverait-il pas à elle aussi ? Elle était fragile. Vulnérable. Une belle femme, encore jeune, qui attirait les hommes. Il eut envie de la bombarder de questions, mais n'en fit rien. La réserve naturelle de Kate ne la prédisposait pas aux confidences. Non, il ne demanderait pas à sa femme si elle avait quelqu'un d'autre dans sa vie. Mais les yeux étrécis, il demanda :

— Y a-t-il une raison particulière qui t'empêche de faire une croisière avec moi ?

Elle finit par lui lancer un coup d'œil réprobateur.

— Je ne crois pas que ce soit le moment d'abandonner papa maintenant. Il se fait du souci pour Vicotec. Ce serait d'un égoïsme achevé d'aller s'étendre sur une plage, en le laissant seul au bureau.

Peter dissimula difficilement son indignation. Frank, Frank, Frank ! Il en avait assez de Frank ! Voilà plus de dix-huit ans que Frank passait avant tout le reste.

— Un peu d'égoïsme n'a jamais fait de mal à personne, insista-t-il. Ça ne te frappe pas qu'après tant d'années de mariage, nous en soyons là ?

— Qu'est-ce que tu essaies d'insinuer, au juste ? Que tu t'ennuies avec moi ? Que tu as besoin de m'entraîner sur une plage exotique, histoire de mettre un peu de piment dans nos relations ?

Ils échangèrent un regard lourd de sens. Kate était beaucoup plus près de la vérité qu'elle ne l'imaginait.

— J'essaie de te dire que ce serait formidable de pouvoir oublier un instant ton père, les enfants, le répondeur, tes réunions du conseil et même Vicotec. Même ici, nous avons été sans cesse inondés de fax... Je me sentais aussi stressé qu'au bureau. (Il rit.) Un bureau posé sur du sable, qu'est-ce que ça change ? J'aurais voulu aller avec toi quelque part où personne ne puisse nous joindre, et où nous nous remémorions notre jeunesse.

Un sourire lent éclaira les traits de Kate. Elle commençait à saisir la raison de l'anxiété de son mari.

— Chéri, tu es en pleine crise. Les entretiens avec les membres de la FDA te fichent le trac, tu préférerais prendre tes jambes à ton cou et tu voudrais que je te suive. Eh bien, jeune homme, ce sera non ! Tu seras parfait comme toujours. Tu en as pour une journée, ce n'est pas la mer à boire. Après quoi, nous serons tous très fiers de toi.

Le sourire épanoui de Kate glaça Peter jusqu'à la moelle. Elle n'avait rien compris. Ni que leur mariage sombrait lentement mais sûrement, encore moins qu'il ne comptait pas se présenter devant la FDA. Il avait pris la décision de répondre uniquement à la convocation du Congrès.

— Ça n'a rien à voir avec le trac, dit-il d'une voix ferme et calme. C'est de nous qu'il s'agit, Katie.

Une lueur de surprise passa dans les yeux de la jeune femme. Elle ouvrait la bouche pour répondre quand l'un des garçons entra en trombe dans la pièce. Mike voulait les clés de la voiture, Patrick et ses deux copains mouraient de faim et il n'y avait plus de pizzas dans le congélateur.

— Je comptais justement aller au supermarché, dit Kate.

L'occasion de s'expliquer était perdue. Elle se tourna vers son mari avant de se précipiter vers la porte.

— Ne t'inquiète pas, chéri. Tout ira bien.

Sur ces mots, elle sortit. Il resta assis sur le lit, la tête vide. Au moins, avait-il essayé. Sa tentative ne les avait menés nulle part. Son désarroi n'avait pas touché Kate. Son père accaparait toute son attention... Son père et les incontournables auditions à la FDA.

Frank ramena la question sur le tapis pendant la surprise-partie, le même soir. On eût dit un vieux disque rayé qui répète inlassablement la même phrase. Peter s'empressa de changer de sujet. Nouvel échec. Frank continua à ressasser à voix haute ses propres angoisses. Les recherches, qui étaient sur le point d'aboutir, le lancement de Vicotec, la demande d'homologation anticipée. Tenter de lui expliquer que le médicament posait des problèmes équivalait à agiter un chiffon rouge sous le nez d'un taureau.

— Renvoyer le rendez-vous aux calendes grecques nous porterait un sérieux préjudice. Vous savez comment ils réagissent dans ces cas-là. Ils seraient capables de rayer définitivement Vicotec de leurs registres.

— Il faut bien que nous prenions ce risque, Frank.

La main de Peter s'était crispée sur son verre de whisky. Cette litanie, il la connaissait par cœur. Chacun resta sur ses positions.

Dès qu'il le put, Peter s'éloigna de son beau-père, qui se mit à discuter avec Katie en gesticulant. C'en devenait déprimant. Visiblement, ils n'évoquaient pas le dernier film de Redford ! Pas plus que les vacances tardives que Peter avait proposées à sa femme. Il sut alors que son vœu ne serait jamais exaucé. Qu'il serait pour toujours leur homme de paille. Leur esclave. *Je me suis vendue à Andy,* avait dit Olivia.

Il leur fallut deux jours pour fermer la maison. Ils ne reviendraient pas avant l'été suivant. Sur le chemin du retour, les garçons bavardaient gaiement. Paul avait hâte de retrouver ses camarades d'Andover. Patrick avait décidé de visiter Choate et Groton en automne. Mike, lui, n'ouvrait la bouche que pour chanter les louanges de Princeton. C'était là-bas que son grand-père avait fait ses études. Il avait grandi avec les mots « prestige », « clubs privés », « brillant avenir ».

— Dommage que tu n'aies pas été là-bas, papa. C'est formidable.

Le diplôme d'un cours du soir à Chicago ne valait pas le plus modeste des certificats de Princeton.

— Oui, fiston, je sais. Mais si j'avais été étudiant à Princeton, je n'aurais pas connu ta mère.

Leur première rencontre à l'université de Michigan ! Une vie antérieure !

— Un bon point pour toi, sourit Mike.

Il allait s'inscrire au même club que son grand-père. Il devait attendre un an avant d'y être admis mais, entre-temps, il pouvait toujours rejoindre une de ces « sociétés savantes » appelées *fraternités.* Il avait tout planifié, tout organisé. Il en parla avec enthousiasme durant le trajet jusqu'à New York. En l'écoutant, Peter se sentit une fois de plus terriblement seul, comme abandonné. Pendant dix-huit ans il avait fait partie de la famille et maintenant, il avait l'impression d'être un étranger, même avec ses propres enfants.

Ils prirent la direction du sud, et comme les autres poursuivaient leur bavardage, Peter laissa ses pensées vagabonder. Les souvenirs ne demandaient qu'à surgir. Il se revit avec Olivia à Montmartre, puis sur la plage de La Favière. Leurs échanges passionnés, leurs ébats, leur émerveillement... Il manqua heurter de plein fouet une camionnette et tout le monde dans la voiture se mit à hurler, alors qu'il manœuvrait pour éviter la collision.

— Dis, papa, tu es dans la lune ! s'écria Mike.

— Navré, marmonna-t-il.

Il se concentra davantage sur sa conduite, en surveillant la route plus attentivement... Oui, sans aucun doute, Olivia lui avait beaucoup apporté. Il crut l'entendre affirmer qu'il ne devait sa réussite qu'à son seul talent. Pas aux Donovan. Il avait encore du mal à le croire. L'idée que sans Katie et son père, il serait demeuré un illustre inconnu avait fait son chemin dans son esprit. « Oh, Olivia... »

Où était-elle ? Avaient-ils dit la vérité à propos de cet hôpital psychiatrique où elle serait enfermée ? Sûrement pas. Tout sonnait faux dans cette affaire. A l'évidence, on cherchait des excuses pour une séparation. Deux indices semblaient vrais : le fait qu'elle l'avait quitté en pleine campagne électorale... et la riposte d'Andy. Ça lui ressemblait tellement de l'accuser de cette façon.

Deux jours plus tard, il eut la réponse qu'il cherchait. Une carte postale sur son bureau, après le déjeuner. L'image représentait un petit bateau de pêche sous un ciel trop bleu, au bord d'une mer indigo, et sur le timbre poste on pouvait lire « La Favière ». Il se pencha sur le texte, au verso, écrit d'une petite écriture serrée, qui faisait songer à un message codé.

« Me revoici en ce lieu. J'écris. Enfin ! J'ai quitté la course pour de bon. Impossible d'aller plus loin. J'espère que tu vas bien. N'oublie pas combien tu es courageux. Tout est arrivé grâce à *toi. Tu* as réussi tout seul. Cela demande plus d'audace que de prendre la fuite. Mais je me sens heureuse. Prends soin de toi. Amour, toujours... » Elle avait signé simplement par un O. Un cercle dessiné à l'encre violette.

Il avait décrypté le message qui se cachait entre les lignes, par-delà les mots. Il se rappela sa voix un peu enrouée, lorsqu'elle lui disait qu'elle l'aimait. Il sut qu'elle l'aimait toujours, comme lui l'adorait...

Il relut la carte postale. Elle était si forte, finalement, sous son aspect de poupée fragile. Partir demandait plus de témérité que croupir dans son coin... Il était resté, tandis qu'elle s'était envolée. Il en conçut une admiration éperdue à son égard. Olivia s'était évadée. Reniant la vie futile qu'elle menait. Quel que fût le sujet de son livre, ce serait brillant, il en eut la conviction. Sa sensibilité exacerbée, la justesse de ses observations, la clarté avec laquelle elle exprimait ses sentiments promettaient un talent hors du commun.

Elle fendait comme la lame d'un couteau les brumes de la vie, comme elle l'avait fait avec lui. Avec elle, impossible de dissimuler, de falsifier quoi que ce fût. C'était une femme qui pratiquait le parler vrai, quoi qu'il lui en coûtât. Elle avait certes consenti sa part de compromis, et ne s'en cachait pas. Mais ce temps était révolu. Olivia était libre désormais et, en rangeant la carte postale, espérant que personne ne l'avait vue, il se prit à l'envier.

Les résultats des tests sur Vicotec arrivèrent le lendemain. Ils étaient meilleurs que prévu, mais largement insuffisants pour que l'on songeât à commercialiser le produit avant la date envisagée. Peter ne l'ignorait pas. Il était devenu spécialiste de ce genre d'interprétation et savait parfaitement à quoi s'en tenir, au même titre que le père de Katie. Les deux hommes avaient prévu de se réunir le vendredi pour en discuter à loisir. Ils se retrouvèrent à quatorze heures dans la salle de conférences jouxtant le bureau de Frank. Ce dernier attendait Peter, le visage sévère, sachant déjà ce que son gendre allait lui dire.

Ils ne perdirent pas de temps en préliminaires, sinon pour évoquer Mike, que Peter et Katie emmèneraient à Princeton le lendemain matin. Frank était à l'évidence fier de son petit-fils mais dès que le sujet fut clos, il passa aux choses sérieuses.

— Nous savons tous les deux pourquoi nous sommes là, non ? commença-t-il en fixant Peter droit dans les yeux. Et je sais que vous n'êtes pas d'accord avec moi, poursuivit-il en détachant ses mots.

Lové dans son fauteuil, Frank faisait penser à un cobra prêt à passer à l'attaque. Et Peter, dans le rôle de la proie, s'apprêta à défendre son intégrité et celle de la compagnie.

Fidèle à la ligne de conduite qu'il s'était fixée, Frank lui coupa l'herbe sous le pied. Une grimace menaçante lui tordit la bouche.

— Nom d'une pipe, allez-vous vous fier à mon jugement ? Voilà près de cinquante ans que je suis dans ce métier, j'en ai vu de toutes les couleurs. Et quand je vous dis d'aller réclamer l'homologation, je sais ce que je fais. Le temps que le médicament soit officiellement en vente, nous serons prêts. Je n'aurais pas insisté si je n'en étais pas certain.

— Et si vous vous trompez ? Si quelqu'un meurt par notre faute ? Une seule personne, homme, femme ou enfant. Alors ? Comment vivrons-nous avec ce poids sur la conscience ? Comment peut-on risquer ne serait-ce qu'une seule vie ?

D'hostile, Frank devint méprisant.

— Je crois entendre l'autre crétin de Paris, l'accusa-t-il.

— Suchard possède des connaissances que vous n'avez pas, Frank. C'est pourquoi nous l'avions embauché. Afin qu'il nous dise la vérité... La vérité n'est pas toujours bonne à entendre. Regardons-la dans les yeux au lieu de nous voiler la face. Nous avons ouvert la boîte de Pandore, ne laissons pas s'échapper tous les maux qu'elle contient.

— Fichez-moi la paix avec vos boîtes ! Consacrer dix millions de dollars supplémentaires aux recherches n'est pas précisément ce qu'on peut appeler se voiler la face, mon vieux. Et tout cela pour pas grand-chose. Admettez-le. Il n'y a pas de quoi en faire un plat. Nous parlons d'une molécule qui, dans certains cas, peut-être un sur un million, pourrait devenir toxique. Voilà des mois que nous nous enlisons dans un problème qui n'existe sans doute que dans la tête de Suchard. Pour l'amour du ciel, Peter, soyez raisonnable. Deux aspirines peuvent augmenter l'acidité de l'estomac. Ça n'a jamais empêché les gens d'en prendre.

— Parce que deux aspirines n'ont jamais tué personne. Vicotec tuera si nous ne sommes pas prudents.

— Mais nous *sommes* prudents. Chaque remède comporte des risques, des effets secondaires, des contre-indications. Si nous avons peur de notre ombre, on n'a plus qu'à fermer boutique et à nous reconvertir en marchands de barbes à papa. Bon dieu, Peter, j'en ai assez de vos scrupules. Je ne céderai jamais sur ce point, comprenez-le une fois pour toutes. J'irai à la FDA moi-même s'il le faut et je veux que vous sachiez pourquoi. Parce que je crois sincèrement que Vicotec n'est pas dangereux, j'en mettrais ma main à couper.

Ils étaient assis dans la salle de conférences. A mesure qu'il parlait, Frank avait haussé le ton. A la fin, il hurlait. Sa face avait tourné au rouge brique. Il tremblait de tous ses membres. Une fine pellicule de sueur lui couvrait les joues. Il se tut un instant, hors d'haleine, pour avaler une gorgée d'eau.

— Ça va ? s'affola Peter. Calmez-vous Frank. Ne vous emportez pas. Traitons le sujet d'une manière scientifique, avec objectivité. Ce n'est qu'un produit, après tout. Moi aussi, j'y ai cru. Moi aussi, j'y ai mis toute mon énergie, toutes mes espérances. Chaque expérience aboutit ou n'aboutit pas. En tout cas, elle nécessite du temps avant de porter ses fruits. Je souhaite de tout cœur voir Vicotec dans les pharmacies. Mais pas à n'importe quel prix. Pas tant qu'un facteur, si minime soit-il, échappe à notre contrôle. Il y a une faille, quelque part. Des signes que quelque chose ne tourne pas rond. Tant que nous n'aurons pas découvert de quoi il retourne, on n'a pas le droit de laisser des patients l'utiliser. C'est aussi simple que ça.

Il paraissait aussi calme que Frank était agité.

— Non, pauvre idiot, ce n'est pas si simple ! glapit celui-ci, agacé par le sang-froid irritant de son gendre. Dépenser quarante-sept millions en quatre ans n'est jamais « simple ». Non mais vous croyez que je le fabrique, ce fric, ma parole. Combien vous faut-il encore ?

Il devenait grossier, mais Peter resta sur ses positions.

— Assez pour pallier les faiblesses du traitement. Autrement, on peut toujours laisser tomber les recherches. C'est une option comme une autre.

— Balivernes ! vociféra Frank en bondissant sur ses pieds. Il est hors de question que je jette près de cinquante millions à la poubelle. Etes-vous devenu fou ? A qui appartient cet argent, à votre avis ? A vous ? Réfléchissez un peu au lieu de débiter des âneries. Cet argent, il est à moi. Et à la compagnie. Et à Kate. Vous, vous ne seriez même pas là, si je n'avais eu la bonne idée d'acheter un mari à ma fille.

Il lui avait décoché une flèche empoisonnée ; Peter la reçut en plein cœur. Il en eut le souffle coupé. Les paroles de son père traversèrent sa mémoire.

Tu seras toujours une pièce rapportée, fils, un employé du grand patron.

Une prédiction à laquelle il n'avait pas voulu croire, et qui se réalisait dix-huit ans plus tard. Peter se redressa. Si Frank Donovan avait été moins âgé, il l'aurait pris au collet.

— Je n'endurerai pas vos insultes une minute de plus, déclara-t-il, tremblant de rage.

Mais Frank n'avait guère l'intention de lâcher prise. Il saisit le bras de Peter, l'attirant en arrière.

— Vous allez rester et m'écouter jusqu'au bout. C'est moi qui commande ici, est-ce clair ? Oh, inutile de me fusiller du regard, espèce d'ordure ! J'ai fait de vous quelqu'un, afin que ma fille ne soit pas embarrassée vis-à-vis de ses amis. Mais au fond, vous n'êtes rien, vous m'entendez, *rien du tout !* Vous êtes à l'origine de ce fichu projet qui nous a coûté les yeux de la tête, puis vous vous dégonflez, sous prétexte qu'un imbécile a découvert un défaut sous son microscope. Et vous poussez des cris d'orfraie quand il est question d'aller soutenir le produit devant une commission. Eh bien, laissez-moi vous dire une bonne chose, mon vieux : je préfère vous voir mort, plutôt que de vous laisser me ruiner.

Une quinte de toux l'interrompit. Il porta la main à sa poitrine. Il suffoquait. La sueur recouvrit son visage violacé. Il se cramponna à Peter et glissa par terre, entraîné par son propre poids. L'espace d'un instant, désarçonné, Peter se contenta de soutenir son beau-père. Il le déposa doucement sur le tapis avant de bondir sur le téléphone pour appeler les urgences aussi vite qu'il le pouvait. Lorsque quelqu'un décrocha, il énuméra les symptômes. Entre-temps, Frank avait vomi, sans cesser de tousser. Dès que Peter raccrocha, il s'agenouilla près de son beau-père et le tourna sur le côté. Frank respirait par saccades. Il était à peine conscient, mais ses injures résonnaient encore aux oreilles de Peter. Des mots dont le venin avait empoisonné celui-là même qui les avait proférés.

S'il mourait, Kate ne le lui pardonnerait jamais. Elle accuserait Peter d'avoir provoqué la mort de son père.

— Toi et ta rivalité à propos de Vicotec, crut-il l'entendre dire.

Bien sûr, elle ne saurait jamais quel affront Peter avait essuyé. Ni les insultes que son père lui avait jetées en pleine figure. De toute façon, elle ne le croirait pas, pensa-t-il, au moment où les ambulanciers faisaient irruption dans la pièce. Peu importe comment la situation évoluerait, il n'oublierait jamais les paroles de Frank, ne les lui pardonnerait jamais. Il arrive que l'on laisse échapper un mot de trop sous le coup de la colère. Mais ceux-là étaient aussi durs que des coups de poignard. Des lames tranchantes que Frank avait affûtées des années durant, prêt à les utiliser un jour. Des mots haineux qui s'étaient à jamais gravés dans la mémoire de Peter.

Il se recula, tandis que les infirmiers s'occupaient de Frank. Des vomissures maculaient ses vêtements ; la secrétaire de Frank se tenait à la porte en sanglotant. Plusieurs employés s'étaient rassemblés devant l'entrée. L'un des infirmiers leva le regard vers Peter en secouant la tête. Son beau-père avait cessé de respirer. Deux aides soignants accoururent. Ils transportaient un défibrillateur, et ils déchirèrent d'un coup sec la chemise de Frank. Des pompiers étaient venus à la rescousse. Tous s'activaient autour du corps inanimé, qui tressautait sous les chocs électriques de l'appareil. Une demi-heure s'écoula. Peter assistait à la scène, effaré, en se demandant ce qu'il allait dire à Kate. L'espoir s'amenuisait à chaque minute, mais soudain, l'infirmier en chef débrancha l'appareil. Le cœur du patient s'était remis à battre, faiblement, à une cadence irrégulière, mais sans aide extérieure. La poitrine de Frank se soulevait, puis retombait au rythme d'une respiration laborieuse. Ses yeux s'ouvrirent et il lança à Peter un regard embrumé. Il était blême sous son masque à oxygène. Peter lui toucha la main, alors qu'on l'emportait sur une civière. Un instant plus tard, ils entendirent le mugissement de l'ambulance. Peter pria la secrétaire de contacter le médecin personnel de Frank. Celui-ci avait été transporté aux urgences de l'hôpital de New York et confié à une équipe de cardiologues. Il avait échappé à la mort de justesse.

Peter se précipita dans le vestiaire attenant aux toilettes. Il y gardait toujours une chemise propre. Tous ses vêtements étaient maculés. Même ses chaussures étaient souillées. Ses oreilles bourdonnaient encore des insultes de Frank... Frank qui s'était affalé, étouffé par sa propre haine.

Cinq minutes plus tard, Peter sortit des toilettes vêtu d'une chemise propre. Il avait nettoyé ses habits et ses chaussures avec les moyens du bord. Il s'enferma dans son bureau pour appeler Kate. Par chance, elle était encore à la maison. Quand sa voix se fit entendre dans l'écouteur, un vertige saisit Peter.

— Katie... je... suis content que tu sois là, bredouilla-t-il.

Elle ne lui demanda pas pourquoi. Il se comportait bizarrement ces derniers temps. Il passait de la surexcitation à la dépression. Ainsi, quelques semaines plus tôt, rien ne pouvait l'arracher à la télévision, après quoi il ne l'avait plus jamais regardée. Il avait été obsédé par les actualités pendant des jours... Et que dire de cette proposition étrange de l'emmener en vacances ?

— Quelque chose ne va pas ?

Elle jeta un coup d'œil à sa montre. Elle avait de nombreuses courses à faire pour Mike, qui partait pour Princeton le lendemain. Il avait besoin d'une descente de lit, d'une courtepointe et... Le ton de la voix de son mari avait sonné un vague signal d'alarme.

— Oui, répondit-il, Katie, il va mieux maintenant mais... c'est ton père. (Il crut qu'elle avait cessé de respirer, elle aussi.) Il a eu une crise cardiaque au bureau.

Il ne lui raconta pas qu'il avait été à deux doigts de mourir, ni que son cœur s'était arrêté pendant quelques secondes. Les médecins lui expliqueraient plus tard.

— Il a été transporté à l'hôpital de New York, reprit-il. Je vais y aller maintenant. Je crois que tu devrais passer dès que possible. Il est encore dans un état critique.

— Comment va-t-il ? s'enquit-elle d'une voix d'outre-tombe.

On eût dit que le ciel venait de lui tomber sur la tête. L'espace d'une seconde Peter ne put s'empêcher de se demander comment elle aurait réagi si c'était lui qui avait été à la place de son père. Ou Frank avait-il raison ? Etait-il juste un jouet qu'il avait acheté à sa fille ?

— Je crois qu'il s'en sortira. Il a été salement secoué, mais les infirmiers ont été formidables. Nous avons eu une ambulance et une voiture de pompiers.

Il y avait encore un policier dans le couloir, qui essayait de calmer les employés et posait des questions à la secrétaire, bien qu'elle ne sût pas exactement comment cela s'était passé. Il attendait Peter, probablement. Au téléphone, Kate avait fondu en larmes.

— Ne pleure pas, ma chérie. Il va mieux. Je pense que tu devrais aller le voir. (Il s'interrompit soudain. Etait-elle en état de conduire ? Il ne manquait plus qu'elle ait un accident !) Est-ce que Mike est à la maison ?

— Nooon, sanglota-t-elle.

Il aurait conduit sa mère de Greenwich à New York. Paul n'avait qu'un permis de jeune conducteur.

— Demande à l'un des voisins de t'accompagner.

— Je peux conduire toute seule, renifla-t-elle. Que s'est-il passé ? Il était en pleine forme hier. Il a toujours eu une santé de fer.

— Il a soixante-dix ans, Katie. Et il a été sous pression ces derniers temps.

Elle cessa alors de pleurer. Sa voix grinça dans l'écouteur, dure comme l'acier.

— Etiez-vous encore en train de vous disputer au sujet des auditions ?

Elle savait que c'était à l'ordre du jour.

— Nous en discutions, en effet.

C'était un doux euphémisme. Frank l'avait quasiment traité d'escroc, sans oublier le reste. Il garda le silence sur les invectives de Frank, trop pénibles à répéter, notamment après le drame qui avait suivi.

— Vous avez vraiment dû vous insulter, s'il a eu une crise cardiaque, accusa-t-elle.

Ce n'était pas le moment de perdre du temps au téléphone.

— Katie, dépêche-toi d'y aller. Nous en reparlerons plus tard. Il est en salle de réanimation, en cardiologie, ajouta-t-il d'une voix blanche, et elle se remit à pleurer bruyamment. Bon, j'y vais. Je te contacterai s'il y a du changement. Laisse le téléphone de la voiture branché.

— Evidemment ! fit-elle d'un ton cassant en se mouchant. Essaie de ne pas l'énerver.

Frank n'était pas en état de s'énerver, lorsque Peter arriva à l'hôpital. Il avait été retardé par le policier, puis il avait dû signer les formulaires des ambulanciers. Enfin, il était tombé dans un bouchon monstrueux sur le chemin d'East River. Quand il franchit le seuil des Soins Intensifs, Frank dormait, assommé par les sédatifs. De rouge, son visage avait viré au gris ; des fils et autres détecteurs couvraient sa poitrine ; des tuyaux le reliaient à des moniteurs. Le médecin de service prit Peter à part. Le patient n'était pas hors de danger, expliqua-t-il. Il avait eu un infarctus qui avait nécrosé une partie du cœur. A tout instant, il pourrait avoir besoin du défibrillateur. Les prochaines vingt-quatre heures seraient cruciales. Peter hocha la tête, stupéfait. Il avait du mal à le croire. Deux heures plus tôt, Frank était dans une forme éblouissante.

Il attendit Kate dans le hall, au rez-de-chaussée. Il la vit arriver vêtue d'un jean et d'un sweater, échevelée, totalement paniquée. Elle écouta à peine ses avertissements, puis s'engouffra derrière lui dans l'ascenseur, les yeux pleins d'effroi.

— Comment va-t-il ? demanda-t-elle pour la énième fois.

— Tu le verras. Calme-toi.

La machine d'assistance respiratoire émettait une sorte de ronflement terrifiant. Frank avait un aspect cadavérique. Rien n'avait préparé Kate à ce spectacle. Sitôt qu'elle eut franchi le seuil des Soins Intensifs, elle éclata en pleurs. Sa main chercha fébrilement celle de son père. Il ouvrit alors les yeux. Une lueur de reconnaissance passa dans ses prunelles, puis il glissa de nouveau dans un sommeil de plomb. Les tranquillisants qu'on lui administrait lui fournissaient un repos complet ; on espérait que son cœur surmonte le choc qu'il avait subi.

— Oh, mon Dieu, murmura-t-elle, chancelante, en quittant la pièce.

Peter la guida vers une chaise où elle s'effondra, secouée de sanglots. Une infirmière lui apporta un verre d'eau.

— Oh, mon Dieu, je n'arrive pas à y croire.

Elle hoquetait. Assis près d'elle, Peter lui tenait la main. Le médecin apparut une demi-heure plus tard. Frank avait une chance sur deux de survivre.

Le diagnostic déclencha chez Kate une nouvelle crise de larmes. Elle passa le reste de l'après-midi à pleurer, dans une petite salle d'attente sinistre. Toutes les cinq minutes, elle allait jeter un coup d'œil à son père, puis revenait, les yeux rougis. Frank n'avait pas repris conscience. Vers la fin de la journée, Peter voulut apporter à Kate un sandwich, qu'elle refusa d'un geste brusque. Elle resterait dans la salle d'attente aussi longtemps qu'il le faudrait, déclara-t-elle. Mais elle ne quitterait pas son père, pas une minute.

— Kate, le manque de sommeil et de nourriture n'a jamais rien arrangé. Tu n'aideras pas ton père en tombant malade, toi aussi. Va te reposer à l'appartement de New York. Ils t'appelleront s'ils ont besoin de toi.

— Tais-toi, répondit-elle avec un entêtement puéril. Je reste près de lui. Je passerai la nuit ici. Je ne bougerai pas tant qu'il ne sera pas hors de danger.

Il hocha la tête, nullement étonné.

— Je vais voir les garçons, dit-il, et elle s'empressa d'acquiescer, comme si ses enfants ne l'intéressaient pas le moins du monde. Je repasserai plus tard, ce soir... Katie, ça ira ? demanda-t-il gentiment, mais ce fut à peine si elle lui accorda un regard.

Kate avait tourné la tête vers la fenêtre étroite. Elle ne parvenait pas à imaginer le monde sans son père.

La terre s'arrêterait de tourner si jamais... Elle étouffa un sanglot. Pendant les vingt premières années de sa vie, Frank avait représenté le centre de son univers. Et pendant les vingt ans qui avaient suivi, il avait été l'un des personnages les plus importants — sinon le plus important — à ses yeux. Peter l'avait compris depuis longtemps. Frank était l'objet de son amour, une passion infinie. Elle l'aimait par-dessus tout, plus encore que ses propres enfants, mais cela elle ne l'aurait jamais admis.

— Il s'en sortira, répéta-t-il avec douceur.

Seuls des sanglots lui répondirent. Il sortit dans le couloir, sachant qu'il ne pouvait rien pour elle. Kate ne voulait personne auprès d'elle. Elle ne voulait que son papa.

Il rentra à la maison en voiture, aussi vite qu'il le put. La circulation du vendredi soir le bloqua un moment au milieu de l'autoroute. Par chance, lorsqu'il arriva à la maison, ses trois fils se trouvaient dans le salon. Il leur annonça la nouvelle d'une voix calme, ce qui ne les empêcha pas de s'alarmer. Il les rassura de son mieux. Quand Mike voulut en savoir plus, il répondit que Frank avait eu un infarctus pendant une réunion de travail. Mike émit le souhait de se rendre auprès de son grand-père.

— Attendons, conseilla Peter. Quand il ira mieux, tu pourras toujours venir de Princeton.

— Et demain, papa ? s'inquiéta le garçon.

Il devait gagner Princeton le lendemain. Tout était prêt, à part la descente de lit et la courtepointe que Kate n'avait pas eu le temps d'acheter.

— Je t'y conduirai demain matin. Maman restera sûrement au chevet de grand-père.

Il les emmena au restaurant du coin où ils dînèrent

rapidement. Vers vingt et une heures il se dirigeait, de nouveau, vers la ville. Il appela Kate de la voiture.

— Pas de changement, dit-elle.

En vérité, il avait une mine épouvantable, pire que tout à l'heure, mais l'infirmière de garde avait dit que son état n'inspirait pas d'inquiétude.

Peter arriva à l'hôpital à vingt-deux heures. Il resta aux côtés de Kate jusqu'à minuit. Ensuite, il rentra à Greenwich... A dix heures, le lendemain matin, il déposa Mike à Princeton. Le jeune homme partageait une chambre avec deux étudiants. Vers midi, Peter embrassa son fils, lui souhaita bonne chance, grimpa de nouveau dans la voiture et repartit en direction de New York. Il pénétra dans l'unité des Soins Intensifs à deux heures de l'après-midi. Frank était assis dans son lit, l'air faible, les traits tirés. Kate, près de lui, le nourrissait à la petite cuillère.

— Eh bien, eh bien ! s'exclama Peter. On dirait que vous revenez de loin, vous ! Où avez-vous trouvé ce magnifique pyjama ?

Frank sourit. Mais Peter resta sur ses gardes. Il n'avait rien oublié. Ni les injures ni le ton sur lequel il les avait lancées. Pourtant, Frank lui devait la vie. Son état s'était amélioré d'une manière impressionnante. Il n'avait plus grand-chose à voir avec le cadavre livide, gisant à terre. Un brillant sourire rayonnait sur les lèvres de Kate. Elle ignorait tout ce qui avait précédé l'arrêt cardiaque de son père. Ses attaques venimeuses, son mépris à l'encontre de Peter.

— L'infirmière a dit que si papa allait mieux demain, ils le transporteraient dans une chambre pour lui tout seul, déclara-t-elle d'un ton satisfait.

Elle semblait éreintée mais rien n'aurait pu l'éloigner du chevet de son père. Elle aurait donné sa vie, son sang, son énergie pour le ranimer.

— En voilà de bonnes nouvelles, fit Peter.

Il leur décrivit l'installation de Mike à Princeton, ce qui parut réjouir Frank. Peu après, tendrement aidé par sa fille, il s'allongea. Ses yeux se fermèrent. Kate et Peter firent quelques pas dans le hall. La bonne humeur de Kate s'était évanouie. Il sut instantanément que quelque chose n'allait pas.

— Papa m'a raconté comment *ça* s'est passé hier, souligna-t-elle en jetant un coup d'œil assassin à son mari.

— C'est-à-dire ?

Il se sentait trop fatigué pour jouer aux devinettes. Son beau-père aurait-il exprimé des regrets ? Frank n'avait jamais demandé pardon, même quand il se savait dans son tort.

— C'est-à-dire tout, reprit-elle en le regardant, comme on observe un animal répugnant. Tes menaces au sujet de l'audition. Tes insultes. Ta violence.

— Pardon ?

— Il a dit qu'il ne t'a jamais entendu parler sur ce ton à quiconque. Qu'il a eu beau tenté de te raisonner, tu n'as rien voulu entendre... Il a dit que tu as été si méchant, si odieux, qu'il n'a pas pu le supporter.

Elle marqua une pause, levant sur lui des yeux emplis de reproches.

— Tu as failli tuer mon père. Et tu aurais réussi, s'il n'avait pas une robuste constitution. (Elle détourna la tête, trop écœurée pour le regarder un instant de plus.) Je ne te le pardonnerai jamais.

— Eh bien, nous sommes deux à refuser notre pardon, rétorqua-t-il sèchement, assailli d'une rage froide. Demande-lui donc ce qu'il a prétendu, avant de s'effondrer. Il paraît qu'il t'a acheté un mari, que sans vous je ne suis rien, et qu'il préfère me voir mort si je refuse de me présenter à cette fichue audition.

Elle se retourna vivement. Dans les prunelles bleu clair de son mari, elle décela une ombre qu'elle n'avait encore jamais aperçue auparavant. Peter pivota sur ses talons. Elle le suivit du regard, alors qu'il s'engouffrait dans l'ascenseur, sans se retourner. Elle n'avait pas ébauché le plus infime mouvement pour le retenir, mais il n'en avait que faire à présent. Plus aucun doute ne subsistait. Entre Kate et son père, Peter était de trop.

11

Frank se rétablit à une vitesse étonnante. Dix jours après son infarctus, les médecins le renvoyèrent chez lui, et Kate emménagea dans son ancienne chambre de jeune fille. C'était aussi bien, pensa Peter, car tous deux avaient besoin de temps pour réfléchir... pour se retrouver seuls, afin que chacun redéfinisse ses sentiments vis-à-vis de l'autre. Elle n'avait pas tenté de justifier son attitude belliqueuse à l'hôpital, et il s'était abstenu d'évoquer la scène... Il n'avait rien oublié. Ni les invectives du père ni les reproches de la fille. Ceux-ci se comportaient comme si de rien n'était. Frank ne mentionna plus leur dispute, pas plus que ses insinuations venimeuses, et Peter se demanda s'il s'en souvenait.

Il essayait de se montrer cordial à l'égard du convalescent, auquel il rendait régulièrement visite par courtoisie et, aussi, pour voir Kate, mais leurs relations s'étaient singulièrement refroidies. Kate avait érigé un mur d'indifférence face à son mari. La maladie de son père l'accaparait entièrement, au point de négliger même Patrick. Peter avait endossé tout naturellement le rôle de la mère absente en faisant la cuisine pour son fils tous les soirs. Les deux aînés avaient regagné leurs collèges. Mike avait souvent donné de ses nouvelles : il était fou de Princeton.

Deux semaines après sa crise cardiaque, Frank Donovan évoqua à nouveau l'épineuse question des auditions. Les laboratoires Wilson-Donovan figuraient toujours sur l'agenda de la FDA, et quelques jours seulement les séparaient de l'inévitable entretien. Ou ils poursuivaient leur demande d'autorisation anticipée ou ils annulaient l'entrevue.

— Eh bien ? demanda Frank, appuyé sur une pile d'oreillers que Kate venait de lui glisser dans le dos.

Impeccablement rasé, douché, parfumé avec son eau de Cologne favorite, les cheveux fraîchement taillés par son coiffeur, il faisait penser à une publicité pour chambre à coucher de luxe plutôt qu'à un rescapé de la mort.

— Où en sommes-nous ? reprit-il, comme Peter ne répondait rien. Où en sont les recherches ?

Le préambule ne tarderait pas à laisser place au vif du sujet. Un sujet que Kate redoutait tout particulièrement.

— Je ne crois pas que ce soit le moment de parler de ça, supplia-t-elle.

Peu après, elle partit préparer le repas du malade. Peter s'apprêta à prendre congé. Il n'avait aucune intention d'entrer dans le jeu de Frank, lequel, inéluctablement dégénérerait en dispute. Pas plus que d'affronter Kate après. En tout cas, pas avant que les médecins ne confirment la guérison de Frank. Jusqu'à cette date, Vicotec resterait un sujet tabou.

— Pas le moment ? assena Frank, dès que sa fille eut le dos tourné. Les auditions commencent dans quelques jours. Je ne l'ai pas oublié.

Peter se le rappelait, lui aussi. Comme il se rappelait

chaque mot que Frank avait prononcé dans la salle de conférences juste avant l'accident. Maintenant, du fond de son lit, il fixait intensément son gendre, l'air de dire : « J'ai une mission à accomplir et j'irai jusqu'au bout. » « La légendaire obstination de Kate », songea Peter. Elle avait de qui tenir.

— J'ai téléphoné au bureau, hier. En accord avec le département des recherches, nous pouvons nous présenter.

— A une exception près, contra Peter aussi calmement que s'ils parlaient de la pluie et du beau temps.

— Oui, un test mineur sur des rats de laboratoire, dans des conditions exceptionnelles, je suis au courant. Apparemment ça ne compte pas, puisque les conditions requises pour ce genre d'examen ne se trouvent jamais toutes réunies chez l'être humain.

— Exact, concéda Peter, en priant le ciel pour que Kate réapparaisse. Mais, techniquement, selon le règlement de la FDA, ce seul résultat suffit à nous disqualifier. Je continue à penser qu'il est prématuré de nous présenter à l'audition.

De plus, ils n'avaient pas encore repris l'ensemble des tests français. Des analyses cruciales, selon Peter.

— Il faut vérifier de nouveau le système de Suchard, poursuivit-il. Celui qui avait révélé la fameuse faille. Le reste, ce ne sont que des tests de routine. Nous devons repartir sur le même terrain, Frank.

— Inutile de recommencer. Pas avant la mise en vente de Vicotec. Les membres de la FDA n'ont nul besoin de connaître cette histoire. Nous avons jusqu'à présent satisfait à toutes leurs exigences... Ils sont prêts à approuver le médicament. Cela devrait vous faire plaisir, acheva-t-il d'un ton mordant.

— Oui, certes. Sauf que Suchard a remis en cause

le produit. Nous nous parjurerions si nous dissimulions ce fait à la commission.

— Ecoutez, Peter, si le plus infime problème réapparaît lors des tests ultérieurs, je retire le produit. Vous avez ma parole. Je ne suis pas fou ! Je n'ai aucune envie de me retrouver avec cent millions d'amende sur le dos. Je ne souhaite tuer personne. Mais je ne veux pas non plus me laisser abattre, comprenez-vous ? Voyons, mon cher, comprenez bien que je cherche à vous rassurer. Est-ce que si je vous jure que je ferai en sorte que les recherches se poursuivent jusqu'à l'innocuité absolue du produit, même si nous avons obtenu l'homologation anticipée, vous irez à l'audition ? Enfin, Peter, quel mal y a-t-il ? S'il vous plaît...

Le mal existait justement. Dans la féroce volonté de Frank à précipiter les choses. Peter ne croyait qu'à moitié à la fameuse homologation anticipée. Celle-ci décrochée, Vicotec envahirait le marché... En fait, Frank n'attendait que ça. D'autres l'avaient fait avant lui. Souvent déjà empaquetés et dans les camions, les médicaments étaient distribués dès l'instant où la commission du ministère de la Santé apposait son cachet sur l'autorisation de vente.

Peter se méfiait de son beau-père. Frank était capable de tout s'il obtenait enfin le feu vert. A partir de là, des dérives surviendraient, inexorablement. Des morts inutiles et cela, Peter était incapable de le cautionner.

— Je ne peux pas y aller, Frank, dit-il tristement. Vous savez pourquoi.

— Si vous me rendez la monnaie de ma pièce parce que j'ai blessé votre susceptibilité... nom d'une pipe, Peter, je ne pensais pas un mot de ce que je disais.

Mais il l'avait dit ! Et il s'en souvenait. « Les mots

ne sont jamais anodins », songea-t-il. Les injures avaient jailli spontanément. Il était impossible de discerner les raisons qui avaient poussé Frank à les proférer. Simple cruauté ? Parce que le fond de sa pensée lui avait échappé ? Peter ne le saurait jamais. Et il ne l'oublierait jamais, bien qu'il ne fût pas rancunier.

— Cela n'a rien à voir. C'est une question de déontologie.

— Billevesées ! Que cherchez-vous au juste ? De l'argent ? Des garanties ? Je viens de vous en faire le serment... Frank Donovan vient de vous donner sa parole. Nous compléterons tous les tests. Que vous faut-il de plus ?

— Du temps. Rien que du temps.

Une immense fatigue envahit Peter. Les Donovan l'avaient pressé comme un citron ces deux dernières semaines. En fait, cela durait depuis des années.

— Vous vous retranchez derrière la déontologie et je vous réponds que c'est aussi une question d'argent. Et de fierté. Notre réputation est en jeu. Si nous faisons machine arrière, nous subirons des pertes incalculables... Nos autres produits s'en ressentiront.

C'était un cercle vicieux. Ni l'un ni l'autre ne feraient de concessions. Aucun d'eux n'accepterait le point de vue de l'autre. En remontant avec le repas de Frank, Kate remarqua aussitôt leur expression morose. A l'évidence, ils avaient abordé le sujet interdit.

— Vous discutiez affaires, n'est-ce pas ? s'enquit-elle.

Ils hochèrent la tête. Peter devait se sentir coupable, à en juger par la façon dont il gardait obstinément les yeux baissés. Un peu plus tard, elle l'entraîna hors de la pièce.

— Je ne m'imaginais pas que tu pourrais recommencer, déclara-t-elle d'un air buté, alors qu'il la suivait dans la cuisine.

— Recommencer quoi ?

— A le contrarier.

Elle persistait à tenir Peter pour l'unique responsable de l'infarctus qui avait failli coûter la vie à son père. Si Peter ne l'avait pas énervé, la crise cardiaque n'aurait pas eu lieu, elle en était persuadée.

— Pourquoi refuses-tu cette audition ? Tu lui dois au moins ça. Il souhaite garder la tête haute, tâche de le comprendre. Il s'est mis en quatre pour demander l'homologation anticipée et tu voudrais qu'il déclare publiquement qu'il n'est pas prêt ? Il ne mettra jamais Vicotec sur le marché s'il y a le moindre danger, tu le connais. Papa n'est ni stupide ni fou, comme tu sembles le croire. Mais il est malade, il est âgé, et il a le droit de ne pas vouloir perdre la face devant le pays tout entier. Tu l'aurais compris si tu ne t'en moquais pas éperdument, ajouta-t-elle, l'œil accusateur. Apparemment, c'est trop te demander ! Décidément, Peter, on dirait que tu le détestes... Il m'a avoué qu'il t'avait insulté, l'autre jour, parce qu'il s'était emporté. Il n'en pensait pas un mot, j'en suis sûre. Le reste dépend de ta grandeur d'âme. Le pardon ou la vengeance. Oh, tu détiens le pouvoir de le détruire, en refusant le seul service qu'il te demande, puisque tu dois assister aux entretiens du Congrès, en même temps. Papa n'a plus la force d'y aller, Peter, tu es le seul sur qui il peut compter.

Elle le prenait vraiment pour un salaud, se dit-il, un salaud doublé d'un meurtrier potentiel. Aux yeux de

Kate, la crise cardiaque de Frank avait pris l'allure d'un homicide. Et elle interprétait le refus de Peter de se présenter devant la FDA comme un geste de vengeance. Une idée biscornue que son père lui avait certainement insufflée.

— Erreur, Kate. C'est beaucoup plus compliqué que cela. On ne pense pas à sauver la face lorsque notre propre intégrité est en jeu. Si le médicament s'avère dangereux, nous perdrons la confiance du gouvernement et du public.

Il ne sacrifierait pas ses principes à l'orgueil de Frank. Celui-ci appartenait à cette catégorie d'hommes si imbus de leur supériorité qu'ils considèrent comme une humiliation personnelle le fait de perdre.

— Il t'a pourtant affirmé qu'il retirerait Vicotec du marché s'il le fallait. Il te réclame simplement un sursis. Et une simple apparition devant les membres de la FDA.

Elle était plus convaincante que son père. A l'entendre, il s'agissait d'une requête sans importance. Elle avait réussi à s'impliquer personnellement dans l'affaire. Comme si, en acceptant, Peter lui apporterait la preuve qu'il l'aimait encore.

— Tout ce qu'il te demande, c'est un compromis. Rien de plus. Es-tu tellement mesquin pour le laisser tomber maintenant, alors qu'il a fondé tous ses espoirs sur toi ? Il a failli mourir. Il mérite au moins ta compréhension.

On eût dit Jeanne d'Arc brandissant l'étendard de la justice, et malgré lui, Peter se sentit flancher. Comme si sa vie entière en dépendait. Ainsi que son mariage avec Kate. Sa résistance s'amenuisait, et il poussa un faible soupir.

— Peter ?

Elle le fixa, soudain très séduisante, telle la tentatrice qu'elle n'avait jamais été auparavant, de surcroît dotée d'une sagesse surnaturelle. Il n'eut pas la force de répondre. Sans s'en rendre compte, il acquiesça. Kate respira profondément. C'était fait. Elle avait eu gain de cause. Il se présenterait aux auditions.

12

Peter vécut la veille de son départ pour Washington comme un cauchemar... Il avait du mal à croire qu'une fois de plus il avait capitulé. Kate ne cessait de lui témoigner une gratitude excessive et quant à Frank, il avait recouvré la santé et se répandait en éloges sur son gendre. Peter avait l'impression d'avoir été envoyé sur une planète inconnue où régnait l'illusion. Un lieu étrange où rien n'était réel. Il avait le cœur lourd, le cerveau vide, le corps engourdi.

Il se raccrochait de toutes ses forces, comme à une bouée de sauvetage, aux promesses de Frank. Vicotec était presque au point. A la moindre imperfection révélée par des tests de plus en plus complexes, il serait aussitôt retiré du marché. Mais moralement — et d'un point de vue légal —, ils étaient dans leur tort, tous le savaient. Peter n'avait plus le choix. Il était prisonnier de sa promesse à Kate et à son père. Le reste était du domaine de l'intégrité : trahir ses propres idées, puis feindre d'être en accord avec sa conscience. Il y avait un début à tout... A force de faire des concessions on bannissait progressivement la morale de toutes les valeurs auxquelles on tenait fermement jusqu'alors. Et ce premier pas accompli, on s'enlisait dans le mensonge chaque jour un peu plus. On se dupait et on dupait les autres.

Peter n'en dormait plus. Il avait perdu l'appétit. En quelques jours, il avait maigri de trois kilos, arborait une mine épouvantable. Sa secrétaire s'en était inquiétée. Il avait tout mis sur le dos du surmenage. En l'absence de Frank — qui se reposerait un mois supplémentaire —, les responsabilités s'étaient accumulées sur ses épaules. Il devait apparaître devant le Congrès pour discuter les prix des produits pharmaceutiques le jour des auditions de la FDA.

Il s'était attardé au bureau à éplucher les résultats des recherches les plus récentes. Des colonnes de signes et de nombres dont il avait appris à décrypter la signification... Assez satisfaisants, pensa-t-il, oppressé par cette étrange angoisse qui ne le quittait plus. Mais pas totalement. Il restait un petit point obscur, sur le tableau clair des conclusions générales. Une faille infime qui correspondait à certaines hypothèses émises par Suchard, en juin. Selon les chercheurs, il s'agissait d'une analyse relativement mineure, que Peter ne se donna pas la peine de signaler à Frank. Il connaissait la réponse :

— Ne vous en faites donc pas. Nous aviserons après les auditions.

Il emporta les rapports à la maison, les lut et les relut à la lumière de sa lampe de chevet. A deux heures du matin, le trouble qu'il ressentait ne s'était pas dissipé. Kate dormait paisiblement dans le grand lit, près de lui. Elle avait réintégré le domicile conjugal. En fait elle accompagnerait son époux à Washington ; elle avait même acheté un tailleur neuf, d'une sobre élégance, pour la circonstance. Depuis que Peter avait capitulé, père et fille avaient un moral d'acier. Lui, en revanche, avait sombré dans un morne abattement. Il allait devenir l'avocat du diable, avait-il dit un jour, et Kate s'était mise à rire aux éclats... Mais non, avait-elle rétorqué, il avait simplement le trac. On ne se présente pas tous les jours devant le Congrès.

Vers quatre heures du matin, Peter s'était réfugié dans son bureau à Greenwich. Les rapports du laboratoire étaient dispersés sur sa table... *Satisfaisants...* à un détail près, la minuscule faille qui lui faisait l'effet d'une vilaine tache noire sur une surface lisse, immaculée. Vers qui se tourner ? A qui demander conseil ? se demanda-t-il, les mains crispées, le regard rivé sur la fenêtre derrière laquelle la nuit pâlissait. Il ne connaissait pas personnellement les chercheurs suisses ou allemands, pas plus que le remplaçant de Suchard, à Paris, un homme de paille voué corps et âme au « patron ». Ce dernier, embauché pour ce que Frank appelait « son bon caractère », c'est-à-dire sa servilité, avait une approche purement scientifique des problèmes et s'exprimait dans un jargon incompréhensible. Soudain, l'idée jaillit. Peter feuilleta fébrilement son Filofax. Le numéro y figurait. Il devait être une heure de l'après-midi à Paris. Avec un peu de chance son correspondant ne serait pas parti déjeuner. Il prononça son nom dès que le standard téléphonique répondit ; il y eut un déclic, après quoi la voix familière retentit sur la ligne.

— Salut, Paul-Louis, dit Peter d'une voix harassée, au terme d'une longue nuit blanche. (Paul-Louis représentait son ultime espoir. Il était le seul être au monde qui pourrait l'aider à vaincre son dilemme.) Ici Benedict Arnold.

— Pardon ? Allô ? Qui est à l'appareil ?

Un pâle sourire étira les lèvres de Peter.

— C'était un traître qui a été exécuté il y a longtemps. Bonjour, ajouta-t-il en français, c'est Peter Haskel.

— Ah, d'accord ! Irez-vous à Washington ? Vous ont-ils forcé ?

Suchard avait saisi la situation en une seconde. Ce n'était guère difficile, compte tenu de la voix atone de Peter.

— « Forcé » n'est pas le mot adéquat. Disons que je n'ai pas su résister pour plusieurs raisons. Frank a eu un infarctus il y a trois semaines. Depuis, les choses ne sont plus tout à fait pareilles.

— Je vois... Que puis-je faire pour vous ? Que voulez-vous de moi, exactement ?

Il travaillait maintenant pour une compagnie rivale mais avait gardé une réelle sympathie pour son ancien employeur.

— L'absolution, je crois, bien que je ne la mérite pas. Je viens de recevoir de nouveaux rapports, assez clairs, si j'ai bien tout compris. Nous avons réussi à améliorer le mode d'action du médicament, ce qui semble enchanter tout le monde. D'après le laboratoire, ici, le problème est résolu. Cependant j'ai là une série de résultats bizarres que je ne suis pas sûr d'interpréter correctement. Peut-être pourriez-vous éclairer ma lanterne... Je n'ai confiance en personne. Mais je voudrais savoir si nous nous apprêtons à mettre un poison mortel sur le marché. Si c'est toujours aussi dangereux ou si nous sommes sur la bonne voie. Auriez-vous le temps d'y jeter un coup d'œil ?

Le savant français s'éclipsa un instant pour avertir sa secrétaire « qu'il n'était là pour personne ». Un instant plus tard, il revint sur la ligne.

— Faxez-les-moi tout de suite.

Peter s'exécuta, puis un silence interminable flotta à l'autre bout du fil, pendant que Paul-Louis parcourait les feuillets. Pendant une heure, les deux hommes réexaminèrent chaque résultat, l'un en Amérique, l'autre en France. Peter répondait de son mieux aux questions que lui posait Paul-Louis.

— Toute conclusion est subjective, dit enfin le Français. A cet échelon de la recherche, l'interprétation n'est pas nécessairement d'une clarté absolue. Il s'agit d'un produit formidable. Grâce à lui, la lutte contre le cancer amorcera un tournant décisif. Mais mieux vaut réexaminer certaines données secondaires avant de se prononcer... Je ne puis évaluer, pour le moment, l'efficacité du traitement. Je manque d'éléments. Les risques subsistent, Peter. La question consiste à savoir si vous êtes prêt à en assumer les conséquences.

Les raisonnements de Suchard tenaient presque de la philosophie, mais Peter devina parfaitement ses réticences.

— Tout dépend de l'ampleur des conséquences.

— Je vous comprends. Indéniablement, vous avez accompli un grand pas en avant dans vos recherches. Vous êtes sur la bonne voie à présent.

Il marqua une pause, afin d'allumer une cigarette. Tous les scientifiques que Peter avait rencontrés en Europe fumaient.

— Mais nous n'avons pas encore atteint le but, fit-il d'un ton hésitant, redoutant la réponse.

— Euh, non, pas encore, répliqua Suchard avec morosité. Vous réussirez si vous persévérez dans cette direction. Mais, pour le moment... vous n'êtes pas prêt. A mon avis, Vicotec présente encore de graves dangers, notamment s'il est confié à des personnes inexpérimentées.

Et c'était précisément la nouveauté du remède. Il avait été créé pour être utilisé par les malades chez eux, pour leur éviter de se déplacer dans des hôpitaux pour de pénibles et coûteuses séances de chimiothérapie.

— Paul-Louis, considérez-vous toujours Vicotec comme une « machine à tuer » ?

C'était ainsi qu'il l'avait appelé à Paris. Peter se le rappelait parfaitement.

— Je le crains, murmura Suchard sur un ton d'excuse. Vous ne le maîtrisez pas encore totalement, Peter. Chaque chose en son temps... Vous y arriverez.

— Et les auditions ?

— C'est pour quand ?

Peter jeta un coup d'œil à son bracelet-montre. Il était cinq heures du matin.

— Dans neuf heures. A deux heures de l'après-midi. Je quitte la maison dans deux heures.

Il prendrait le vol de huit heures et se présenterait au Congrès à onze.

— Cher ami, je ne vous envie pas. Je ne sais quoi dire. Si vous teniez à être parfaitement honnête, vous devriez leur expliquer qu'il s'agit d'un médicament fabuleux mais que vous ne pouvez encore le mettre à la disposition du public.

— On ne se rend pas à la FDA pour annoncer qu'on n'est pas encore au point. Nous avons demandé une homologation anticipée. Frank a l'intention de lancer le produit sur le marché à la fin de l'année.

A l'autre bout du fil, Suchard émit un sifflement.

— Frank n'a peur de rien. Pourquoi une telle précipitation ?

— Il prend sa retraite en janvier. Il voudrait que tout soit terminé avant, ce que l'on peut comprendre. Il tient Vicotec pour son ultime présent à l'humanité... Comme moi, d'ailleurs. Mais ça m'a l'air d'être plutôt une bombe à retardement qu'un cadeau.

— Exactement, Peter. Vous êtes bien placé pour le savoir.

— Je le sais. Mais personne ne veut rien entendre. Frank prétend qu'il retirera le produit de la circulation si nous ne sommes pas prêts d'ici là. Mais il insiste pour que j'aille à Washington... C'est une longue histoire, qui met en scène l'ego monstrueux d'un vieil homme et des intérêts qui se chiffrent en milliards. Un mauvais calcul, à mon avis, si le remède aboutit à un fiasco, mais Frank refuse d'en convenir.

Peter s'était fourvoyé. Il le sut soudain avec une lucidité presque douloureuse. L'obstination de Frank frôlait la démence. Peut-être devenait-il sénile. L'ivresse du pouvoir l'avait aveuglé.

Il remercia Paul-Louis, qui lui souhaita bonne chance. Lorsqu'il raccrocha, Peter se prépara du café. Il avait toujours la possibilité de rebrousser chemin, mais comment ? Il pouvait également se rendre à l'audition, puis présenter sa démission à Donovan. A quoi cela servirait-il ? Certainement pas à protéger les gens qu'il aurait voulu aider, au contraire. Sa confiance vis-à-vis de son beau-père était ébranlée. Rien ne lui prouvait que Frank tiendrait sa promesse, même si les tests dévoilaient d'autres failles. Il avait misé gros et il entendait en tirer un maximum de bénéfices. L'appât du gain était trop important.

La sonnerie du réveil résonna à travers la maison silencieuse. Kate apparut peu après à la cuisine où Peter avalait sa deuxième tasse de café. Elle lui trouva une mine de papier mâché. Les traits chiffonnés, les joues creuses, plus pâles que celles de Frank sur son lit d'hôpital.

— Qu'est-ce qui te tracasse ? demanda-t-elle en posant la main sur son épaule.

Il ne se lança dans aucune explication. De toute évidence, il buterait contre un mur d'incompréhension.

— Allons, ce sera bientôt fini, sourit-elle, comme s'il se fût agi d'un événement banal, alors qu'il s'agissait de l'effondrement de toutes ses convictions.

Peter avait l'impression d'avoir piétiné d'un seul coup tout ce à quoi il avait cru : ses principes, ses scrupules, sa rigueur morale. Et pourtant sa femme le regardait, souriante et fraîche dans sa chemise de nuit rose, sans rien sentir de son désarroi.

— Dans quelques heures, je serai sur la sellette pour de mauvaises raisons, Katie. Le produit n'est pas achevé. Et je le défendrai pour vous faire plaisir, à toi et à ton père. Je me sens comme une sorte d'émissaire de la Mafia.

— Quelle horreur ! s'écria-t-elle d'un air ennuyé. D'où te vient cette comparaison ? Tu vas y aller parce que tu le veux bien et parce que tu le dois à mon père.

Il la considéra, éberlué. Quel serait leur avenir ensemble ? Rien de bien reluisant, à en juger par le manque absolu de communication. Il sut alors ce qu'Olivia avait ressenti en disant qu'elle s'était « vendue » à Andy. Il était pris dans le même piège. Une vie bâtie sur le mensonge et les apparences. Et dans son cas à lui, sur le chantage.

— Qu'est-ce qui vous fait penser, tous les deux, que je vous dois quelque chose ? interrogea-t-il calmement. Ton père semble persuadé que je lui dois tout. En ce qui me concerne, je trouve que vous n'avez pas perdu au change. J'ai travaillé dur pour la compagnie et, comme toute peine mérite salaire, j'ai été rétribué en conséquence. J'ai longtemps cru que nous avions eu un vrai mariage... jusqu'à ce que vous ayez introduit cette notion de « devoir » dans nos relations. Pour quelle raison exactement êtes-vous convaincus, tous les deux, que je suis obligé de me rendre aux auditions ?

— Parce que, commença-t-elle prudemment, comme si elle traversait un champ miné... parce que pendant vingt ans tu as profité de la compagnie. Défendre un médicament qui nous rapportera des milliards est une façon de nous dédommager.

— Voilà donc le fin mot de l'histoire. L'argent !

Des milliards... Du moins il ne s'était pas vendu à bas prix, songea-t-il en réprimant un frisson.

— En partie, oui. Cesse donc de jouer les innocents, Peter. Tu as partagé nos profits. Nous vivons dans une société fondée sur l'argent, ne le nie pas. Pense aux enfants. A leurs intérêts.

Froide, calculatrice, dure. La femme qui le dévisageait ne ressemblait guère à la douce jeune fille dont il était tombé amoureux.

— C'est drôle. Je m'étais attaché à cette idée complètement idiote selon laquelle nous nous efforcions de soulager les maux de l'humanité. Sauver des vies. Je me suis trompé de film, apparemment.

— Tu fais marche arrière ou quoi ?

Les yeux de Kate lancèrent des éclairs. Si elle avait pu, elle serait allée toute seule à la FDA. Hélas, elle n'était pas employée par la compagnie et son père était trop faible pour se déplacer. Ils dépendaient entièrement de la décision de Peter.

— A ta place, j'y réfléchirais à deux fois avant de

reculer, reprit-elle en se redressant, le regard implacable. Si jamais tu nous laisses tomber maintenant, tu peux dire adieu à ton poste mirifique à la Wilson-Donovan.

— Et notre mariage ? demanda-t-il.

Il jouait avec le feu, au risque de se brûler.

— Je doute que notre mariage parvienne à survivre à ce que je considérerais comme une ultime trahison.

Ils échangèrent un long regard. Bizarrement Peter se sentit mieux. Il la voyait avec les yeux de la lucidité à présent ; froide, insensible, transparente. Telle qu'elle avait toujours été, en fait.

— C'est bon de le savoir, Katie, fit-il avec un sourire crispé, mais avant qu'elle puisse répondre, Patrick entra en trombe dans la cuisine.

— Qu'est-ce que vous faites debout aux aurores ! gémit-il d'une voix ensommeillée.

— Ta mère et moi allons à Washington aujourd'hui, répliqua Peter d'un ton ferme.

— Oh, j'avais oublié. Est-ce que grand-père y va aussi ? marmonna le garçon en bâillant à se décrocher les mâchoires et en se servant un grand verre de lait.

— Non, son médecin s'y oppose.

Cinq minutes plus tard, le téléphone sonna. C'était Frank. Il rappela à Peter le discours qu'il était censé tenir devant la sous-commission du Congrès pour le prix des médicaments.

— Aucune concession, d'accord ? Nous ne braderons pas nos produits, et surtout pas Vicotec. Ne l'oubliez pas, assena-t-il sèchement.

Décidément, les deux hommes ne s'entendraient jamais, même en ce qui concernait le prix de lancement du médicament. Sous le regard scrutateur de Kate, Peter revint vers la table.

— Tout va bien ? questionna-t-elle.

Il acquiesça, après quoi ils montèrent s'habiller. Une demi-heure plus tard, ils étaient sur le chemin de l'aéroport.

Un calme étrange avait envahi Peter. Installé au volant, il se cantonna dans le silence. Kate ne tenta rien pour le sortir de son mutisme. L'espace d'une seconde, elle avait cru qu'il allait leur faire faux bond. Mais il semblait être revenu sur sa décision tout aussi brusquement qu'il avait eu l'air de se rebeller. La nervosité, conclut-elle, soulagée, le trac. Peter terminait toujours ce qu'il avait commencé.

Un vol assez court séparait LaGuardia de l'aéroport National. Durant le trajet, Peter parcourut inlassablement le dossier sur les prix des médicaments, puis les derniers rapports sur Vicotec. Il s'attarda sur les points que Suchard avait soulignés lors de leur entretien téléphonique. Les insuffisances de Vicotec le préoccupaient bien davantage que son apparition devant le Congrès.

Kate passa un coup de fil de l'avion à son père, afin de l'assurer que tout se déroulait suivant le programme qu'ils avaient mis au point. A Washington, une limousine de location les conduisit au Congrès. L'apaisement intérieur que Peter éprouvait n'avait fait que croître. Il savait exactement ce qu'il déclarerait, à présent.

Deux assistants l'escortèrent dans une vaste salle de conférences où il accepta une tasse de café. Un gardien vint chercher Kate, et peu après, elle prenait place sur un siège de la galerie surplombant l'hémicycle où, bientôt, l'entrevue aurait lieu. Avant de s'en aller, elle avait murmuré à Peter un « bonne chance » ému en lui touchant la main. Elle était sortie sans l'embrasser.

Lorsqu'il pénétra dans l'amphithéâtre, il avait la gorge sèche. A l'instar du jeune comédien qui, pour la première fois, fait son entrée sur une scène de théâtre, il eut la sensation d'être totalement noué. Il sentait le public dans son dos, tandis que devant lui, les représentants de la nation américaine, munis de micros, avaient pris place sur des gradins. Kate ne lâchait pas son mari des yeux. C'était la seconde fois qu'elle assistait à ce genre d'entretien. Et c'était Frank, alors, qui se tenait à la place de Peter.

Ce dernier fut amené à la barre des témoins où, comme dans un tribunal, il dut jurer de dire la vérité. Il énonça son nom, puis celui de sa compagnie, après quoi les membres de la sous-commission commencèrent à l'interroger.

La première question portait sur le prix exorbitant de certaines drogues... Il tenta de justifier de tels excès mais à ses propres oreilles ses arguments sonnaient creux et semblaient superficiels. La vérité était tout autre : le lobby pharmaceutique qui produisait ces substances faisait fortune sur le dos du public, et les membres du Congrès le déploraient. La Wilson-Donovan portait une partie de la responsabilité de ces pratiques, si l'on en jugeait par le colossal chiffre d'affaires que la compagnie déclarait.

Ils s'attaquèrent ensuite au système des assurances sociales, après quoi une femme parlementaire de l'Idaho prit la parole. Elle avait entendu dire que l'après-midi même, M. Peter Haskel demanderait à la FDA l'homologation d'un nouveau produit... A titre d'information, elle pria Peter de définir en quelques mots le produit en question.

Il le fit en toute simplicité, sans recourir au jargon du métier, truffé de termes techniques. Vicotec, expliqua-t-il, changerait du tout au tout la nature de la chimiothérapie et la façon de l'envisager. C'était un médicament destiné aux profanes, susceptible d'être utilisé sans assistance médicale. Des mères pourraient l'administrer à leurs enfants, des maris à leurs femmes. Le traitement allait révolutionner les rapports des patients avec le cancer, puisque n'importe qui pourrait dorénavant se traiter tout seul ou traiter les membres de sa famille, dans des régions rurales ou urbaines éloignées des grands centres hospitaliers.

— Monsieur Haskel, votre nouveau remède sera-t-il financièrement accessible à n'importe qui, comme vous le dites ? voulut savoir un autre parlementaire.

— Nous l'espérons. Cela fait partie de nos buts. Un prix assez bas pour que les plus défavorisés puissent se procurer le médicament.

Il s'exprimait avec une force tranquille et, face à lui, quelques têtes s'inclinèrent en un geste approbateur. Les connaissances du témoin en pharmacologie, sa sincérité, sa droiture avaient impressionné l'auditoire. A la fin de l'entretien, les membres de la sous-commission lui serrèrent la main en lui souhaitant bonne chance pour son audition à la FDA. Peter, le cœur gonflé d'un sentiment de plénitude, gagna la salle de conférences vide, derrière l'hémicycle où Kate vint le rejoindre presque aussitôt.

— N'importe quoi ! siffla-t-elle entre ses dents, alors qu'il réunissait ses notes. Qu'est-ce qui t'a pris de raconter ces bêtises à propos du prix de Vicotec ?

Elle ne l'avait pas félicité pour sa performance. De parfaits étrangers l'avaient congratulé un instant plus tôt, et sa propre femme le désavouait. Frank n'aurait pas agi autrement.

— Tu as laissé entendre que nous étions prêts à vendre le médicament pour trois sous. Ce n'est pas ce dont tu étais convenu avec papa, ajouta-t-elle de cette voix autoritaire qu'il en était venu à détester. Vicotec sera un remède cher, si nous voulons rentrer dans nos frais, sans oublier la marge bénéficiaire.

Elle le fusilla d'un regard désapprobateur qu'il fit semblant d'ignorer.

— Ce n'est pas le moment d'en parler, dit-il en ramassant sa serviette.

Il remercia les assistants, puis sortit du building, Kate sur les talons. Il n'avait rien à lui expliquer, rien à lui dire. De toute façon, elle ne l'écouterait pas. Elle n'était sensible qu'aux bénéfices. A l'argent. Elle entendrait les mots mais ne comprendrait pas leur sens. Elle le suivit, soudain silencieuse, n'osant le morigéner davantage. Il avait franchi le premier obstacle avec succès. Une épreuve plus difficile l'attendait dans un peu plus d'une heure.

En prenant place dans la limousine, elle suggéra qu'ils s'arrêtent dans un restaurant, mais il se borna à secouer la tête. Les paroles de Kate, après son discours au Congrès, bourdonnaient encore à ses oreilles. Ses accusations acerbes. Elle devait estimer qu'il avait échoué lamentablement. Qu'il n'avait pas tenu parole. Frank l'avait pourtant sermonné pendant la dernière semaine. « Aucune concession sur les prix. » Dans l'esprit de Frank, les prix élevés de ses produits rimaient avec profit. Un demi-sourire retroussa les lèvres de Peter. Il avait passé outre le mot d'ordre de son beau-père, à dessein. Il se battrait comme un lion pour défendre ses idées : entre autres, permettre aux pauvres de se procurer Vicotec... Oh, il pouvait se montrer plus entêté que Frank et Kate réunis, quand il s'y mettait.

Ils mangèrent des sandwiches au rosbif dans la voiture et avalèrent du café dans des gobelets cartonnés. La nervosité de Peter atteignit son paroxysme quand le chauffeur de la voiture les déposa devant le building qui abritait la FDA. Il leur avait fallu une demi-heure de trajet pour arriver à cet immeuble de briques brunes se signalant par sa laideur. A sa vue, Peter ne put s'empêcher d'esquisser un mouvement de recul. La promesse qu'il avait faite à Kate et à son père revint le hanter, comme un mauvais rêve. A la pensée qu'il allait devoir dissimuler aux représentants du ministère de la Santé que le médicament était loin d'être prêt, il fut parcouru d'un frisson. « Pourvu que Frank respecte notre marché, pria-t-il, et qu'il retire Vicotec si jamais... » Mais il n'y croyait plus.

Il avait les paumes moites, lorsqu'il traversa la salle des auditions. Au comble de l'anxiété, il remarqua à peine la nombreuse audience qui avait pris d'assaut les gradins. Sans un mot, Kate gagna sa place parmi les spectateurs. Il était seul. Seul dans l'arène. Seul avec sa conscience et le dilemme terrible qui n'avait cessé de le déchirer. Renoncer à son idéal, à ses principes les plus essentiels. Décrocher l'homologation en espérant que le remède fonctionnerait et sauverait des vies humaines, ou tout au moins les prolongerait.

Il n'eut pas à prêter serment, bien que la vérité parût plus cruciale que jamais. Un vertige l'assaillit comme s'il se penchait au-dessus d'un abîme. Bientôt, son calvaire serait terminé. Il aurait trahi ceux qu'il était censé aider. « Pourvu que ce soit bref », souhaita-t-il mentalement, tout en craignant que l'interrogatoire soit long, au contraire.

Il joignit les mains, afin de les empêcher de trembler, alors que les membres du comité consultatif gagnaient leurs sièges. Une sourde terreur l'envahissait peu à peu. En comparaison de sa séance au Congrès, ce lieu lui fit l'effet d'une sorte de Tribunal suprême où il risquait de perdre son âme. Ici allait se jouer un sombre drame dont il était le seul à pouvoir mesurer l'ampleur. Il ne pouvait se permettre de prendre la fuite. Ni de penser à quiconque, à Kate, Frank ou même Suchard, ou aux rapports qu'il avait lus. Bientôt, il se lèverait et parlerait de Vicotec. Il demeura assis, serrant nerveusement les mains sous la longue table étroite.

L'image de Kate fit irruption dans sa mémoire. Il lui avait tout sacrifié, comme à son père. Il leur avait abandonné son intégrité et son courage. C'était plus qu'il ne pouvait donner.

Il s'efforça de rassembler ses arguments. Le président du comité signala l'ouverture de la séance. Les tempes de Peter bourdonnaient, alors que les questions fusaient de toutes parts. Les jurés demandaient des précisions techniques... et la raison pour laquelle il était là.

Il fit un résumé succinct mais limpide de sa présence en ce lieu. D'une voix forte, il formula sa requête : l'homologation anticipée d'un produit, qui, à son avis, changerait radicalement l'existence des malades atteints de tumeurs malignes.

Il y eut comme un remous parmi les membres du comité, un bruissement de feuilles de papier, un murmure d'intérêt, puis le silence se fit, alors qu'il décrivait les qualités de Vicotec, ainsi que son aptitude à remplacer la chimiothérapie tout en étant utilisé directement par les malades eux-mêmes. Il répéta à peu près l'argumentation qu'il avait faite au Congrès, le matin même. Sauf que les personnes auxquelles il s'adressait maintenant ne se laissaient pas impressionner par une démonstration flamboyante. Il leur fallait plus. A sa surprise, en regardant la pendule murale, il s'aperçut qu'il avait parlé pendant une heure... Encore deux ou trois questions... Puis, la question finale :

— Monsieur Haskel, pensez-vous sincèrement que Vicotec est prêt à prendre sa place sur le marché américain ? Avez-vous testé à fond toutes ses propriétés, écarté tous les dangers de toxicité ou de tout autre ordre ? Pouvez-vous, monsieur, nous donner votre parole, sans aucune hésitation, que ce produit est apte à recevoir l'homologation du ministère de la Santé aujourd'hui même ?

Chaque mot avait retenti comme un coup de gong dans la tête de Peter. Il regarda le visage de son interlocuteur et sut ce qu'il devait répondre. C'était l'affaire d'un simple mot. Un mot unique. Il suffirait d'affirmer devant les gardiens de la sécurité du peuple américain que Vicotec ne nuirait pas à ses utilisateurs. Il jeta un regard alentour en imaginant les gens qui avaient fondé tous leurs espoirs sur un traitement miraculeux. Les maris et les femmes, les mères et les enfants, le nombre incroyable de personnes que Vicotec atteindrait et... Non, il ne pourrait jamais les abuser. Ni pour Frank ni pour Kate. Pour personne. Surtout pas pour lui-même. Jamais il n'aurait dû se trouver ici. Peu lui importait les foudres des Donovan. Il ne mentirait pas. Il ne duperait personne à propos de Vicotec. Cela ne lui ressemblait pas. Comme à travers un voile qui se déchire, il sut pourquoi il avait capitulé. La peur. La crainte de perdre en un instant tout ce à quoi il tenait par-dessus tout : son emploi, sa femme, peut-être même ses fils. Ils étaient grands à présent. Mais s'ils se montraient incapables de comprendre que l'intégrité était une valeur autrement plus essentielle que l'argent, cela signifierait qu'il avait raté leur éducation. Il dévisagea le président du comité. Il allait sûrement payer cher son revirement, mais il devait avant tout la vérité au public.

— Non, monsieur, je ne peux pas, répondit-il d'une voix claire. Je ne peux pas vous donner ma parole. Pas encore. J'espère que je vous répondrai par l'affirmative un jour prochain. Nous avons développé l'un des produits les plus efficaces que le monde ait jamais vus et dont les cancéreux ont désespérément besoin. Mais je ne pense pas que nous avons réussi à écarter tous les risques.

— En ce cas, vous ne vous attendez sûrement pas, monsieur Haskel, à ce que nous vous délivrions l'homologation anticipée que votre compagnie a réclamée, n'est-ce pas ? demanda le président du comité, quelque peu surpris.

Une rumeur d'exaspération parcourut les autres membres. La FDA n'était pas une tribune du haut de laquelle on chantait les louanges de produits médicaux inachevés. Mais peu à peu, le calme remplaça l'agitation. Puis l'admiration l'emporta. L'honnêteté de Peter Haskel avait forcé la sympathie du jury. Il n'y avait qu'un seul visage convulsé par une fureur sans nom dans toute la salle.

— Voudriez-vous prendre date pour un nouvel entretien avec nous, monsieur Haskel ?

Leur emploi du temps était chargé. Peter était passé le premier et des représentants d'autres laboratoires attendaient leur tour.

— Oui, monsieur, je sollicite un autre rendez-vous. Dans six mois, je crois que nous serons tout à fait prêts.

Ce serait juste, d'après Paul-Louis, mais Peter avait la conviction que d'ici-là les recherches aboutiraient.

— Merci d'être venu, monsieur Haskel.

C'était fini. Il traversa la salle d'audience. Ses jambes tremblaient légèrement mais il avait la tête haute. Pour la première fois depuis longtemps, il se sentit fier de lui.

Il aperçut Kate qui l'attendait. Il vit ses yeux brillants de larmes au milieu de son visage blême. Des larmes de fureur ou de déception, les deux sans doute. Il ne tenta pas de la réconforter.

— Désolé, Katie. Ce n'était pas prémédité. Je n'avais pas réalisé ce à quoi je m'étais engagé. Je n'ai pas pu leur mentir.

— Personne ne t'a demandé de mentir. J'avais simplement espéré que tu ne trahirais pas mon père.

Il y avait aussi de la tristesse dans son regard. Leur mariage s'arrêtait là, elle le savait. Peter ne voulait plus faire la moindre concession pour elle, signe indéniable de son détachement. Il avait dépassé les limites.

— Je ne sais pas si tu réalises ce que tu as fait, dit-elle, prête à défendre son père jusqu'à la mort, mais pas son mari.

— Je m'en rends compte, oui.

Elle l'avait pourtant clairement prévenu le matin même, dans la cuisine de leur maison de Greenwich. Il la dévisagea sans un mot. D'une certaine manière, il l'avait cherché. Il voulait être libre.

— Tu es un homme honnête, reprit-elle, et dans sa bouche, le mot résonna comme une accusation. Mais tu manques d'intelligence, mon pauvre Peter !

Elle pivota sur ses talons et s'éloigna sans un regard en arrière. Il ne la suivit pas. Il n'y avait plus rien entre eux mais ils ne s'en étaient pas aperçus jusqu'alors. Il se demanda si elle l'avait jamais vraiment épousé... ou si elle n'était pas seulement mariée avec son père.

Il sortit de l'immeuble de la FDA, le cœur léger. Kate avait disparu dans la limousine, en le laissant là... Cela lui était égal... Complètement égal... Il avait vécu un des jours les plus importants de sa vie. Il se sentait pousser des ailes. Il avait passé l'examen de conscience avec succès. « Pouvez-vous, monsieur, nous donner votre parole... »... « Non, je ne peux pas. » Bizarrement, au lieu d'être affolé, il se sentait sur un nuage. Il venait de perdre sa femme, son travail, son foyer. Il avait comparu devant le Congrès ce matin, puis devant la FDA l'après-midi en tant que P-DG d'une compagnie internationale, et il en sortait les mains vides. Seul. Sans emploi. Il ne lui restait plus que son intégrité. Et la satisfaction qu'il ne s'était pas vendu. Non, il ne s'était pas enlisé dans les compromis.

Il leva les yeux vers le ciel automnal, un vague sourire aux lèvres. Dans son dos, une voix prononça son nom, une voix au timbre légèrement voilé, étrangement familière. Une voix venue d'ailleurs... Il se retourna, étonné. Alors, il la vit en haut des marches. Olivia !

— Que fais-tu là ? s'écria-t-il, n'osant la prendre dans ses bras. Je te croyais en France en train d'écrire.

Il la buvait du regard, alors qu'elle le contemplait, avec un léger sourire. Elle portait un sweater et un pantalon noirs, elle avait jeté négligemment une veste carmin sur une épaule et ressemblait à un mannequin. Les réminiscences fulgurèrent. Place Vendôme. Paris. La Favière. Cinq jours qui avaient changé radicalement leurs vies. Elle était plus belle, plus éclatante que dans son souvenir. En la dévisageant, il réalisa combien elle lui avait manqué.

— Tu as été formidable, déclara-t-elle avec un sourire rayonnant, fière de lui.

Mais elle n'avait pas répondu à sa question. Elle était venue pour le soutenir, ne serait-ce que mentalement, pendant les auditions. Elle avait appris la date par le *Herald Tribune.* Sans trop savoir pourquoi, elle avait pris la décision d'y aller. Elle savait combien il tenait à Vicotec, comme elle connaissait tous ses soucis. Il fallait qu'elle soit là, présence invisible mais bénéfique. Son frère s'était arrangé pour qu'elle puisse assister aux auditions. Oh, elle avait eu raison d'obéir à sa voix intérieure. A son instinct. Edwin l'avait accompagnée au Congrès, et elle avait vu Peter le matin même, tranquillement assise à côté de son frère, au milieu du public. Si Edwin s'était étonné de son soudain intérêt pour l'industrie pharmaceutique, il n'en avait laissé rien paraître.

— Tu avais une mauvaise image de toi-même. Tu vois, tu es bien plus courageux que tu ne le pensais, lui rappela-t-elle, alors qu'il l'attirait dans ses bras et la tenait étroitement enlacée.

Comment avait-il survécu trois mois et demi sans elle ? Mais ils ne se sépareraient plus. Plus un seul instant.

— De nous deux, c'est toi la plus courageuse, dit-il doucement, admiratif.

Elle avait tout quitté sans fléchir, mari, mondanités, compromissions. Et soudain, il comprit qu'il avait fait la même chose. Il avait renoncé à sa femme, à son poste, à tout ce pour quoi il s'était battu. Ils étaient libres, à présent. Ils en avaient payé le prix, bien sûr.

— Que fais-tu cet après-midi ? sourit-il.

Mille possibilités lui traversèrent l'esprit en un éclair : le Washington Monument, le Mémorial de Lincoln, une promenade le long du Potomac, une chambre d'hôtel quelque part, rester là à la regarder jusqu'à la fin des temps, ou encore prendre un avion en partance pour Paris.

— Rien, dit-elle en riant. Je suis venue pour toi. Je retourne en France demain matin.

Elle n'avait pas prévu qu'ils se rencontreraient. Elle avait juste souhaité l'apercevoir de loin... Ses parents n'étaient pas au courant de son passage, Edwin lui avait promis de garder le secret. Elle avait espéré revoir Peter sans qu'il le sache, ne serait-ce qu'une minute ou deux.

— Madame, puis-je vous offrir une tasse de café ? s'enquit-il.

Ils échangèrent un sourire complice en souvenir de la place de la Concorde et de la nuit magique qu'ils avaient passée à Montmartre... La main de Peter chercha celle d'Olivia. Ensemble, ils descendirent les marches, vers la liberté.

ROMAN

Ashley Shelley V.
L'enfant de l'autre rive
L'enfant en héritage

Beauman Sally
Destinée

Bennett Lydia
L'héritier des Farleton
L'homme aux yeux d'or

Benzoni Juliette
Les dames du Méditerranée-Express
1 – La jeune mariée
2 – La fière Américaine
3 – La princesse mandchoue

Fiora
1 – Fiora et le magnifique
2 – Fiora et le téméraire
3 – Fiora et le pape
4 – Fiora et le roi de France

Les loups de Lauzargues
1 – Jean de la nuit
2 – Hortense au point du jour
3 – Félicia au soleil couchant

Les Treize vents
1 – Le voyageur
2 – Le réfugié
3 – L'intrus
4 – L'exilé

Le boiteux de Varsovie
1 – L'étoile bleue
2 – La rose d'York
3 – L'opale de Sissi

Binchy Maeve
Le cercle des amies
Noces irlandaises
Retour en Irlande
Les secrets de Shancarrig

Blair Leona
Les demoiselles de Brandon Hall

Bradshaw Gillian
Le phare d'Alexandrie
Pourpre impérial

Bright Freda
La bague au doigt

Cash Spellmann Cathy
La fille du vent
L'Irlandaise

Chamberlain Diane
Vies secrètes
Que la lumière soit

Chase Lindsay
Un amour de soie

Collins Jackie
Les amants de Beverly Hills
Le grand boss
Lady boss
Lucky
Ne dis jamais jamais
Rock star

Collins Joan
Love
Saga

Courtillé Anne
Les dames de Clermont
1 – Les dames de Clermont
2 – Florine

Cousture Arlette
Emilie

Dailey Janet
L'héritière
Mascarade
L'or des Trembles
Rivaux
Les vendanges de l'amour

Denker Henry
Le choix du Docteur Duncan
La clinique de l'espoir
L'enfant qui voulait mourir
Hôpital de la montagne
Le procès du docteur Forrester
Elvira
L'infirmière

Deveraux Jude
La princesse de feu
La princesse de glace

Gage Elizabeth
Un parfum de scandale

Gallois Sophie
Diamants

Goudge Eileen
Le jardin des mensonges
Rivales

Greer Luanshya
Bonne Espérance
Retour à Bonne Espérance

Gregory Philippa
Sous le signe du feu

Haran Maeve
Le bonheur en partage

Jaham Marie-Reine de
La grande Béké
Le maître-savane

Jones Alexandra
La dame de Mandalay
La princesse de Siam
Samsara

Krantz Judith
Flash
Scrupules 1
Scrupules 2

Laker Rosalind
Aux marches du palais
Les tisseurs d'or
La tulipe d'or
Le masque de Venise
Le pavillon de sucre

Lancar Charles
Adélaïde
Adrien

Lansbury Coral
La mariée de l'exil

Mc Naught Judith
L'amour en fuite

Philipps Susan Elizabeth
La belle de Dallas

Plain Belva
A l'aube l'espoir se lève aussi
Et soudain le silence

Purcell Deirdre
Passion irlandaise
L'été de nos seize ans
Une saison de lumière

Rainer Dart Iris
Le cœur sur la main
Une nouvelle vie

Rivers Siddons Anne
La Géorgienne
La jeune fille du Sud
La maison d'à côté
La plantation
Pouvoir de femme
Vent du sud

Ryman Rebecca
Le trident de Shiva

Shelby Philip
L'indomptable

Spencer Joanna

Les feux de l'amour
1 – Le secret de Jill
2 – La passion d'Ashley

Steel Danielle
Accident
Coups de cœur
Disparu
Joyaux
Le cadeau
Naissances
Un si grand amour

Taylor Bradford Barbara
Les femmes de sa vie

Torquet Alexandre
Ombre de soie

Trollope Johanna
Un amant espagnol
Trop jeune pour toi
La femme du pasteur

Varel Brigitte
L'enfant du Trieves

Victor Barbara
Coriandre

Westin Jane
Amour et gloire

Wilde Jennifer
Secrets de femme

Wood Barbara
African Lady
Australian Lady
Séléné
Les vierges du paradis

Cet ouvrage a été reproduit
par procédé photomécanique par la
SOCIÉTÉ NOUVELLE FIRMIN-DIDOT
Mesnil-sur-l'Estrée
pour le compte des Éditions Pocket
en juin 1997

POCKET - 12, avenue d'Italie - 75627 PARIS CEDEX 13
Tél. : 01-44-16-05-00

Imprimé en France
Dépôt légal : juin 1997
N° d'impression : 38965